투명망토의　표적들

투명망토의
표적들

박해완 소설집

작가의 말

소설의 몇몇 주제는 끝내 덮을 수 없이 언젠가는 기어이 완료해야 할 과제처럼 의식 속에 늘 남아있었다. 서술의 완결 후에 달라붙는 불편함이 없지 않았으나 비워짐의 후련함을 느낄 수는 있었다. 장편 발간 직후인 2년 전에 단편소설의 집필을 시작하면서 새삼 소설의 구성 요소를 상기해 보기도 했다. 어떤 작품이라도 그 나름의 의미가 있을 테지만 설혹 심오한 주제여도 읽는 이에게 그리 읽는 즐거움을 주지 못한다면 과연 작품으로서 후한 점수를 받을 수 있을까 하는 고민이 불쑥 깃들기도 했다. 원류마저 바꾸듯 완전한 전환을 꾀하고 싶었던 것은 아니었으나 주제와 문장의 엄숙함과 심미탐구에 다소 익숙해 있는 나로서는 의외의 심리적 변화일 수 있었다.

은밀한 장면을 목도 하는 기분이 되어 내가 아닌 타자의 시선으로 작품에 투영된 필연적 관념의 전개를 확인하는 것은 이제 낯설지 않은 의식처럼 되었다. 나름의 희열로 치환되는 것이 원고의 완결에만 있지 않음을 깨닫는 데는 사실 많은 시간이 필요했다. 작품을 통해 전혀 알 수 없는 누군가를 만나게 되는 기대심리를 갖게 된 것도 그러했다. 어쩌면 그런 변화는 도취적 착각이 아닌 비움의 단련에서 비롯된 것일 수 있다. 한 줄의 문장을 쓰기 위해 영혼을 바치듯 고뇌했던 지난 시간의 기억조차 잊고 싶은 것은 아니다. 단지 관습에 의해 팽팽하게 결박되었던 끈이 한 가닥 풀린 여유를 지속하고 싶을 따름이다.

팬데믹 상황에서도 자연은 그 이치대로 순행하고 불편과 불안함 속에서도 사람들은 적응해 가며 주어진 각각의 일상대로 움직인다. 끝을 예단할 수도 없이 길게 이어지는 모두의 고통스러운 시간은 인간의 미약함을 새삼 깨닫게 한다. 그러나 존재란 모든 것으로부터 견디는 것일 뿐이란 생각이 들기도 한다. 인간이 지구 상에 존재한 때로부터 그래왔던 것처럼 이 시대의 사람들도 생존하기 위해 총력을 다해 극복해 나갈 것으로 믿고 싶을 뿐이다. 장엄하고 위대한 어떤 의미보다 평온하고 평범한 실상의 가치가 아마도 다수의 희원이 아닐까 생각해 본다. 도서출판 렛츠북에 깊은 감사를 드린다.

2022년 봄

박해란

목차

투명망토의 표적들

피해자의 증오와 원망의 대상은 가해자만이 아닐 것이라는 민대표의 오랜 생각은 단단히 고체화된 상태였다. 극악한 범죄행위의 대가는 그에 상응해야 공평한 것인데도 피해자의 억울함은 도무지 어떻게 풀어야 하는지 민대표는 매번 마음속으로 분통을 터뜨렸다. 회사 식당에서 점심을 먹던 중에 TV에서 흘러나온 정오 뉴스 앵커의 멘트는 민대표의 귀를 의심케 했다. 성폭행 살인범에게 8년의 중형이 선고되었다는 보도였다. 여대생을 성폭행하고 목 졸라 살해한 흉악범이 항소심에서 겨우 징역 8년에 처해 졌음에도 중형이라 표현한 것은 몹시 귀에 거슬렸고 마뜩잖은 기분이 들기에 충분했다. 피해자와 그 가족들의 원통하기 이를 데 없을 처절한 심정이 미루어 짐작되고도 남았다. 밥맛이 뚝 떨어진 민대표는 수저를 내려놓았다.

민대표의 호출을 받은 한이사와 유팀장이 회의실로 들어섰다. 유팀장은 곧바로 금 나노 입자와 메타물질 연구개발 완성단계 상황을 스크린 화면에 띄웠다.

―드디어 우리가 해냈군요!

화면을 주시하던 민대표는 주먹 쥔 오른손을 들어 보였다.

―금주 내로 완성보고서를 작성해 올리겠습니다.

한결같이 차분한 유팀장은 평소의 기색과 그리 다르지 않았다.

―대표님께서 포기하지 않은 결과라고 해야 맞지요!

한이사는 다소 들뜬 기색으로 민대표를 치켜세웠다.

5년 전에 대기업연구소를 퇴사하고 융합화학 관련 벤처기업을 설립한 민대표는 역점사업으로 물체를 투명화시키는 메타물질 연구에 매진해왔다. 개발기술들을 관련 대기업 등에 양도하여 수익을 창출하고 있는 민대표는 연구개발에 본격 착수하기 전부터 이미 메타물질을 활용하려는 또 다른 내밀한 의도를 품어왔다.

일식당 죽림의 구석방에 민대표와 강진호가 마주 앉았다. 두 사람 사이에 다소 미묘한 긴장감이 감돌았다. 부드러운 외면의 모습과는 달리 파이팅이 넘치고 운동을 좋아하는 민대표는 2년 전에 격투기에 입문했다. 강진호는 종합격투기 체육관에서 만난 체육관 동기였다. 서른넷인 강진호는 여섯 살 많은 민대표를 형님으로 모시며 따랐다. 강진호는 곱상하게 생긴 얼굴과는 전혀 연결되지 않을 정도로 모든 격투운동을 섭렵한 마니아이면서 실력자였다. 그래선지 파이팅 넘치는 민대표와 금세 친밀관계를 형성할 수 있었다. 민대표의 만나자는 연락과 언질을 받은 강진호는 한동안 흥분을 가라앉히지 못했다.

방으로 들어서는 한이사와 유팀장은 미리 받은 언질 때문인지 적잖이 긴장한 기색이었다.

―연구개발의 성공을 고대하며 오늘을 손꼽아 기다려왔어요. 투명망토가 완성되면 계획한 대로 주저 없이 실행할 겁니다!

음성은 낮추었으나 민대표는 거침없이 속내를 드러냈다.

―농담이 아니었습니까?

한이사는 자못 염려스럽다는 표정을 지으며 확인하듯 물었다.

―그러고 보니 제대로 상의도 없이 나 혼자서 상상에 사로잡혀있었군요!

당혹스러움이 이해된다는 듯 민대표는 미안한 기색을 지어 보였다.

―당장 착수를 해야 하는 겁니까?

유팀장은 투명망토 제작을 기정사실로 받아들였다.

―완성도가 무엇보다 중요하지만 그래도 되도록 빠르게 만들어졌으면 해요.

―무슨 뜻인지 알겠습니다!

민대표의 카이스트 후배인 유팀장은 판단과 결론이 빠르고 간결했다. 한이사와 유팀장과도 초면은 아니었으나 강진호는 마치 자리에 없는 사람처럼 조용히 듣고만 있었다.

―여대생을 강간하고 죽인 살인범이 징역 8년을 선고받았어요. 8년 후면 교도소에서 나오게 되는 그놈은 대가를 다 치렀다고 여기며 자유로운 몸이 되어 살아가겠지요. 도무지 말이 되지 않는다고 생각해요. 그렇게 되면 피해자와 가족들의 원통함은 대체 어떻게 풀어야 하지요!

민대표의 분노 서린 토로는 접시에 담긴 생선회 조각의 단면보다도 극명했고 차가웠다. 작심하고 쏟아내는 민대표의 역설은 마치 자기 다짐을 점검하는 것처럼 보였다. 흉악범들에 대한 비상식적인 형량을 언급할 때는 목소리를 한껏 높이기도 했다. 부드럽고 유연한 평소의 면모와는 아주 낯설 만큼 너무 달라 보였다. 공분을 일으키는 흉악범죄자는 반드시 그에 상응하는 응징을 가할 것이라 말하며 손빗으로 거칠게 머리칼을 쓸어넘겼다.

―김팀장을 합류시켜야 합니다. 김팀장 모르게 진행할 수도 없을뿐더러 김팀장 없이는 물건이 완성될 수가 없습니다!

한이사는 자못 결연한 기색으로 김팀장의 합류를 주장했다. 일말의 갈등을 떨쳐낸 자기 합류의 선언이기도 했다.

―내 생각으로는 분명 합류할 겁니다. 내가 내일 따로 만나 설명을 해야겠어요!

긍정 마인드를 가진 민대표는 매사 어렵게 접근하는 법이 없었다.

―그러면 실제 행동은 어떻게 누가 하게 되는 겁니까?

한이사의 표정에는 떨쳐내지 못한 일면의 염려가 서려 있었다.

―여기 강소장이 주로 맡게 될 겁니다!

민대표는 식탁 맞은편에 앉은 강진호를 손으로 가리켰다. 강진호는 받아들이는 뜻으로 고개를 한번 끄덕였다. 강진호는 부친으로부터 물려받은 전선 가설공사 사업소를 운영 중이었다. 타깃이 정해지면 즉각 작업에 돌입하여 실수 없이 완료하면 된다는 민대표의 간결한 설명에서는 자신감이 묻어나왔다. 얼핏 그렇지않은 듯 보여도 사실 민대표는 치밀하고 결기가 센 사람이었다.

민대표가 흉악범들의 형량에 분개하며 집착하는 데는 그럴만한 이유가 있었다. 지난날 초등학교 5학년인 여조카가 불량한 고교 남학생으로부터 성폭행을 당한 참담한 사건 때문이었다. 당시 놈을 죽여버리고 싶은 마음은 너무도 간절했었다. 항소심에서 형량이 감경된 놈은 범죄 대가로 2년 6개월을 살고 나왔을 뿐이었다. 그때부터 민대표는 흉악범들에게 선고되는 형량에 엄청난 불만과 배타심을 갖게 되었다. 그 일을 겪은 후에 여동생 가족은 호주로 이민을 떠났고 남자 혐오증을 갖게 된 조카는 일찍 독신을 선언했다. 민대표가 흉악범과 형량을 증오하는 이유였다.

흉악범들에 극도의 적개심을 품고 있는 강진호에게도 그럴만한 치명적인 계기가 있었다. 학원 근처에서 세 명의 불량배들로부터 돈을 빼앗기는 과정에서 집단폭행을 당한 남동생이 사망하게 되면서였다. 상해치사로 5년을 복역하고 나와 자유롭게 살아가는 놈들을 모조리 죽여버리고 싶었던 것은 강진호의 간절한 꿈이었다. 당시 고등학교 2학년으로 연년생의 형이었던 강진호는 그때부터 무도의 고수가 되기 위해 영혼을 바치다시피 했고 실제로 여러 무술을 섭렵한 뛰어난 실력자가 되었다. 20대 시절에는 지역에서 조폭으로 이름깨나 날리던 동창으로부터 수차례 조직가입을 권유받기도 했었다. 그런 사연이 있는 강진호는 민대표와의 만남과 흉악범을 응징키로 한 결의를 숙명으로 여기기까지 했다.

◈ ◈ ◈

탁자 위에 내려놓은 가방 지퍼를 당기는 유팀장의 손가락이 미세하게 떨렸다. 토요일 오전에 민대표의 방에 모인 사람들은 숨죽인 채 가방에 시선을 집중했다. 가방 속에는 아무것도 들어있지 않았다.

—드디어 우리가 해냈어요!

민대표는 주먹 쥔 양손에 불끈 힘을 주었다. 메타물질로 제작된 투명망토가 완벽하게 완성된 기쁨의 표출이었다.

—정말 놀라운데요!

믿기지 않는다는 듯 강진호 역시 흥분을 감추지 않았다. 손으로 촉감을 느낄 뿐 누구의 눈에도 투명망토는 보이지 않았다. 마치 손에 들리지 않은 마임 동작을 하듯 유팀장이 가방 안에서 투명망토를 꺼내 들었다. 유팀장과 김팀장이 협력하여 강진호에게 투명망토를 입혔다. 긴 양말과도 같은 투명부츠를 신고 긴 장갑까지 끼게 되자 눈앞에 있던 강진호의 형체는 그야말로 온데간데없이 사라지고 말았다. 제자리에 있을 뿐인 강진호가 사람들의 눈에는 보이지 않게 된 것이다. 방에 분명 다섯 사람이 있었음에도 흔적도 없이 한 사람이 사라져버린 것이 되었다. 민대표와 강진호는 믿기지 않는다는 듯 계속해서 경탄을 쏟아냈다.

민대표는 여대생 성폭행 살인범인 놈을 내내 떨쳐내지 못하고 있었다. 성폭행 살인범이 징역 8년 복역하는 것으로 그 죗값이 끝난다는 것을 절대 받아들일 수 없었다. 민대표는 놈을 첫 번째 응징 표적으로 정했다. 강진호는 기다렸다는 듯이 흔쾌히 동의했다. 한이사와 유팀장과 김팀장까지 다섯 사람은 이미 한배에 올라탄 것이 되었고 닻을 끌어올린 배는 유유히 출항을 시작했다.

—피부 건선이 심한 놈은 한 달에 두 번 K대학병원으로 외래진료를 나오는데 교도소 호송 차량이 병원에 도착해 놈이 차에서 내리는 순간 처리하는 것이 어떻겠어요?

놈에 대한 상태와 진료 일정까지 파악해놓을 정도로 민대표의 계획은 치밀하고 단호하게 작동되고 있었다.

—완전히 보내는 겁니까?

숨통을 끊는 것이냐고 거침없이 묻는 강진호의 눈빛에는 날 선 적의가 서려 있었다.

—음! 치명적인 상처를 입히는 정도가 어떨까요?

민대표는 단계의 갈등을 완전히 정리하지는 못한 듯했다. 한이사와 유팀장, 김팀장과도 일일이 눈을 맞추었으나 그들은 주저하며 섣불리 의견을 내지 못했다. 이유를 막론하고 사람 목숨이 좌지우지되는 선택이기 때문이었다.

—그 정도 선에서 제가 알아서 처리하겠습니다!

민대표의 생각을 간파한 강진호는 우물쭈물하지 않았다. 반드시 해야 할 일이라 생각하고 기다려왔던 민대표였으나 어쨌든 사람 목숨을 표적으로 삼는 부담의 무거움과 그로 인해 있을 또 다른 어느 누군가의 눈물이 마음 한쪽에 한 가닥 걸리지 않을 수는 없었다. 하지만 감정의 한 조각 편린에 불과할 뿐 큰 걸림돌이 될 수는 없었다.

금요일 오전 10시에 강진호는 K대학병원 응급실 출입문 가까운 벽면에 붙어서 법무부 호송 차량을 기다렸다. 병원으로 오는 동안 민대표의 차 안에서 완전히 투명인간으로 변신했기 때문에 강진호는 사람들의 눈에 절대 보이지 않았다. 놈을 기다리면서 강진호는 불량배들에게 폭행당해 죽은 동생을 떠올렸다. 기억 속에 생생히 각인되어있는 놈들의 얼굴도 한 명씩 떠올렸다. 그날의 악몽이 불쑥불쑥 떠오를 때마다 팽팽하게 당겨진 활줄처럼 반사적으로 놈들의 숨통을 끊어놓고 싶은 강렬한 유혹에 휩싸이기 일쑤였다.

법무부 로고가 선명한 승합차가 강진호의 시야에 들어왔다. 놈이 눈앞으로 다가오고 있으나 강진호는 조금도 침착함을 잃지 않았다. 응급실 출입문 앞에 멈춰선 승합차에서 두 명의 교도관이 먼저 내렸다. 강진호는 재빠르게 승합차 쪽으로 이동했다. 수갑을 찬 두 명의 죄수가 차례대로 차에서 내렸다. 먼저 내린 좀 더 젊은 죄수가 타깃 대상인 그놈이었다. 교도관들이 죄수들의 양옆으로 바짝 붙었다. 강진호는 조심하며 놈의 뒤로 밀접해 붙었다. 놈이 출입문 안으로 들어서려는 그 순간 강진호는 손안에 감춰 쥐고 있던 주사기를 놈의 어깨에 힘껏 꽂았다. 그리고 그와 동시에 뒤로 몇 걸음 빠졌다. 놈은 단말마와 같은 비명을 내지르며 앞으로 고꾸라졌다. 영문을 알 리가 없는 교도관들은 몹시 당황해하며 어찌할 바를 모르고 허둥댔다. 주위 사람들의 시선이 일제히 놈에게로 쏠렸고 응급실 안에 있던 보안직원과 간호사가 황급히 모습을 드러냈다. 쓰러진 채로 몸을 비비적대며 고통스러운 신음을 뱉어내던 놈은 이동 침대에 뉘어져 응급실 안으로 들어갔다. 민대표도 먼발치에서 그 광경을 목도 했다. 강진호는 유유히 주차장 쪽으로 걸음을 옮겼다.

민대표의 자동차는 천천히 병원을 벗어났다. 처음으로 시도한 작업은 완벽한 성공이었다.

—힘들지 않았어요?

—그리 어려운 작업은 아니었으니까요!

강진호는 작은 일 하나를 처리했을 뿐이라는 식으로 대답했다.

—황산이 피부 속으로 깊숙이 침투하여 퍼지면 그 고통은 이루 말할 수가 없을 테지요!

민대표는 할 일을 제대로 끝낸 사람처럼 사뭇 후련한 기색이었다.

—피부가 녹아내리면서 엄청난 통증에 시달릴 테고 2차 감염으로 속살이 썩게 되면 패혈증으로 사망할 수도 있겠지요. 가뜩이나 피부질환으로 고통을 받는 놈에게 딱 맞는 응징이니까요!

강한 황산을 주사기에 넣어 놈에게 주입한 강진호는 고통의 정도를 익히 짐작했다.

—그런 놈은 죽음보다도 더한 고통을 받아야 마땅하니까!

혼자 말을 하듯 하는 민대표의 미간이 씰룩거렸다. 다른 사람의 눈에는 혼자서 운전해가고 있는 모습이었다. 강진호의 사업소 인근의 한적한 이면도로에 민대표는 차를 세웠다. 강진호는 투명망토와 부츠와 장갑을 벗었다. 투명인간으로 변신했던 강진호는 원래대로 돌아와 차에서 내렸다.

◈ ◈ ◈

TV 뉴스를 시청하던 민대표의 안색이 차갑게 변했다. 지난달 수락산에서 60대 남자 등산객을 죽인 살인범이 검거되었다는 보도였다. 끈으로 목을 조르고 주변의 돌로 머리와 안면을 수차례 찍어 잔인하게 살해한 범인이었다. 지난해 여름에 아차산에서 발생한 70대 남자 등산객 살인사건과 중계동 80대 남자 독거노인 살인사건도 놈이 범인이었음을 자백받았다고 했다. 돈 때문도 아닌 것을 진술했다는 대목에서 민대표는 통탄의 한숨을 내쉬기까지 했다. 등산에 나선 사람들이 많은 현금을 소지할 리가 없는 것은 지극히 상식이었다. 놈이 연쇄살인을 즐기는 것이라고 민대표는 생각했다. 서른 후반인 놈은 상대적으로 제압이 용이한 노년의 사람들을 목표물로 삼은 것이며 동성인 남자들에게 편협한 어떤 증오심이나 콤플렉스를 갖게 된 것이라고 추론했다.

민대표의 호출을 받은 강진호와 한이사 등이 하나둘 대표실로 들어섰다. 반드시 응징해야 할 놈이라며 민대표는 단단히 결심의 쐐기를 박았다.

─그런 놈은 살려둘 필요가 없어요. 기필코 응징해야 합니다!

참수를 의미하듯 한이사는 손날로 자기 목을 베는 시늉을 했다. 그러면서도 직접 해결사로 나설 뜻은 없다는 표현으로 물끄러미 자신을 바라보는 강진호의 눈길을 슬그머니 피했다.

─그런 놈을 응징하려고 투명망토를 개발한 것 아닙니까!

응징이 당연한 것 아니냐며 목소리를 높이는 김팀장의 미간에 주름이 깊이 파였다. 생각이 같다는 뜻으로 유팀장은 말없이 고개를 한번 주억였다.

─흉악범에 대한 형사재판의 판결 흐름을 보면 놈에게 사형이 선고되지는 않을 겁니다. 설령 사형이 선고된다 해도 집행이 되지 않기에 놈은 멀쩡하게 살아있게 된다는 겁니다!

민대표는 자리에 모인 사람들과 일일이 눈을 맞추었다. 형형한 눈빛에는 그게 말이 되느냐는 분통이 짙게 서려 있었다.

─사람이 아닌 악마들이 분명 있다니까요!

한이사는 연신 도리질을 쳤다.

투명망토는 형체를 투명화시켜 사람 눈에 보이지 않는 것일 뿐 공간이동을 할 수는 없었다. 교도소로 잠입해 들어가는 무리수를 두지는 않기로 했다. 놈은 항소심까지 수차례 법원에 출정하게 될 것이기에 그때 기회를 포착해야 한다는 민대표의 의견에 강진호는 구체적인 작업방법을 구상해 보겠다고 했다. 어쨌든 놈을 살려둘 수 없다는 것에 의견을 달리하는 사람은 없었다. 다시금 생각을 곱씹어보아도 불공평하다는 것이 민대표의 변할 수 없는 결론이었다. 아무런 잘못도 연관도 없는 무고한 사람들을 죽인 흉악범의 목숨을 살려둔다는 것은 도무지 이해할 수가 없었다.

사람이 사람의 생명을 인위적으로 빼앗을 수 없다는 인애론적인 인권론을 민대표는 지극히 혐오하기까지 했다. 그러하다면 무고하게 죽임을 당한 사람들의 인권은 어디에서 누구에게 찾아야 한다는 것인지 참으로 일방적인 역겨운 논리를 조소하지 않을 수 없다는 생각이었다. 가정하여 본인이나 가족들이 흉악범에게 무참하게 죽임을 당하거나 성폭행을 당했다 해도 과연 범인의 인권을 위해서, 사람이 사람의 생명을 인위적으로 빼앗아서는 안 되므로 사형선고나 사형집행을 하지 말아야 한다고 일관되게 주장할 수 있을지 심히 의문을 갖지 않을 수 없었다. 아마도 실제 본인이 그런 입장이 된다면 단정코 그와 같이 주장하지는 못하리라는 것이 민대표의 흔들림 없는 생각이었다.

교도소에서 법원까지의 이동 경로를 돌아본 강진호는 막막한 기분을 떨쳐낼 수가 없었다. 교도관들의 밀착경비로 인해 접근 타이밍과 극히 짧은 시간 확보조차도 매우 어려울 것 같은 판단 때문이었다. 만약 교도소 안으로 잠입해 들어간다 해도 당연히 문이 열려있지 않을 놈의 방으로 들어가는 것은 불가능이었다. 하지만 이대로 놈의 응징을 포기할 수는 없는 일이었다. 사업소로 돌아온 강진호는 포털사이트에서 제공하는 지도를 펼쳐보며 골똘히 생각을 거듭했다. 출발 전에 호송 버스 안으로 잠입하여 처리하는 방법을 떠올렸으나 작업하기에는 적절치 않은 장소이고 직후에 곧바로 탈출할 수 없는 점이 마음에 걸렸다. 재판 중에 처리하는 것도 상당한 위험이 수반될 수밖에 없다는 판단이었다. 자칫 혼란 중에 투명망토가 심하게 들춰지거나 벗겨지기라도 한다면 그로 인해 전개될 파장은 상상조차도 하고 싶지 않을 정도였다. 강진호의 고민은 깊어져만 갔다.

◈ ◈ ◈

실제로 직접 사람을 죽여야 하는 일은 예상과는 너무도 달랐다. 여러 감정이 중첩되면서 숱한 생각들이 스쳐 갈 수밖에 없었다. 강진호는 짙은 선팅지가 부착된 민대표의 자동차 안에서 투명망토와 부츠, 장갑을 이용해 투명인간으로 변신했다. 가상의 예행연습까지 마쳤으나 완벽한 성공을 단정할 수는 없었다. 당연한데도 강진호는 다소 위축되고 있는 자신에게 적잖이 실망감을 느꼈다. 그러했음에도 운전석의 민대표와 앞좌석의 김팀장에게 들키고 싶지 않아 심호흡을 애써 참았다. 민대표의 자동차가 법원 주차장에 도착했을 때 재소자 호송 차량도 법원 정문을 통과해 들어오고 있었다. 차에서 내린 강진호는 법정과 붙어있는 재소자 대기실을 향해 천천히 걸음을 옮겼다. 놈의 손에 죽어갔을 억울한 피해자들의 숨이 끊기는 순간들을 잘근잘근 곱씹었다. 실행이 임박해지면서 자칫 심약해질지 모를 심리상태를 경계하기 위해서였다.

재소자 대기실 안으로 잠입해 들어가는 일도 결코 쉬운 일은 아니었다. 강진호는 철저히 차단된 출입문 앞에서 기다렸다가 교도관들의 통제하에 입실하는 재소자들 옆에 붙어서 안으로 들어갔다. 그런 후에 뒤편 좌측 모서리 쪽에 숨죽이며 서 있었다. 교도관이 착석하기 전의 죄수들 손에서 포승줄을 풀었다. 죄수들은 수갑을 찬 채로 앉아 본인의 재판순서를 기다렸다. 놈의 재판은 네 번째였다. 놈은 두 번째 줄의 긴 의자 끝자리에 앉아있었다. 예리한 칼날을 손에 쥔 것처럼 온 신경이 곤두서 있는 강진호는 놈의 뒤통수를 노려보며 찰나의 순간을 상상했다. 그러면서 한 점의 실수 없이 끝낼 수 있다는 자기최면을 걸었다. 놈이 도저히 사람으로 보이지 않았다. 무고한 사람들을 연달아 죽인 악마로 여겨질 뿐이었다. 사회로부터 영원한 격리가 필요하다는 결론을 되새겼다. 갈등이 필요 없는 충분한 명분이었다.

조바심이 일만큼 좀처럼 기회를 포착할 수 없었다. 재판 차례가 되어 놈은 담담히 법정 안으로 들어갔다. 죄수들이 법정 안으로 들어가고 나오면서 재소자 대기실은 처음 입실할 때의 엄숙함이 상당히 누그러진 상태였다. 법정 안으로 들어간 지 삼십 여분쯤 되어 교도관의 통제 속에 놈은 대기실로 돌아왔다. 그리고 놈의 뒷자리에서 대기하던 죄수가 차례가 되어 법정으로 들어갔다. 강진호는 절호의 기회라고 판단했다. 놈이 앉아있는 뒷자리로 숨죽여 걸음을 옮기는 강진호는 두피가 팽팽히 당겨지는 느낌을 받을 만큼 극도의 긴장 상태로 빠져들었다. 놈은 작은 미동도 없이 정면을 응시하며 꼿꼿이 앉아있었다. 수없이 뇌리를 스치었던 절명이란 단어가 떠올랐다. 그것만이 성공적인 작업이라 여길 수 있기 때문이었다.

운명에 맡길 수밖에 없다는 생각과 동시에 강진호는 왼손바닥으로 놈의 목덜미를 받치고 오른손에 감춰 들고 있던 초강력 마취제를 묻힌 천 조각으로 놈의 입과 코를 강하게 흡착하듯 막았다. 단 몇 초 만에 정신을 잃었음을 감각으로 느낄 수 있었다. 놈이 앉은 채로 그대로 쓰러지지 않도록 등 뒤에서 몸을 밀착하여 받친 채 놈의 목에 특수철선을 감아 온 힘을 다해 졸랐다. 이미 정신을 잃은 놈은 외마디 작은 비명이나 버둥거림조차 없었다. 끈으로 목을 졸라 사람들을 죽인 연쇄살인범의 목을 반드시 철선으로 감아 숨통을 끊고 싶었다. 놈이 사망했음을 판단한 강진호는 철선을 풀고 놈에게서 손을 떼며 떨어졌다. 그 순간 놈은 앞쪽 의자 등받이에 얼굴을 찧으며 나무토막처럼 쓰러졌다. 놀라 당황한 교도관들과 재소자들로 인해 대기실은 갑자기 소란에 휩싸였다. 예리한 칼에 베인 것처럼 깊게 벌어진 놈의 목에서 시뻘건 피가 쏟아지듯 흘러내렸다. 뒤쪽으로 물러난 강진호는 처참하게 죽어간 놈의 모습을 물끄러미 바라보았다. 죽어 마땅한 살인범을 실수 없이 처리했다는 후련함이 들뿐 별다른 감정이 일지는 않았다.

신고를 받고 달려온 119구급차가 대기실 앞에 도착했고 출입문이 열렸다. 구급대원들이 들것을 들고 거침없이 안으로 들어오면서 재소자 대기실은 아수라장처럼 되었다. 강진호는 그 틈을 타 미끄러지듯이 밖으로 빠져나왔다. 놈을 태운 구급차가 사이렌 소리를 내며 쏜살같이 법원 정문을 빠져나갔다. 주차장 앞쪽에서 서성이고 있는 민대표와 김팀장의 모습이 강진호의 눈에 들어왔다. 두 사람의 초조와 궁금증이 먼발치에서도 고스란히 느껴졌다. 강진호가 바짝 곁으로 다가온 것을 알게 된 두 사람은 안도하는 기색이 역력했다. 강진호를 태운 민대표의 자동차는 빠르게 법원을 벗어났다.

—놈은 일단 병원으로 이송된 건가요?

법원네거리를 지났을 때 강진호의 형체를 볼 수 없음에도 민대표는 고개를 돌려 뒷좌석에 대고 물었다.

—확실하게 끝을 냈습니다!

놈의 숨통이 이미 끊어졌음을 확신하는 강진호는 그지없이 차분했다. 민대표는 더는 묻지 않았다. 오디오에서 흘러나오는 클래식 음악이 다소 무겁고 어색하게 감도는 분위기를 적잖이 걸러주었다. 회사에 도착할 때까지 세 사람은 아무런 말도 나누지 않았다.

실시간 보도되는 메인 뉴스는 놈의 사망 사건에 관해서였다. 현재 보강 수사가 진행 중이며 국과수의 부검결과 등이 나와봐야 정확한 사인을 알 수 있을 것이라 했다. 앵커들은 한결같이 믿기 어려운 일이 발생한 것을 강조해 보도했다. 미리 준비해둔 작은 흉기로 자해를 했으리라는 유추도 빗나간 것이 되고 말았기 때문이었다. CCTV에 찍힌 것으로는 아무런 행동도 없던 놈이 갑자기 정신을 잃은 듯 앞으로 쓰러졌다고 했다. 놈의 죄수복과 대기실을 수차례나 이 잡듯이 샅샅이 훑어보았으나 못 조각 하나도 발견하지 못했다고 했다. 투명망토의 기능이 완벽했음을 입증한 것을 알 수 있었다. 뉴스를 시청하던 민대표는 이제야 흉악범의 응징을 제대로 한 것으로 여기며 천천히 고개를 끄덕였다. 놈에게 무참히 희생당한 사람들과 그 가족들에게 통쾌하고 후련한 대리보복이 오롯이 가닿았으면 그래서 일말의 위로가 되었으면 좋겠다는 생각을 했다.

정신이 혼미해질 때처럼 순간 머릿속이 하얘지고 가물거린 느낌을 받은 민대표는 냉철함을 잃지 않으려 애를 썼다. 경악을 금할 수 없는 그야말로 일어나서는 안 될 일이 일어났기 때문이었다. 급격한 흥분을 가라앉히려 애를 썼으나 치가 떨리는 기분을 선뜻 가라앉힐 수는 없었다. 종로에서 초등학교 2학년 여자 어린이가 하굣길에 골목에서 납치돼 근처 상가건물 옥상으로 끌려가 잔혹하게 성폭행을 당한 사건이 발생했다. 병원으로 옮겨진 여자 어린이는 소아외과 전문의의 집도로 긴급수술을 받았으나 원래 상태로 복원될 수 없을 만큼 생식기가 크게 파열되어 평생 장애를 갖고 살게 될 수밖에 없다고 했다. 의사의 기자회견에 민대표는 이를 바드득바드득 갈기까지 했다. 피해 여자 어린이와 그 가족들의 처절한 울부짖음이 환청처럼 귓속으로 파고들었다. 지난날 조카와 여동생 가족들이 겪었을 고통까지 뇌리에 중첩되어 어지러이 일렁였다.

CCTV를 아랑곳하지 않은 놈은 차라리 무지하다 할 정도로 대담했다. CCTV 두 곳에 찍힌 놈은 둥근 챙의 등산 모자에 마스크와 짙은 색안경으로 자기 얼굴을 나름 치밀하게 감추고 범행에 나선 것을 알 수 있었다. 실제로 경찰은 놈의 이동 동선을 추적하는 것에 실패하고 말았다. 놈은 성폭행을 저지른 후에 상가를 빠져나가 CCTV가 찍히지 않는 어느 지점에서 머리끝부터 발끝까지 완벽하게 변신을 하고 일대를 벗어났을 만큼 주도면밀했다.

놈을 단정하고 검거하는데 다소 시일이 걸릴 수밖에 없는 상황이었다. 민대표는 자신의 모든 역량을 쏟아부어야겠다고 단단히 마음을 먹었다. 물론 놈을 직접 찾아내는 것은 불가능이었다. 어쩔 수 없는 한계는 인정해야 했다. 민대표의 머리는 이미 기민하게 작동하기 시작했다. 고난도의 작업능력이 필요하리라는 생각이지만 그만큼 적의도 높이 치솟았다. 놈을 응징하는 방식이 민대표의 머릿속에서 그려지고 있었다.

사건이 발생한 지 9일째 되던 날인 어제 용의자를 검거했다는 속보가 떴으나 용의자를 조사한 경찰은 혐의 불충분으로 놈을 일단 석방하겠다고 다시 발표했다. 하지만 민대표는 용의자라는 놈이 자꾸 마음에 걸렸다. 왠지 무관하지 않은 것 같은 예리한 직감이 광선처럼 놈에게로 뻗쳐나갔다. 놈을 접수하여 직접 확인해 보고 싶었다. 만약 놈이 실제 범인이라면 경찰 손에 들어있지 않은 것이 작업하기에 훨씬 수월하리라는 판단도 했다.

우선 놈의 소재를 파악하는 게 급선무였다. 브로커에게 돈을 건네면 충분히 빼낼 수 있는 정보라는 판단을 했다. 민대표는 마음이 조급해졌다. 치밀해야 하지만 왠지 빠르게 움직여야 할 것 같았다. 범죄 입증을 위해 수사를 지속하고 있을 경찰도 심증으로는 여전히 놈을 범인으로 지목하고 있을 것 같아서였다. 물론 범인이 아닐 확률도 아주 배제할 수는 없으나 놈을 거름망에 직접 걸러 보아야 하는 것은 선택이 될 수가 없었다.

기업에 투자자를 연결해주고 고급정보가 필요한 사람들에게 정보를 제공하기도 하는 김사장으로부터 놈의 신상과 주소를 확보한 민대표는 차분하게 다음 단계를 계획했다. 놈은 35세의 독신남이었다. 의심을 사지 않기 위해 놈은 지금 청량리의 원룸에서 꼼짝 않고 지내고 있을 것이라고 민대표는 예상했다. 한이사를 불러 계획을 설명한 민대표는 모두가 변신할 수 있는 투명망토와 부츠, 장갑 그리고 투명침낭 한 개를 금주 내로 신속히 제작할 것을 주문했다. 그런 후에 곧바로 강진호의 사업소를 찾아갔다.

―불가능할 것 같지 않은데요!

민대표의 설명에 강진호는 선뜻 긍정적인 반응을 보였다.

―사실 강소장의 의견이 궁금했어요.

민대표는 자못 안도하는 표정을 지어 보였다.

―언제 실행하실 겁니까?

―투명망토 제작이 완료되는 즉시요!

―그렇군요!

강진호는 전개될 작업단계를 머릿속으로 상상했다.

◈ ◈ ◈

토요일 정오, 한이사는 운전석에 앉아 네비게이션에 주소를 입력했다. 민대표와 강진호, 유팀장, 김팀장이 다 함께 스타크래프트 밴에 탑승했다. 한이사를 제외한 네 사람은 회사 대표실에서 이미 투명인간으로 변신한 상태였다. 한이사는 다소 긴장된 기색으로 청량리를 향해 빠르게 차를 몰았다. 작업 시뮬레이션을 여러 번 반복한 터여서 민대표의 추가지시는 따로 없었다. 각자 생각에 빠진 탓인지 차 안에는 무거운 침묵이 흘렀다. 만약 다른 누가 차 안을 들여다본다면 분명 운전자 혼자서 타고 가는 상태였다. 얼마쯤 후에 목적지에 도착했다는 네비게이션 알림음성이 흘러나왔다. 한 치 실수 없이 신속히 처리하자는 민대표의 독려는 마치 운동경기를 시작하기 전에 선수들에게 자신감을 불어넣어주는 감독의 일성과도 같았다. 그러했음에도 백 퍼센트 성공을 확신할 수 없는 일면의 불안감이 차 안에 감돌고 있음은 어쩔 수 없었다.

차에서 먼저 내린 한이사가 뒷문을 열었다. 이면도로에 설치된 CCTV를 치밀하게 계산해야 했고 CCTV 화면 속에서는 철저히 혼자만의 행위여야 했다. 사람은 보이지 않는데 자동차 문이 저절로 열리고 닫히게 보여서는 안 될 일이었다. 민대표를 비롯한 그들은 놈이 거주하는 원룸 앞에서 서 있을 수밖에 없었다. 공상 영화처럼 물체를 투과하여 공간이동을 할 수는 없기에 누군가의 출입을 기다려야 했다. 그렇게 이십 여분쯤을 막연하게 서 있었을 때 젊은 여자 한 명이 빠른 걸음으로 걸어와 출입문 비밀번호를 누르고 안으로 들어갔다. 문 옆에 바짝 붙어서 있던 김팀장이 재빠르게 눈으로 입력한 비밀번호를 눌러 모두 건물 안으로 들어섰다. 그런 후에 계단을 통해 3층으로 올라갔다. 드디어 놈이 거주하는 304호가 눈앞에 있었다. 가상 연습에서처럼 엎드린 김팀장의 등을 밟고 올라선 유팀장이 복도 CCTV 카메라 각도를 위로 돌려놓았다. 놈의 모습이 CCTV에 찍혀서는 안 되기 때문이었다.

김팀장이 304호 인터폰을 눌렀다.

―누구세요?

놈은 예상했던 대로 집 안에 있었다.

─배달입니다.

─배달주문 한 것 없어요!

─304호가 맞는데요!

김팀장의 대응은 천연덕스러울 정도였다.

─배달시킨 것 없다니까요!

걸쇠를 풀지 않은 채 문을 연 틈으로 놈은 다소 신경질적인 반응을 보였다.

─여기가 분명 맞는데요. 죄송하지만 직접 보고서 확인해 주시겠어요.

배우를 해도 될 정도로 김팀장의 연기는 조금도 흔들림 없이 자연스러웠다.

─정말 아니라니까 그러네!

놈은 급기야 걸쇠를 풀고 문을 열어 상체를 밖으로 내밀었다. 그 순간을 강진호가 놓칠 리는 없었다. 먹이를 낚아채는 맹수처럼 놈의 목덜미를 잡아 밖으로 끌어당김과 동시에 초강력 마취제를 묻힌 천 조각으로 놈의 입과 코를 틀어막았다. 놈은 그대로 정신을 잃고 쓰러졌다. 가물거린 의식 속에서 귀신이 홀렸다고 느꼈을지도 모를 일이었다. 누군가와 말을 분명 주고받았음에도 문밖에 아무도 없었으니 말이다. 그들은 준비해간 투명침낭 속에 축 처진 놈을 서둘러 집어넣었다. 강진호와 김팀장이 앞뒤로 어깨에 나누어 매고 계단을 내려왔다. 차창을 열어놓은 채 대기하고 있던 한이사는 민대표의 작은 휘파람 소리를 듣고서 이내 차 문을 열고 밖으로 나왔다. 한이사의 눈에도 일행들은 당연히 보이지 않았다. 놈을 실은 스타크래프트 밴은 조용히 이면도로를 벗어났다.

침낭 지퍼를 열어 놈을 관찰하던 강진호는 곧 마취에서 깨어날 것으로 판단하고 약간의 마취제를 놈의 코와 입에 다시 흡착했다. 놈은 도로 깊은 잠에 빠져들었다. 민대표의 양평별장에 도착할 때까지 마취상태가 유지되어야 했다. 한이사는 누군가와 통화를 하며 빠르게 와줄 것을 재촉했다. 대화가 그리 매끄럽게 이어지지는 않았다. 별장에 도착해서도 한이사가 차에서 먼저 내려 현관문을 열었다. 거실로 옮겨진 놈은 침낭에서 꺼내어져 안마의자에 눕혀졌다. 민대표의 지시로 모두 투명망토를 벗었다.

얼마쯤 지나 누군가 별장을 찾아왔다. 다름 아닌 한이사의 동생이었다. 영어학원 원장인 한이사의 동생은 일찍 최면에 관심을 두고 심도 있게 연구해온 최면술의 대가였다. 방송에도 여러 번 출연했을 정도로 인정받는 실력자였다. 떨떠름한 기색이 역력한 한이사의 동생이 놈을 흘깃 살폈다. 현재는 마취에서 거의 깨어날 즈음이라며 한이사가 놈의 상태를 알렸다. 혹여 불미스러운 일에 연루되는 것은 아닐까 심히 우려하고 있음을 모르지 않는 민대표가 어떤 경우에도 한원장에게는 아무런 피해가 없을 테니 조금도 염려하지 말라며 안심을 시켰다.

놈에게서 한시도 눈을 떼지 않은 강진호가 놈이 지금 막 깨어나려는 것 같다며 한이사의 동생에게 알렸다. 그러자 한이사의 동생은 즉시 놈의 이마에 손바닥을 댔다. '눈을 감고 편안하게 깊은 휴식에 들어갑니다…… 당신은 이제 아주 편안한 상태로 깊이 들어갑니다……'라며 최면을 유도하는 암시를 반복했다. 한이사의 동생은 눈짓으로 놈이 최면에 빠져들었음을 민대표에게 전달했다. 민대표는 즉시 녹음기를 켜고 다가섰다. 한이사의 동생은 서두르지 않고 천천히 질문을 반복했다. 그런 중에 드디어 놈의 입이 터졌다. 얼마 전에 종로에서 여자 어린이를 성폭행했다며 실토하기 시작했다. 초등학교 부근에서 하교하는 여자 어린이들을 지켜보며 대상을 물색했다고 했다. 상가건물 옥상으로 끌고 간 것 등의 대답은 범인을 의심할 일말의 여지도 없이 구체적이었다. 놈이 범인임은 명백했다. 민대표는 이어지는 질문을 중단시켰다. 할 일을 끝낸 한이사의 동생은 잠시 지체도 없이 별장을 나섰다. 떨떠름한 기색은 여전히 가시지 않은 채였다. 놈을 도로 마취상태로 돌려놓는 일은 강진호가 맡았다.

두터운 비닐이 깔린 간이침대가 거실 한가운데 놓였다. 팽배한 긴장감이 물안개처럼 공간에 감돌았다. 민대표는 침대 주위를 서성이듯 하며 창밖을 자주 흘깃거렸다. 초조함을 이기지 못한 민대표가 핸드폰을 꺼내 들었다. 5분 후에 도착 예정이라고? 되묻듯 하며 짧은 통화를 끝낸 민대표는 안마의자에 누워있는 놈을 간이침대로 옮길 것을 지시했다. 마취상태에 도로 빠진 놈은 깊은 잠을 자는 것만 같았다. 민대표는 사나운 시선으로 잠시 놈을 쳐다보았다. 마당으로 차가 들어오는 소리가 들려왔다. 놈을 지키는 강진호 외에 모두 밖으로 나갔다. 민대표의 고교동창인 외과 의사 황원장이 자기 병원 앰뷸런스를 타고 왔다. 그제서야 민대표는 안도했다. 간신히 설득하여 승낙을 받았으나 행여 황원장의 마음이 변할까 내내 노심초사했던 터였다. 수술 장비와 도구, 약품 통이 거실로 옮겨졌다.

혈압 맥박과 산소포화도 등 놈의 상태를 체크한 황원장은 수술이 가능하다며 바로 시작하겠다고 했다. 민대표의 계획대로 놈의 성기를 거세하는 수술이었다. 임시 수술방이 된 거실에는 수술에 필요한 장비와 도구들이 빠르게 세팅되었다. 놈의 팔등에 꽂힌 수액에 소량의 마취제가 또 들어갔다. 강진호가 놈의 바지와 속옷을 벗겼다. 황원장이 핀셋으로 소독거즈를 집어 들어 놈의 성기를 소독했다. 그런 후에 성기 주위에 부분마취 주사를 놓았다. 강진호와 김팀장이 간호사를 대신하여 어시스트를 맡기로 했다. 황원장이 메스를 집어 들었다. 도저히 볼 수 없다는 듯 한이사와 유팀장은 말없이 거실 가운데를 벗어나 주방 쪽으로 갔다. 성기가 절단되는 순간, 김팀장은 차마 보지 못하고 옆으로 고개를 돌렸으나 민대표와 강진호의 시선은 조금도 흔들리지 않았다. 여자 어린이를 무참하게 성폭행한, 흉악한 범인에게 가하는 마땅한 응징이란 생각뿐이었다. 수술을 집도하는 황원장의 결심도 그리 다르지는 않았다. 일반외과 개원의인 황원장은 초등생 딸 둘을 둔 아빠였다. 그런 심정으로 깊은 고민과 갈등을 극복하고 놈을 응징하는 작업에 합류하게 되었다.

놈의 거세 수술은 예상시간을 넘겨 봉합까지 2시간쯤 걸렸다. 민대표는 물끄러미 놈을 바라보았다. 안됐다는 생각은 전혀 들지 않았고 일말의 후회도 들지 않았다. 오히려 통쾌했고 후련했다. 그럴 수 있다면 피해 여자 어린이 가족에게 당장 이 소식을 전해주고 싶을 따름이었다.

—상처가 완전히 아물려면 대략 2주 정도가 걸릴 텐데 그때까지 이놈의 상태와 상처 관리를 제대로 잘해야 하는 걸 잊지 말라고. 나도 매일 한 번씩 찾아와 살펴보겠지만…….

황원장은 수술 장비와 도구들을 챙기며 민대표에게 단단히 일렀다.

—참으로 어려운 일을 이렇게 맡아주어 정말 고맙고 수고 많았네. 친구!

미안하고 고마운 마음을 말로서는 전부 표현할 수가 없는 민대표는 친구인 황원장에게 고개를 숙여 경의를 표했다. 수술 부위 감염 예방 주사와 영양공급 수액 그리고 혼미할 정도로 의식이 유지되도록 소량의 마취제도 계속 주입하기로 했다. 민대표와 강진호는 별장에 상시 상주키로 했고 한이사와 유팀장, 김팀장은 하루씩 교대하여 놈의 상태를 함께 지켜보기로 했다. 놈의 거세 수술을 성공적으로 끝낸 황원장은 배웅을 받으며 별장을 떠났다. 차라리 마음이 후련하다는 말을 출발 직전에 민대표에게 남기기도 했다.

놈의 수술 부위 상처는 20일이 지나서야 완전히 아물었다. 테이프를 되감듯이 납치하던 방식 그대로 놈을 데려다 놓기로 했다. 민대표의 지시로 전부 별장에 모였다. 이번에도 한이사를 제외한 그들은 투명망토와 부츠, 장갑을 이용해 모두 투명인간으로 변신했다. 놈은 여전히 얕은 마취상태에 빠져있었다. 납치하던 때처럼 놈을 투명침낭 속에 집어넣었다. 먼저 밖으로 나간 한이사가 주차되어있는 스타크래 프트 밴의 문을 열었다. 투명인간들이 투명침낭을 차 안에 실었다. 한 이사는 청량리를 향해 차를 몰았다. 투명인간인 그들은 서로를 볼 수 가 없었다. 그래서인지 그게 아니면 각자의 생각에 사로잡혀서인지 놈을 데려오던 그때처럼 모두 말이 없었다. 어색한 침묵을 날리려 한 이사가 클래식 음악의 볼륨을 조절하고 있었다. 민대표는 놈이 마취 에서 깨어나 절단된 성기를 확인하게 될 순간을 떠올렸다. 꿈인지 현 실인지 선뜻 구분될 수 없으리라는 생각이 들었다. 다만 꿈인지 현실 인지 구분할 수 없더라도 천벌을 받은 것이라는 점을 분명 느껴야 한 다고 생각했다. 이처럼 놈에게 반드시 참혹한 고통이 따라야 이치에 맞는 것이라는 생각도 연달아 들었다.

경험은 행위 전개를 수월하게 했다. 먼저 내린 한이사가 차 문을 열 었다. 강진호와 김팀장이 놈이 들어있는 투명망토를 앞뒤로 어깨에 나누어 맸다. 김팀장은 기억하고 있는 건물 출입문 비밀번호를 유팀 장에게 불러주었다. 계단을 통해 3층으로 올라간 그들은 놈의 방인 304호 앞에 침낭을 내려놓았다. 지난번처럼 김팀장의 등을 밟고 올라 선 유팀장이 복도 CCTV 카메라 각도를 위로 올렸다. 민대표의 지시 로 침낭에서 꺼내진 놈은 방문 앞에 비스듬히 뉘어졌다. 아직은 얕은 마취상태인 놈을 누군가 발견한다면 술에 취했거나 갑자기 쓰러진 것 으로 여겨 흔들어 깨울 것이 짐작되는 모습이었다. 그게 아니면 얼마 후에 놈이 마취상태에서 스스로 깨어날지도 모를 일이었다. 민대표를 비롯한 그들은 쓰러져있는 놈을 싸늘하게 쏘아보고서 계단을 통해 건물 밖으로 나왔다. 민대표의 휘파람 소리에 차 밖에서 서성이던 한이사가 차 문을 열었다.

스타크래프트 밴은 이내 이면도로를 벗어나 대로로 들어섰다. 그들은 투명망토와 장갑, 부츠를 벗었다.

—놈이 진범으로 확정되어 재판을 받고 교도소에 수감 되는 것에 나는 전혀 관심도 없고 의미도 두지 않아요. 왜 그런가 하면 놈이 저지른 흉악범죄의 대가로 가장 적절하고 확실한 방식으로 우리가 먼저 응징을 했으니 말이지요!

민대표는 통쾌한 기색으로 소회를 밝혔다. 할 일을 끝낸 사람의 후련함을 보여주기라도 하듯이 손빗으로 머리칼을 시원하게 쓸어 넘기기도 했다. 흉악범들을 제대로 처벌하지 않는 한 응징을 멈출 생각이 전혀 없는 듯했다.

—그런 놈들 때문에 응징이란 단어가 생겨난 게 아닐까 싶어요!

한이사는 백번 수긍한다는 말투로 민대표의 말을 받았다. 기저에 깔려있던 일면의 불안감도 온데간데없이 몹시 후련한 기색이었다. 강진호와 유팀장, 김팀장은 고개를 주억이는 것으로 공감을 표시했다. 민대표는 일식당 죽림으로 가자며 전화를 걸어 방을 예약했다. 한이사는 클래식 음악의 볼륨을 크게 높였다.

민대표는 음악을 들으며 눈을 감았다. 아침에 보도된 TV 앵커의 음성과 자막의 글자가 뇌리를 떠나지 않았다. 2살 된 입양 여아의 사망 사건에 관한 뉴스였다. 온몸이 멍투성이였고 양팔, 갈비뼈, 쇄골, 다리

등에 다발성 골절상과 내부장기가 파열되어 복부와 가슴 속에는 피가 가득 들어차 있었으며 췌장은 절단되어있었다는 응급의학 전문의의 인터뷰는 지금 막 들은 것처럼 생생하기만 했다. 경찰에 소환되어 조사를 받는 양부모는 혐의를 부인하고 있다고 했다. 인간이 아닌 악마들이었다. 도무지 인간이라 할 수가 없었다.

아동학대치사라는 단어는 완전히 틀린, 가당찮은 표현이 아닐 수 없었다. 명백한 고의살인이었다. 그것도 극도로 잔인한 살인이었다. 민대표는 절대 그대로 넘길 수 없는 일이라고 생각했다. 이제 15개월 된 너무도 어린아이였다. 아이가 겪었을 참혹한 고통들은 차마 가늠할 수도 없을 것 같았다. 다만 짐작되는 고통보다 열 배쯤 아니 백 배쯤은 훨씬 더 잔인하고 처절하게 반드시 응징해야겠다고 마음을 굳혔다. 민대표는 지그시 어금니를 깨물었다. 어떤 방식으로 응징할지 민대표의 생각은 빠르게 작동하기 시작했다.

로마의 고려청자

그의 손에는 악기 보관 케이스처럼 생긴 긴 가방이 들려있었다. 옥상정원의 흔들의자에 누워있던 신권호의 표정에는 약간은 미덥잖은 호기심이 서려 있었다. 그는 탁자 위에 가방을 내려놓고 지퍼를 열었다. 순간 금속의 반사 빛이 흘러나왔다. 가방 속의 물건은 두 사람에게 낯익은 청동검이었다. 세상에서 가장 귀중한 물건을 다루듯이 그는 매우 조심스레 청동검을 꺼내 들었다. 신권호의 입에서는 이내 감탄이 쏟아져나왔다. '아니, 어떻게 이럴 수가 있지!'라며 신권호는 놀라움을 금치 못했다. 청동검을 받아들고서 자신도 놀라 기절할 뻔했다며 그는 뿌듯한 기분을 아예 즐기는 듯했다. 인간문화재급인 도검 장인의 솜씨는 신의 경지에 이른듯하다며 다소 오버스러운 표정을 지어 보이기도 했다.

옥상 아래층인 꼬마빌딩 꼭대기 층의 집을 다녀온 신권호의 손에는 청동검이 들려있었다. 그가 가방에 넣어 가져온 청동검과 일 점도 다르지 않을 만큼 똑같았다. 두 사람은 탁자 위에 청동검을 나란히 올려놓고서 연방 탄성을 내질렀다. 로마 병사들이 무기로 사용했던 '글라디우스', 단검에는 긴 세월의 내력이 깃들어있는 듯 보였다. 그는 자신이 가져온 청동검을 집어 들고 허공을 찌르는 모션을 취했다. 전쟁터에 출정한 로마 병사가 적의 창과 칼을 방패로 막으며 청동검으로 적을 찌르는 장면을 상상해 보기도 했다.

신권호는 자신의 집에 소장되어있는 청동검에 그리 큰 관심을 두지 않았었다. 고대 혹은 중세시대 서양에서 사용했을 법한 오래된 검이 어떻게 집안 대대로 전해 내려왔을까 하는 의문이 간혹 들었을 정도였다. 생전의 할아버지로부터 또 아버지로부터 자신의 집안이 고려 때 개경의 호족이었다는 가문의 역사를 누누이 전해 들었으나 그럴 때마다 자부심보다는 뭐 그런 것인가 보다 하고 여겼을 정도였다. 하지만 절친인 그를 통해 역사적 배경을 인식하게 되면서 호기심과 관심이 차츰 커지게 되었고 그 가능성을 믿게 되었다.

지중해 건너 로마와도 활발히 교역했던 페르시아 상인들은 해상교역이 왕성했던 고려의 개경까지 임진강을 거슬러 왔다고 했다. 페르시아 상인들이 로마의 청동검을 개경에 가져왔고 호족이었던 신권호의 선조 손에도 들어왔으리라는 것이 그의 추론이었다. 그런 설명을 들으며 신권호는 한 가닥 전율마저 느꼈었다. 왜냐하면, 당시 고려 사람들은 유럽대륙과 나라들이 존재하고 있는지조차 몰랐을 것이며 청동검을 만들었던 로마 사람들도 그러했으리라는 생각 때문이었다. 가문의 선조들과 서역 상인들의 교역과 교류의 증표인 것을 인식하게 되면서 신권호는 청동검을 융단 천으로 수시로 닦고 관심을 쏟을 만큼 달라져 있었다.

　그는 두 달 전쯤에 신권호에게 몹시 어려운 부탁을 했다. 잠시 망설였으나 신권호는 그의 부탁을 결국 들어주었다. 신권호의 청동검을 사진으로 여러 장 찍어 도검제작 장인을 찾아갔던 그는 뜻밖의 상황에 기운이 빠질 수밖에 없었다. 복제 제작은 가능하지만 사진만으로는 만들 수 없으며 기초제작 기간인 2주일쯤은 실물 검을 맡겨야 한다는 조건에 낙심하지 않을 수 없었다. 잠깐 보여주는 것도 아닌 여러 날을 맡겨야 한다는 것에 도무지 불가능한 일이라고 여길 수밖에 없었다. 제아무리 절친이라 해도 차마 그런 말은 꺼낼 수가 없었고 그렇게까지 하는 것은 선뜻 내키지도 않았다. 그러나 목표를 향한 욕구는 책장 덮듯이 가벼이 덮어지는 것이 아니었다. 차라리 어려운 부탁을 선택하여 복제 청동검을 손에 넣고 싶은 생각이 우위를 점하기까지 걸린 시간은 예상보다도 짧기만 했다.

　그러했던 그가 복제 청동검을 가져와 신권호에게 보여주고 있었다. 그는 고맙다는 말을 신권호에게 다시금 건넸다. 두 사람은 청동검을 각자 손에 들고 함께 셀카를 찍었다. 그가 쟁취했다는 희열감만큼이나 신권호도 덩달아 달뜬 기분을 만끽하고 있었다. 사실 그에 대한 믿음이 신권호에게 없었다면 불가능한 일이었다. 할아버지가 생전 해 있을 때로부터 지금껏 청동검이 집 밖으로 반출된 적은 단 한 번도 없었으니 말이다. 길게 갈등하지는 않았다 해도 절대 쉬운 결정은 아니었다. 도검을 제작하는 장인을 극히 불신해서는 아니었으나 그러했음에도 일말의 불안감마저 떨칠 수는 없었다. 신권호는 청동검의 손잡

투명망토의 표적들

이 끝부분을 송곳으로 살짝 긁어 다른 이들의 눈에는 보이지도 않을 극히 미세한 표시를 해두었다. 그야말로 심리적인 안전장치였던 셈이었다. 청동검을 돌려받을 때 손잡이 부분의 미세한 긁힘 표시를 재빠르게 확인했던 것은 그래서였다.

신사동 가로수길의 5층 상가와 원룸 건물을 부모로부터 물려받은 그와 이촌동의 7층짜리 꼬마빌딩을 역시 부모로부터 물려받은 신권호는 금수저 아니 최소한 은수저라 해도 틀리지 않았다. 서른다섯 동갑에 미혼인 것도 같았다. 옥상 아래층인 신권호의 집 거실 한쪽에 자리 잡은 유리 진열장 안에는 도자기로 만든 주전자가 놓여있었다. 그것은 다름 아닌 '청자상감모란문주전자'였다. 눈에 넣을 때마다 그의 혼을 쏙 빼놓고 마는 고려청자였다. 고고한 품격이 흔연히 느껴지는 진품 청자였다.

청동검은 진열장 위 벽면에 설치한 나무 좌대에 거치해놓았으나 상감청자는 번호키로 잠긴 진열장 안에 보관했다. 신권호의 말에 의하면 비밀번호는 전원주택으로 나가 사는 아버지 외에는 누구도 알 수 없다고 했다. 그야말로 조상대대로부터 물려받은 신권호 집안의 가보였다. 고려청자 진품이 틀림없으며 몇 점 남아있지 않은 현존하는 진귀한 상감청자임을 이름있는 골동품 감정사로부터 인증받았다고 했다.

진열장에 바짝 붙어선 그는 상감청자를 뚫어져라 쳐다보았다. 매번 그러했던 것을 알기에 신권호는 달리 여기는 눈치도 아니었다. 머지 않은 미래에 박물관 건립이 꿈인 그가 가장 소장하고 싶어 하는 물건은 진품의 상감청자였다. 그것도 바로 눈앞에 있는 주전자 모양의 상감청자와 청자매병이었다. 실로 꿈만 같은 희망 사항이었다. 사실 그는 2점의 대접과 3점의 청자를 지난해에 수집하여 갖고 있었다. 당연히 진품 고려청자였다.

인사동에서 갤러리를 운영하는 선배로부터 고미술품을 취급하는 사람을 소개받았고 그 사람으로부터 어렵게 구할 수 있었다. 대금을 지급하고 물건을 건네받던 날 그 사람은 고려청자의 출처를 슬쩍 귀띔해 주었다. 유물이 인양되었던 지역에서 어부가 우연히 그물로 건져 올린 것이거나 전문 도굴업자들이 인양해 보관하였다가 은밀히 유통하는 물건들이라 했다. 그 자리에 함께 있던 골동품 감정사는 자못 엄정한 표정을 짓고서 백 퍼센트 진품이라는 감정을 해준 후에 먼저 자리를 떴다. 그는 의심할 여지도 없이 진품으로 받아들였다. 물론 자기 확신의 느낌이 강해서이기도 했다. 그 후로도 진품이란 믿음은 흔들린 적이 없었다.

◈ ◈ ◈

강진의 도예 장인으로부터 '청자상감매병'과 '청자상감모란문주전자'를 주문구입 한 그는 오히려 깊은 허탈감에 빠져들었다. 진품과 선뜻 구분이 안 될 만큼 매우 흡사하였으나 기대했던 만큼의 기쁨도 성취감도 느낄 수가 없었다. 복제 청동검을 손에 넣었을 때와는 완전히 다른 느낌이었다. 가라앉은 기분을 좀처럼 추스를 수 없었던 그의 뇌리에 인천에서 여행사를 운영하며 소규모 무역업도 병행하는 이종사촌 형이 불쑥 떠올랐다. 마당발 인맥에 수완이 좋은 것을 알기에 어쩌면 뜻밖의 도움을 받을 수도 있겠다는 생각으로 일말의 희망이라도 걸고 싶었다. 미룰 것 없이 당장 만나러 가야겠다고 그는 나섰다.

가라앉았던 그의 기분은 인천으로 가는 동안 이미 말끔히 사라지고 없었다. 낙관적인 생각이 우위를 점해서였다. 이종사촌의 기색에는 반가움과 기별도 없이 별안간 찾아온 까닭의 궁금증이 중첩되어 서려 있었다. 그는 에돌지 않고 본론을 꺼냈다. 북한에서 중국을 거쳐 반출되는 고려청자를 구하고 싶은데 혹 방법이 있겠느냐고 물었다. 전혀 뜻밖의 물음에 몹시 의아한 표정을 짓고서 그를 빤히 쳐다보던 이종사촌은 '방법이야 찾으면 되겠지만, 고려청자는 왜 구매하려는 건데?'라고 되물었다. 어떻게 대답을 해야 할지 할 말을 잃은 사람처럼 그는 갑자기 입이 굳어져 버리는 듯했다.

그의 이종사촌은 가능하다고 단정하지도 않았으나 딱 잘라 불가능하다며 선을 긋지도 않았다. 작은 박물관을 건립하고 싶어서라고 그는 이유를 말해주었다. 아직은 누구에게도 밝히고 싶지 않았으나 그래도 나름 진중히 받아들여 주는 이종사촌에게는 사실대로 말해주고 싶었다. 중국 쪽으로 반출되는 것은 어떻게 알게 된 것이냐는 이종사촌의 물음에는 떠도는 얘기를 기억하고 있었을 뿐이라고 했다. 조선족들이 북한으로 들어가 개성까지 가서 고려청자를 매수해 가지고 온다는 풍설도 들어 알고 있었으나 굳이 덧붙여 말하지는 않았다. 주위들은 얘기만 많으면 뭐하나 싶어서였다.

이종사촌의 전화번호가 액정에 뜬 순간 그는 급격한 긴장으로 인해 정수리의 두피가 팽팽하게 당겨지는 느낌을 받았다. 인천에 다녀온 지 5일째 되는 날이었다. 그런 일에 관련 있는 골동품 매매업자의 이름과 연락처를 알려줄 터이니 만나보라는 전화였다. 단지 스쳐 가는 희망의 바람이라 해도 미묘한 느낌이 제법 좋았다. 은은한 기품을 지닌 상감청자가 뇌리를 간지럽혔다. 쟁취의 집념이 가능성을 보여주는 듯했다. 딱히 연락을 미룰 이유가 없다는 생각이 들었다. 오후 3시에 안국동에서 만나기로 했다. 그는 골동품 매매업자가 불러준 건물 번지수를 머릿속에 단단히 입력했다.

희귀한 물건들을 볼 수 있으리라는 그의 짐작은 완전히 빗나갔다. 도자기 그릇과 화병 등을 판매하는 작고 평범한 가게였다. 홀로 가게를 지키고 있던 오십 대 초반쯤의 남자는 반가이 맞이하면서도 스캔하듯이 그의 기색을 슬쩍 살폈다. 물론 그도 마찬가지였다. 탐색전을 즐겨 하지 않는 듯 남자는 매우 직선적이었다. 저런 물건들을 구하려는 것이냐며 상감청자주전자 모양과 흡사한 도자기를 가리켰다. 그는 망설임 없이 그렇다고 대답했다. 고가이며 또 시간이 상당히 걸릴 수도 있는데 그래도 구매를 원하느냐며 남자는 다시 확인하듯 물었다. 그는 고개를 크게 끄덕여주었다. 참고로 알고 있으라는 듯 북한 쪽에서 물건을 거의 구할 수 없다는 중국 업자들의 소식만 들려온다는 점을 남자는 은근히 강조했다. 오랜 기간 많은 밀반출로 인해 그럴 것이라는 점을 그도 이해는 되었다. 연락을 바란다는 인사를 건네고 그는 남자의 가게를 나섰다.

투명망토의 표적들

골동품 매매업자인 남자를 만나고 나서 그의 기분은 오히려 가라앉고 있었다. 기대가 크면 실망이 큰 것처럼 기대를 걸었던 만큼의 가능성을 확신할 수 없는 탓이었다. 그는 이촌동의 신권호 집으로 향했다. 매사 그리 급할 것 없고 낙천적인 신권호를 만나면 기분이 다소 전환될 것 같기도 해서였다. 신권호는 프리미어리그 리버풀과 토트넘의 재방 경기를 시청하고 있었다. 그는 진열장 속의 고려청자를 습관처럼 눈에 넣었다. 그러고 나서는 골동품 매매업자를 만나고 오는 길인데 구입 가능성이 클 것 같지 않다면서 길게 한숨을 내쉬었다. 어쨌든 기다려볼 일이 아니냐 말하면서 신권호는 물끄러미 그를 바라보았다. 그의 기분에 부합되는 것은 아니었으나 틀린 말은 아니었다.

진품 상감청자를 기어이 갖고 싶은 의미와 당위성을 피력하듯 그는 도예 장인에게 주문하여 구매한 복제품을 진열하지 않겠다고 했다. 결심에 쐐기를 박듯이 감동과 애착심을 전혀 가질 수 없음을 강조하기도 했다. 박물관을 개관한다면 전시품의 메인은 상감청자주전자와 상감청자매병이 되어야 하지 않겠느냐고도 했다. 신권호는 말없이 고개를 끄덕였다. 그의 열망과 집념을 모르지 않기에 단지 하소연으로 들리지 않아서였다. 그는 목 뒤에 손깍지를 껴 받친 채로 천장으로 눈을 두었다. 상감청자매병은 운이 좋으면 오래지 않아서 구할 수도 있을 것 같은 생각이 들었다. 극소량의 일부 물건들이 은밀히 유통되고 있음을 청자대접과 접시를 구매하던 때 들었기 때문이었다.

✦ ✦ ✦

광활한 푸른 바다 끝쪽에 설산이 솟아오른 큰 그림이 화실 벽면에 걸려있었다. 그의 눈에 얼핏 추상화로 보이기도 하는 풍경화는 크기가 50호 정도 되어 보였다. 송화백은 반년 만에 양평화실을 찾아온 그를 넘치지도 부족하지도 않을 만큼 반갑게 맞이해주었다. 그가 생각하기에 송화백은 천부적으로 타고난 실력을 지닌 화가였다. 미술계에서 알만한 사람은 익히 알고있어도 송화백은 스스로 철저히 무명화가의 길을 고수하고 있는 인물이었다. 수차례 개인전을 열기는 했으나 주위의 온갖 권유에도 미전이나 국전에 단 한 번도 작품을 출품한 적이 없는 그야말로 이방인을 자처하는 은둔의 화가였다. 서양화를 전공하지도 않은 송화백을 보면서 그는 타고난 예술적 재능을 지닌 사람들이 분명 있음을 알게 되었을 정도였다.

그는 명화 복제 그림에 적잖이 관심을 두고 있었다. 근현대 서양의 천재 화가들이 그린 원작 명화를 구매할 수 있는 것은 현실 세계에서는 불가능한 일이었다. 설혹 막대한 자금을 갖고 있다 해도 구매를 단정할 수는 없는 노릇이었다. 그는 원작과 구분할 수 없을 만큼 완벽한 복제 그림을 소장하겠다는 생각을 하게 되었다. 그의 그런 욕구와 구상을 완전 충족시켜준 이가 바로 송화백이었다. 송화백에게 의뢰하여 가지고 있는 십여 점의 명화그림은 서로 다른 곳을 찾을 수가 없을 정도로 그야말로 원작을 복사했다 해도 믿을 수 있을 정도였다. 유화물감의 정교하고 생생한 질감은 감상할 때마다 그에게 카타르시스를 일으키게 했다.

두 점의 의뢰 그림은 알프레드 시슬레의 '루브시엔느의 눈 내리는 풍경'과 모리스 위트릴로의 '생드니 대성당'이었다. 시슬레의 작품을 특히 좋아하는 그는 '루브시엔느의 눈 내리는 풍경'은 40호 크기로 주문했다. 19세기에서 20세기 초에 활동한 작가들의 그림을 감상할 때마다 그는 고혹적이면서도 차분하고 간결한듯하면서도 풍부한 표현에 매번 빠져들었다. 원작과 혼돈될 만큼 똑같은 그림을 그려내는 것은 송화백의 몫이었다. 송화백의 솜씨를 누구보다도 인정하고 있는 그의 눈에 송화백이 정교하게 그린 정물은 마치 사진처럼 보일 정도였다. 타의 추종을 불허하는 실력을 송화백이 갖추었다는 그의 강한 믿음은 흔들린 적이 없었다.

원작복제 그림에 송화백은 반드시 자신의 인장인 낙관을 찍었다. 그러한 관습으로 인해 그림은 단 한 번도 위작논란에 휘말린 적이 없었다. 만약 송화백이 그릇된 생각에 빠진 누군가와 모의를 한다면 어쩌면 심각한 위작논란을 불러오게 될 수밖에 없으리라고 그는 생각했던 적이 있었다. 시슬레의 작품을 특별히 더 좋아하는 이유가 있는 겁니까? 마치 시험면접관으로부터 어려운 질문을 받은 것처럼 그는 순간 머릿속이 하얘지면서 입이 얼어붙는 느낌이었다. 송화백은 대답을 원한다는 눈빛으로 그를 넌지시 바라보았다. 그는 무슨 말이라도 하지 않을 수 없었다. …… 다양한 색채를 소묘적인 방식으로 부드럽게 질감을 표현하는 것에 이끌리게 되고…… 또 은연하면서도 아름다운 그림 속의 풍경에 마음을 빼앗기게 되니까요! 그는 그렇게 대답해놓고 송화백의 표정을 빛처럼 빠르게 살폈다. 아주 엉망으로 대답하지 않은 것 같은 일말의 안도감이 깃들었다. 송화백은 자신도 시슬레의 그림을 좋아한다며 여러 번 고개를 주억였다.

예감은 빗나가기 일쑤여서 결론에 도달하기 전에는 어느 쪽으로도 속단하고 싶지는 않았다. 밤잠을 설쳐 다소 피곤했으나 그는 콧노래를 흥얼거리기까지 했다. 귀중한 물건이 들어왔다며 방문하여 감상하지 않겠느냐는 고미술품 상점 대표의 어젯밤 연락 때문이었다. 말하자면 물건이 마음에 들고 가격이 맞으면 구매하라는 기별이었다. 귀중한 물건이란 다름 아닌 이조백자라면서 슬쩍 구매욕을 자극하기까지 했었다. 그러니 자못 기분이 달뜬 그로서는 빨리 눈에 넣고 손으로 감촉을 느껴보고 싶을 뿐이었다.

지나친 기대감에서 비롯된 것일 수 있으나 고미술품 상점으로 들어서기 전에 그는 특이한 기운이 상점 안에 감돌고 있음을 느꼈다. 조금도 급할 것 없는 사람처럼 상점 대표는 더없이 여유로워 보였다. 꽃잎 차를 건네는 기색은 차분하지 못한 그의 기분과는 너무도 달랐다. 음미하듯 천천히 차를 마시며 그도 겉으로는 조급한 기색을 엿보이지 않았다. 상점 대표는 안쪽의 작은 별실로 그를 안내했다. 그곳에는 서화, 민화와 진귀해 보이는 골동품들이 다수 진열되어있었다. 상점 대표는 안전고리를 걸어 안에서 문을 걸어 잠갔다. 그러고는 캐비닛을 열어 고급스러운 한지 상자 세 개를 꺼내 탁자 위에 올려놓았다. 그는 마른 침을 삼키며 상자를 주시했다.

상자 안에서 이조백자주병 1개와 큰 접시 4개 그리고 '이조청화백자단지'와 '백자소호작은단지'가 꺼내어졌다. 전문적으로 골동품을 감정할 수 있는 실력을 갖춘 것은 아니었으나 제대로 좋은 물건을 만났다는 사실에 그는 순간 전율을 느꼈다. '진품 이조백잡니다. 정말 좋은 물건들이지요'라고 말하며 상점 대표는 그의 표정을 살폈다. 그는 대답으로 몇 번씩이나 고개를 끄덕여 보였다. 일면 기대했던 '분청사기 상감어문 매병'이나 '이조청화백자향로'는 아니지만 그래도 정신을 사로잡기에는 충분한 이조백자인 때문이었다. 현란한 화려함보다는 순수한 기품이 고스란히 느껴지는 백자였다. 백자는 작은 흠집조차도 찾아볼 수 없을 만큼 좋은 상태였다. 손끝으로 전해지는 감촉은 짜릿하고 황홀했다. 상점 대표가 제시한 구매가격은 예상했던 것보다도 훨씬 낮았다. 그는 순간 꿈을 꾸고 있는 것은 아닐 까란 생각마저 들었다. 하지만 그런 기색은 일절 드러내지 않은 채 가격 흥정 없이 구매 의사를 밝혔다. 상점 대표는 흐뭇한 표정을 지어 보였다.

신권호에 당장 보여주고 싶은 그는 저속 운전을 하여 이촌동으로 갔다. 그는 '이조백자주병'과 '백자소호작은단지'가 담긴 상자를 감싸듯 품에 안고서 신권호의 집으로 올라갔다. 신권호는 오버라고 여겨지지 않을 만큼 감탄을 했다. 박물관에서 말고는 이처럼 이조백자를 가까이 본 적은 없다고 했다. 신권호는 특별한 선택이라도 받은 것처럼 매우 기뻐했다. 그러면서 이조백자를 수집한 행운을 축하한다는 인사를 건네기도 했다. 격려의 배려심이 얼마쯤 깃들어있음을 모르지 않았으나 그래도 그의 달뜬 기분은 한껏 부풀어 오르기에 충분했다.

골동품을 보관하는 방의 진열대 위에 그는 이조백자를 올려놓았다.

뜻밖의 횡재를 한 것만 같은 짜릿한 감격은 조금도 수그러들지 않은 채 의식을 간지럽혔다. 그는 백자를 만들었을 조선의 도예인을 떠올렸다. 당대의 사람들이 만들고 사용한 백자가 먼 후대의 어느 누군가에게 전해지리라는 것을 아마도 그때는 짐작조차 하지 못했으리라는 생각이 들었다. 만들고 또 사용했을 옛사람들의 손길이 진하게 느껴지기도 해서 그는 알 수 없는 어느 옛사람과의 인연을 거듭 곱씹어 보았다. 어느 날 자신의 손을 혹 떠나게 되더라도 아주 오래도록 유장한 세월 동안 보존되기를 또한 기원했다.

◈ ◈ ◈

연이어 날아온 낭보에 이럴 때일수록 차분해질 필요가 있다고 그는 생각했다. 이조백자를 수집한 지 이틀 후였다. 안국동의 골동품 매매업자로부터 드디어 물건이 들어왔다는 연락을 받은 것이다. 방문상담 후 한 달쯤 지난 시점이었다. 진품 '청자상감모란문주전자'를 가질 수 있다는 사실에 벅찬 기분을 조절할 수 있는 것은 좀처럼 쉬운 일이 아니었다. 매매업자의 안국동 가게로 가는 동안 그는 몇 번씩이나 숨을 가다듬어야 했다. 매매업자인 주인 남자는 기다리고 있었던 듯 그를 반가이 맞이했다. 속마음과는 달리 그는 과하게 들떠있음을 되도록 엿보이고 싶지는 않았다.

매매업자인 주인 남자는 출입문을 슬쩍 흘깃거렸다. 마치 누군가 가게 안으로 들어올 것을 경계하듯 했다. 그런 후에 계산대 테이블 밑에서 직사각형 나무상자 하나를 조심스레 들어 올렸다. 두 마리 학이 그려져 있는 연갈색의 원목 상자였다. 상자는 한눈에 보아도 고급스러움이 묻어나왔다. 경첩이 달린 상자 뚜껑이 천천히 들려 제쳐졌다. 그는 순간 숨을 멈추었다. 상감청자의 윗부분이 그의 눈에 들어왔다. 상자 내부의 두툼한 적갈색 비단 천은 파손을 대비한 완충장치인 듯싶었다. 급기야 매매업자가 상감청자를 꺼내어 테이블 위에 올려놓았다. 고풍스러운 상감청자의 자태가 꿈속에서처럼 그의 눈앞에 나타났다. 그의 입에서 저절로 작은 탄성이 흘러나왔다. 마치 꿈과 현실의 경계에 놓인 모호한 기분에 그는 휩싸일 수밖에 없었다.

예상보다는 낮았으나 구매비용은 그로서도 짐짓 부담스러울 정도였다. 하지만 그는 오래 망설이지 않았다. 쟁취하고 싶은 꿈이 현실이 되었다는 사실이 다만 감격스러울 따름이었다. 그토록 꿈에 그리던 '청자상감모란문주전자'를 손에 넣고 그는 곧장 집으로 돌아왔다. 진열대 위에 상감청자를 올려놓았으나 여전히 현실감이 떨어질 만큼 그는 눈앞의 사실이 선뜻 믿기지 않았다. 너무 기뻐서인지 오히려 오래 바라보고 서 있을 수가 없었다. 그는 거실로 나와 신권호에게 전화를 걸어 드디어 상감청자를 수집했음을 알렸다. 놀라움을 금치 못하며 눈으로 직접보고 싶다는 신권호의 격한 반응은 그의 들뜬 기분을 고조시키기에 충분했다.

새벽녘에 잠을 깬 그는 도로 잠들지 못했다. 꿈속에서 보았던 한 남자의 뒷모습은 또렷한 잔영으로 남아있었다. 단지 꿈에 불과했음에도 찜찜하고 언짢은 기분은 사라지지 않았다. 꿈속에서였던 박물관 개관

첫날에 유리 진열장 속의 '청자상감모란문주전자'를 관람하던 한 남자는 무언가 아니라는 듯 틀렸다는 듯 몇 번씩이나 고개를 길게 가로저었다. 그 장면 후에 그는 잠에서 깨어났다. 몹시 불길한 기분이 들었고 별의별 생각들이 꼬리를 이었다. 한낱 꿈으로 치부해 넘길 수 없을 만큼 마음이 심란했다. 그는 날이 밝기만을 고대했다. 시간이 수평선처럼 아득하게 느껴졌다.

그는 오전 10시에 인사동을 향해 출발했다. 고미술품 상점이 문을 여는 시간에 맞추어가기 위해서였고 상점 대표에게 도움을 받기 위해서였다. 살면서 이럴 때가 있었나 싶을 정도로 이제껏 느껴보지 못한 모호한 기분을 도무지 떨쳐낼 수 없었다. 상점 안의 별실로 들어간 그는 상감청자가 들어있는 원목 상자를 탁자 위에 내려놓았다. 상점 대표는 매우 신중한 눈빛으로 상감청자를 빙 둘러 훑어보았다. 돋보기를 가까이 들이대며 오래도록 세심히 살펴보기도 했다. 이건 아무래도 진품이 아닌 것 같은데! 상점 대표는 심란한 기색으로 그를 빤히 바라보며 고개를 가로저었다. 마치 꿈속의 한 남자가 고개를 가로저었던 장면이 연상되었다. 순간 그는 아찔한 현기증이 느껴졌으나 크게 티를 내며 허둥대지는 않았다. 대신에 상점 대표를 빤히 쳐다보았다. 상점 대표는 골동품 감정에 일가견이 있다는 지인에게 연락하여 정밀 감정을 부탁했다.

골동품 감정 일을 하는 지인은 삼십 여분 만에 상점 별실에 모습을 드러냈다. 육십 대 초반쯤의 그 사람은 들고 온 작은 손가방에서 곧장 흰색 면장갑과 큼직한 돋보기를 꺼내 들었다. 그러고는 돋보기를 바

투명망토의 표적들

짝 밀착시켜 상감청자를 면밀하게 들여다보기 시작했다. 감정은 채 2분을 넘기지 않았다. 그 사람은 한치의 머뭇거림도 없이 가짜가 틀림없다고 서슴없이 단정했다. 그러한 감정 결과에도 그는 그리 놀라지 않았다. 어차피 그쪽으로 이미 생각이 기울어있기 때문이었다. 오래전부터 반출되어 북한에도 진품이 거의 없어 북한이나 중국 쪽 업자들이 진품처럼 만든 가짜를 매매하기도 하는데 아마도 그런 물건일 것이라고 했다. 가짜를 땅속에 수년씩 묻어두고서는 마치 어쩌다가 발굴된 진품으로 둔갑시킨다는 설명을 이어서 했다. 그는 이해가 된다는 듯 그 사람을 바라보고 고개를 끄덕이며 한숨을 내 쉬었다.

유물 전문감정사에게 정밀 감정을 의뢰해 보자는 그 사람의 의견을 그는 고민 없이 받아들였다. 반전의 결과에 대한 일말의 기대감 때문이 아니었다. 감정수수료까지 지급해야 했으나 초면인 자신에게 마음 써주는 그 사람의 권유를 뿌리치고 싶지 않았다. 인사동에 사무실이 있다는 유물감정사는 20분도 채 지나지 않아서 도착했다. 연배를 선뜻 가늠할 수 없을 만큼 백발이 성성한 유물감정사는 세밀하게 상감청자를 훑어보기 시작했다.

유물감정사가 호기심을 별로 느끼지 못하는 기색이라고 그는 이내 느꼈다. 형식적인 최종검증 같은 것일 뿐이라는 생각에 초조해하지도 않았다. 음! 거의 흡사하게 상감기법을 흉내는 냈으나 표면에 바른 유약을 살펴보면 수백 년 전에 만든 게 아닌 것이 확실해요. 땅속에 몇 년 묻어둔 이런 도자기는 절대 세월의 때가 입혀질 수가 없지요. 오랜 세월의 흔적은 인위적으로 만들어질 수가 없으니까요. 이건 위조품이에요. 몇 년 전에 만들어진 도자기에 불과해요……. 유물감정사는 그를 쳐다보며 담담히 감정평가를 해주었다.

인사동의 고미술품 상점을 나온 그는 곧장 집으로 가 깊은 낮잠에 빠져들고 싶었다. 맞닥뜨린 괴로운 상황을 잠시만이라도 잊고 싶어서였다. 기분 같아서는 당장 안국동의 골동품 매매업자를 찾아가 멱살을 잡아채고 격렬히 따지고 싶었으나 부질없다는 생각이 들었을 뿐이었다. 진품을 매매했을 뿐이라며 우길 게 뻔하고 가짜인 것을 인정할 확률이 제로라고 여겨졌기 때문이었다. 적법한 구매 루트도 아니어서 소송을 제기할 수도 없는 노릇이었다. 어쨌든 거금의 매입비용을 날린 것을 생각하면 정신이 아찔했다. 치솟는 분기를 가라앉히려 해도 눈 뜨고 당했다는 사실이 너무도 억울했다. 내일은 골동품 매매업자에게 전화를 걸어 마구 쌍욕이라도 퍼부으리라고 생각하며 그는 입술을 꽉 깨물었다.

✧ ✧ ✧

구매사기를 당한 지 열흘이 지났으나 그는 충격의 늪 속에서 완전히 빠져나오지는 못했다. 사기꾼에게 자신이 당했다는 사실에 자책과 모욕감이 들어서였다. 살아오며 누군가에게 이토록 속수무책 당했던 적이 없었으므로 더욱 받아들이기 어려웠다. 시간이 필요하다는 진리를 깨닫지도 못하고 있었다. 내내 가라앉아있던 그는 만나자는 신권호의 연락에도 평소처럼 반색할 수가 없었다. 일주일 동안 로마여행을 다녀온 신권호의 다소 들떠있는 목소리도 낯설게 느껴질 뿐이었다. 만나더라도 구매사기 건을 신권호에게 당장 꺼내고 싶지는 않았다.

신권호의 얼굴을 보는 순간 그는 한동안 극심하게 겪었던 마음고생이 스르르 녹는 느낌을 받았다. 내심 놀랍고 신기할 정도였다. 솔직히 신권호가 그럴 정도로 자신에게 영향을 끼치고 있으리라고는 생각지도 못했었다. 신권호는 유럽축구를 광적으로 좋아하는 그야말로 광팬이었다. 유럽 3대 리그 중의 하나인 이탈리아 세리에A 경기를 특히 좋아했다. 세리에A의 전 세계 팬클럽에도 가입한 신권호는 그중에 AS로마에 더욱 열광했다. 그런 중에 친구 맺기를 통해 역시 AS로마의 광팬인 로베르토라는 이탈리아 친구를 알게 되었고 세리에A 리그 결승에 오른 AS로마 경기를 함께 관전하기 위해 로마를 다녀왔다고 했다. '스타디오 올림피코' 경기장을 뒤덮었던 열광의 함성이 귓가에 쟁쟁하다고 했다. 유벤투스와의 결승전 승리의 감동이 채 가시지 않았음이 신권호의 설명에 고스란히 묻어있었다. 세리에A 리그 챔피언에 오른 AS로마는 유럽챔피언스리그 티켓을 거머쥐었다면서 유럽챔피언스리그 경기도 관전하고 싶어 다녀올까 고민 중이라고도 했다.

로마에서 굉장히 신기하고 흥미로운 일이 있었다며 축구와 전혀 다른 얘기를 꺼낸 신권호는 사뭇 놀랐다는 표정을 지어 보였다. 로마에 간 지 이틀째 되던 날, 그러니까 결승전 전날에 로베르토의 초청으로 그의 로마 집을 방문하게 되었다고 했다. 로베르토의 집은 스페인광장에서 그리 멀지 않은 고급주택가에 있었다고 했다. 집으로 들어선 신권호는 자기 눈을 의심했을 정도로 놀라움을 감출 수 없었다고 했다. 서울 집에 있는 것과 너무도 흡사한 청동검이 벽면 상단의 거치대 위에 놓여있었다고 했다. 그뿐만이 아니었다고 했다. 더 놀라운 일은 서울 집의 진열장 속에 들어있는 것과 아주 똑같은 고려청자가 진열장 위에 놓여있었다고 했다. 서울 집에 있는 것을 그대로 가져다가 올려놓았다 해도 믿을 수밖에 없을 정도여서 순간 전율마저 느껴졌다고도 했다. 신권호의 얘기를 들으며 그는 자신도 모르게 침을 꿀꺽 삼켰다. 신권호의 집에 있는 '청자상감모란문주전자'가 로마의 어느 가정 집에 소장되어있다는 것은 듣고도 믿을 수가 없을 정도였다.

신권호는 핸드폰을 열어 찍어온 사진을 그에게 보여주었다. 사진을 확대하여 본 그는 신권호가 로마에서 그러했던 것처럼 순간 강한 전율을 느낄 수밖에 없었다. 사진 속의 상감청자는 신권호의 집에 소장되었는 것과 한점 다른 곳을 찾을 수 없을 정도로 너무도 똑같았기 때문이었다. 청동검도 마찬가지였다. 흡사 신권호의 집에 있는 것을 가져다가 놓은 듯했다. 집안 대대로 물려받아 이어져 왔다는 로베르토의 말을 신권호에게 전해 들은 그는 상상의 날개를 넓게 펼쳐 시대를 거슬러 올라갔다.

당시 로마와 개성을 오갔던 페르시아 상인들에 의해 로마의 물건은 개성으로 개성의 물건은 로마로 흘러들어 갔을 것을 짐작했다. 로베르토의 집안 선조가 당대에 어떠한 일을 했으며 어떻게 소장하게 되었는지는 그리 궁금하지 않았다. 다만 고려사람들이 만든 상감청자가 로마에 전해졌다는 그 사실이 매우 놀랍고 흥미로울 따름이었다. 로마 사람들이 만든 청동검이 개성에 들어온 것도 또한 그러했다. 그는 사진 속의 상감청자와 청동검을 번갈아 계속 바라보았다. 그는 '청자 상감모란문주전자'가 진품일 것임을 확신했다.

며칠 동안 끝없는 갈등을 겪으며 그는 극심한 내면의 몸살을 앓아야 했나. 결심은 했어도 머리는 자꾸만 도리질을 쳤다. 하지만 마음은 이미 기울어진 상태였다. 연락도 없이 찾아간 신권호의 집 부근에서 그는 삼십 여분쯤 배회했다. 이와 같은 상황에서는 차라리 제정신이 아니면 좋을 것 같은 생각이 들기도 했다. 지하주차장에 신권호의 자동차가 주차되어있음을 확인한 후에 그는 엘리베이터 7층 버튼을 눌렀다.

그는 여느 때와는 달리 상감청자가 들어있는 유리 진열장으로 바투 다가서지 않았다. 신권호는 어김없이 세리에A 리그 재방 경기를 시청 중이었다. 막상 신권호를 마주한 기분은 예상보다도 심란했다. 그래도 결심이 마구 흔들리지 않는 것을 다행으로 여겼다. 욕망과 이성의 줄다리기는 이미 팽팽하기 이를 데 없을 정도로 치열하기만 했다. 머릿속으로는 단순한 용기를 전면에 내세웠어도 참으로 엄두가 나지 않았다. 신권호의 반응이 어떠할지는 짐작조차도 할 수가 없었다. 신권호의 그지없는 평온한 기색이 그는 도리어 두렵기만 했다.

시청하고 있던 재방 경기가 거의 끝났을 때쯤 신권호는 TV 볼륨을 줄였다. 그는 더 미룰 수 없다고 생각했다. 완전히 미쳤다는 말을 들어도 하는 수 없다고도 생각했다. 그는 자못 결연한 표정을 짓고서 신권호를 바라보았다. 하지만 생각과는 달리 차마 입이 떨어지지 않았다. 반면 무언가 이상한 기색을 감지한 신권호는 다소 의아해할 수밖에 없었다. 로마에 함께 다녀와 줄 수 있겠느냐고 묻는 그의 음성은 몹시 떨렸다. 아무런 이유도 설명하지 않은 채 느닷없이 웬 로마 동행을 말하는 것인가 하는 뜨악한 의구심이 신권호의 얼굴에 그대로 드러나 있었다.

그는 자기 집에 있는 복제 상감청자를 로마의 로베르토 집에 소장되어있는 상감청자와 교환하고 싶다고 고백하듯 토로하며 눈을 감아버렸다. 차마 신권호의 얼굴을 쳐다볼 수 없어서였다. 박물관 건립목표를 세우고 골동품을 수집에 힘을 쏟는 그를 인정하며 응원하고는 있으나 급기야 그가 미친것으로 여겨지는 것인지 신권호는 아! 하며 외마디 탄식을 쏟아내고서는 고개를 가로젓다가 떨구었다. 미쳐도 단단히 미쳤군. 단단히 미쳤어……. 신권호는 자세를 고쳐앉으며 차갑게 그를 쏘아보았다. 성품이나 평소 말투와는 달라도 너무 다른 반응이었다. 그만큼 충격이 큰 반증이었다.

로마의 유물도 아닌 고려의 상감청자가 로마 사람들에게는 별 의미가 없지 않겠느냐면서 그는 말이 꼬이지 않도록 정신을 바짝 차려야 한다고 생각했다. 국외에 있는 고려청자는 우리나라에 들어오는 게 맞는 이치가 아니냐고 주장하면서는 흘깃 신권호의 표정을 살펴보기도 했다. 신권호는 그가 확실히 제정신이 아닌 상태라고 여기는 기색이 역력했다. 그는 어떻게 해서라도 신권호를 설득해 보려고 로마 사람들이 우리 고려청자를 소장하는 것은 별로 의미가 없을 것이라는 점을 반복하여 강조했다. 진품과 복제품을 교환하는 것으로 여기면 그리 어려운 일이 아니라며 도둑질이 아니라는 논리를 펴기도 했다.

너무도 황당하고 어이가 없어 아무런 대꾸도 하고 싶지 않다는 듯 신권호는 미간을 잔뜩 찌푸린 채로 TV 화면으로 눈길을 고정했다. 그만 가주었으면 하는 말을 대놓고 하지 않은 것이 다행일 정도로 보였다. 그도 모를 리가 없었다. 신권호의 눈에는 갑자기 맛이 좀 간 사람으로 자신이 보이리라는 것을 말이다. 몹시 싸늘해진 분위기는 오랜 친구인 그들로서도 지금껏 맞이해 본 적 없는 그야말로 미증유의 어색함이었다. 시간을 갖고서 잘 생각해주었으면 한다는 말끝에 미안하다는 말을 붙여 남기고 그는 자리에서 일어섰다. 하지만 신권호는 돌아가는 그의 뒷모습조차 한번 쳐다보지 않았다.

✦ ✦ ✦

두 사람은 한 달이 넘도록 연락을 두절했다. 그는 생각을 바꾸기로 했다. 제아무리 진품 상감청자의 소유 열망에 사로잡혔다 해도 오랜 친구인 신권호만큼 더 소중할 수는 없다는 생각이 들어서였다. 신권호의 입장이 되어 곰곰이 생각해 보니 신권호가 왜 그토록 배타적인 낯선 반응을 보였던 것인지 이해가 되기도 했다. 욕망을 채우기 위해 연관 없는 신권호의 희생을 이타적 당위로 둔갑시켜 거의 대놓고 동조를 강요했다는 생각마저 들었다. 신권호를 만나게 되면 진심으로 사과해야겠다고 단단히 마음을 먹었다. 내일은 반드시 신권호를 찾아가 만나야겠다고 생각했다.

밤 8시 뉴스가 끝나갈 즈음에 그의 핸드폰 벨이 울렸다. 뜻밖에도 신권호에게서 걸려온 전화였다. 놀라움과 반가움이 밀려들었다. 어떤 누구에게 걸려온 전화도 이보다 반가울 수는 없을 것 같았다. 신권호는 근처의 퓨전 일식당에 와있다고 했다. 급히 옷을 걸쳐 입고 집을 나선 그는 마치 무엇에 홀린 기분이 되었다. 내일 오전 중으로 신권호를 찾아가야겠다고 마음먹었던 때문이었다. 두 사람은 눈빛으로 서로에게 반가움을 표했다. 이미 청주 3잔을 마셨다는 신권호는 한잔 가득 술을 따라 그에게 건넸다. 그러고는 한마디 서론도 없이 로마에 함께 다녀오자고 했다. 느닷없이 뒤통수를 맞은 것처럼 그는 멍한 표정을 짓고서 신권호를 쳐다보았다. 신권호도 빤히 그를 쳐다보았다. 침묵이 흘렀다.

한 달 전쯤에 마지막 만났던 그 상황이 못내 안타깝고 나름 미안한 마음도 들어 언짢음을 풀려는 뜻으로 먼저 찾아온 것일 거라고 그는 집을 나서며 생각했었다. 그러했기에 신권호가 불쑥 꺼낸 말이 그는 좀처럼 믿기지 않았다. 그동안 생각을 거듭해 보니 그렇게 할 수도 있겠다는 쪽으로 생각이 차츰 바뀌더라고 말하며 신권호는 씁쓸한 웃음을 지어 보였다. 이루 말할 수 없이 고맙고 기뻤으나 그는 넘치는 내색을 자제했다. 말은 꺼냈어도 신권호의 마음이 그리 편하지도 가볍지도 않을 것을 모를 리 없어서였다. 어차피 마음의 결심을 했으니 미룰 것이 없다며 다음 주 중으로 로마로 떠날 것을 신권호가 제안했으나 그는 차마 대답하지 못했다.

$$\Diamond \; \Diamond \; \Diamond$$

베니스에서 먼저 3박을 한 후에 로마로 들어가는 계획은 순전히 신권호의 구상이었다. 여행이 실제 목적이 아니어서 체류 기간을 최대한 짧게 잡았다고 했다. 탑승 시간을 기다리면서 그는 마치 꿈을 꾸고 있는 것 같은 기분을 느꼈다. 한편으로는 부디 악몽 같은 상황을 맞이하지 않기를 기원했다. 신권호는 캐리어를 끌었으나 그는 여행용 롱배낭을 어깨에 메고 있었다. 배낭 속에는 내부에 완충장치가 되어있는 원목 상자가 들어있었고 상자 안에는 '청자상감모란문주전자'가 들어있었다. 골동품 매매 사기로 구매하게 된 가짜 물건이 아닌 도예 장인이 만든 나름 아끼며 소장해오던 복제품이었다. 솔직히 양심에 걸리고 불안하기도 했으나 그는 마음을 다잡는 수밖에 없다고 생각했다.

정오에 출발한 비행기는 12시간을 날아가 자정쯤에 마르코폴로 공항에 도착 예정이었다. 비행기가 이륙하여 고도를 높여가자 두 사람은 약속이라고 한 듯이 눈을 감았다. 그는 일주일 전에 퓨전 일식당에서 신권호가 들려주었던 얘기를 떠올렸다. 로마 친구 로베르토는 자기 집에 소장하고 있는 상감청자가 중세 로마 시대에 만들어진 로마의 도자기로 여기고 있더라고 했다. 한국의 옛 왕조인 고려 때 만들어진 진귀한 청자 도자기라 해도 그럴 리가 없다며 좀처럼 믿으려 하지 않았다고 했다. 한국의 집에 있는 상감청자와 아주 흡사하다고 해도 고개를 갸웃거렸을 뿐 믿지 않았다고 했다.

신권호로부터 그런 얘기를 전해 들었을 때 그는 죄의식이 조금은 반감되는 기분을 느꼈었다. 로마의 유물이 아니며 고려청자의 실체도 알지 못하기에 단지 물건을 교환하는 의미로 여기면 될 듯싶었다. 정말 그런 생각이 흔들리지 않았으면 했다. 명멸하는 빛처럼 차츰 생각들이 가물거리고 의식이 몽롱해지면서 그는 깊은 단잠에 빠져들었다.

여행도 비즈니스도 아닌 목적으로 외국에 오게 되리라고는 상상조차 할 수도 없었던 일이었다. 두 사람은 마르코폴로 공항에서 산타루치아역 근처의 M 호텔로 가기 위해 택시를 탔다. 각자 생각에 잠긴 듯 두 사람은 거의 말이 없었다. 이국의 낯선 야경도 전혀 눈에 들어오지 않을 만큼 그는 한시라도 빨리 결론을 맺고 싶었다. 신권호에게 갖는 미안함 때문에라도 베니스에서 3박, 로마에서 2박을 하는 체류 일정들이 빠르게 지나가기를 바라고 있을 뿐이었다. 베니스를 도착지로 먼저 정한 것은 국제 유리공예전을 외면적인 주목적으로 삼은 때문이었다. 신권호가 나름 면밀하게 구상한 경로였다.

베니스에서는 시간이 여유롭다 못해 어떻게 보낼지 궁리해야 할 정도였다. 반면에 마음은 전혀 여유롭지 못했다. 신권호는 오전에 호텔을 나서기 전에 로마 친구 로베르토에게 전화를 걸었다. 국제 유리공예전을 관람하기 위해 친구와 함께 어젯밤에 베니스에 도착을 했고 이틀 후에 로마로 갈 것이라며 그때 만날 것을 약속했다. 두 사람은 유리공예의 본산인 무라노 섬으로 가기 위해 산타루치아역 바로 앞쪽의 바포레토 수상택시 정류장으로 갔다. 무라노 섬까지 걸린 시간은 20분이 채 넘지 않았다. 평소 조용하고 여유로움이 넘친다는 무라노 섬은

몰려든 관광객들로 인해 본섬만큼이나 북적였다.

고온으로 가열된 유리 반죽에 긴 대롱을 통해 입김을 불어 넣는 전통방식 작업에 몰두하고 있는 공방 장인들의 손놀림에서 그는 고려청자를 만들었을 도예 장인들의 섬세한 집중력을 상상했다. 화려하고 선명한 색조의 유리 공예품과 대비되는 푸른 비색의 기품있는 고려청자를 떠올렸다. 신권호는 다소 호기심 서린 눈으로 작업 과정과 공예품 관람에 집중했으나 그의 종심은 오로지 상감청자에 뻗쳐있었다. 무사히 상황이 완료될 수 있을지 불안감이 엄습할 때마다 단단히 먹었던 마음이 흔들리지 않도록 사뭇 애를 쓰고는 있으나 낙관적인 마음이 매 순간 유지되지는 않았다.

체류했던 3일은 몹시 지루하기만 했다. 여행이 목적이 아닌 탓에 베니스의 감성은 좀처럼 느낄 수도 없었다. 로마로 가기 위해 두 사람은 메스트레역에서 고속열차에 올랐다. 열차는 3시간 반을 달려 정오에 도착 예정이었다. 그는 미세한 가슴 두근거림을 자각했다. 베니스에 도착했을 때와는 확연히 다른 기분이었다. 차창 밖의 풍경에 로베르토 집 거실이 상상으로 중첩되어 환영처럼 아른거렸다. 필시 신권호의 기분은 더욱 심란해 있을 것으로 그는 생각했다. 하지만 한가로이 미안한 마음을 내색할 때가 아니었다. 긴장의 파고가 실제 얼마만큼 높아지게 될지 지금으로써는 짐작조차도 어려울 따름이었다.

로베르토는 스페인광장 부근의 L호텔에 먼저와 있었다. 신권호와 로베르토는 마치 오랫동안 헤어져 있던 친구처럼 다시 만난 기쁨을 격정적으로 나누었다. 신권호의 그런 모습이 그의 눈에는 다소 낯설게 보일 정도였다. 아마도 의도적으로 좀 더 오버하는 것이라고 그는 생각했다. 회사원인 로베르토는 신권호와 그가 로마를 방문하는 일정에 맞춰 하루 휴가를 냈다고 했다. 호텔 근처의 카페로 가자며 이끄는 로베르토는 매우 달뜬 기분이었다. 그는 비로소 로마에 왔다는 실감이 났다. 로베르토의 안내로 세 사람은 스페인광장이 보이는 노천카페로 갔다. 그는 편한 시선으로 로베르토를 바라볼 수는 없었다. 양심이 몹시 찔리고 있어서였다.

웅장하고 압도적인 콜로세움은 로마의 완결판이라면서 로베르토는 격찬을 거듭했다. 일몰 후에 내부를 밝히는 황금색 조명은 로마제국을 영영 잠들게 하고 싶지 않은 로마 사람들의 염원일 것이라고 그는 생각했다. 열정 넘치는 가이드처럼 로베르토는 열변을 계속 토해냈다. 트레비분수와 판테온을 거쳐왔음에도 전혀 지친 기색이 없었다. 그런 중에도 그의 의식의 화살표는 아이러니하게 로베르토의 집으로 향해 있었다. 단 한 번의 기회를 놓칠 수는 없었다. 하지만 성공을 장담할 수 없다는 생각이 들었을 때는 순간 현기증이 느껴질 정도였다. 간절히 기다리면서도 좁혀오는 그 시간이 솔직히 두렵기도 했다.

테르미니역 부근의 레스토랑에는 로베르토의 절친인 카를로도 함께 동석했다. 마치 한국의 소박한 어느 카페 혹은 바에 친구 넷이 모여 술잔을 기울이려는 장면 같았다. 카를로는 로베르토만큼이나 활달한 기색을 보여주었다. 한국에 대해 관심이 많다는 카를로는 신권호와 그에게 여러 질문을 이어 하기도 했다. 네 사람은 트러플스테이크와 카르보나라를 안주로 와인을 마셨다. 신권호는 맥주를 유독 즐기는 그를 위해 페로니맥주를 주문했다. 세리에A 리그는 대화 주제로 빠질 수가 없었다.

급속한 친밀감은 오히려 심적으로 더 힘들어질 것 같은 생각에 그는 로베르토와는 일정한 거리를 계속 유지하려 마음먹었다. 네 사람은 영업이 끝난 새벽 2시에 레스토랑을 나섰다. 음주량을 조절한 그를 제외한 세 사람은 몹시 취한 상태였다. 연달아 3대의 콜택시가 도착했다. 그는 신권호를 부축하다시피 택시에 태워 호텔로 돌아갔다. 24시간이 채 남지 않은 시간의 숫자가 그의 머릿속에서 계속 맴돌았다.

오전에 호텔을 나선 두 사람은 박물관을 관람하기도 하면서 초조하고 지루하게 시간을 보냈다. 로베르토는 오후 5시 정각에 스페인광장에 모습을 보였다. 늦은 시간까지 과음하고 회사에 출근해 피곤했을 텐데도 시간 약속을 지키려 애를 썼을 것이라고 그는 생각했다. 로마에서의 2박 중에 마지막 밤은 로베르토의 집에서 자기로 했다. 신권호가 베니스에서 전화를 걸었을 때 부탁했고 로베르토는 흔쾌히 수락했다. 집으로 가는 중에도 로베르토와 신권호는 어김없이 세리에A 리그의 AS로마 경기를 주제 삼아 대화를 나누었다. 스페인광장에서 로베르토의 집까지는 걸어서 20분쯤 걸렸다. 아버지는 몇 해 전에 세상을 떠났고 형은 결혼 후에 피렌체에 거주하고 있어 로베르토는 현재 어머니와 단둘이 살고 있다고 했다.

로베르토의 어머니는 두 사람을 매우 반갑게 맞이했다. 구면인 신권호에게는 다시 보아도 미남이라며 가벼운 농담을 건네기도 했다. 인사를 나누는 중에도 그는 본능적으로 진열장 위에 놓인 도자기 주전자를 빛처럼 빠르게 눈에 넣었다. 그것은 분명 '청자상감모란문주전자'였다. 마치 신권호 집의 거실 진열장 속에 들어있는 것을 그대로 옮겨놓은 듯했다. 진열장 위 벽면 거치대에 놓인 청동검도 신권호의 집에 있는 것을 가져다 놓은 듯했다. 전기에 감전이라도 된 것처럼 찌릿한 전율이 느껴졌으나 그는 진열장으로 다시 눈길을 두지 않았다.

신권호가 건넨 꽃바구니와 그가 한국에서 준비해간 작은 나전칠기 자개 보석함을 선물로 받은 그녀는 정말 감동이라는 듯 '이모지오네'를 연발했다. 그는 보석함의 뚜껑을 열어 비취 옥 반지와 목걸이가 속에 들어있음을 보여주었다. 그녀는 믿을 수 없어 말문이 막힌다는 듯 연방 도리질을 하며 기쁨을 감추지 못했다. 서양인들 특유의 다소 과한 감정 표현인 것을 모르지는 않으면서도 그는 한 가닥 죄의식을 덜어내는 기분이 들었다. 미리 준비하고 있었던지 그녀는 새우로제파스타, 등심스테이크, 마케도니아과일샐러드를 금세 식탁에 올렸다. 손님인 두 사람은 정성이 가득 담긴 로마의 가정식 요리를 맛있게 먹어주면 될 일이었다. 기저에 깔린 죄의식의 감정은 견디는 수밖에 달리 방도가 없다고 그는 생각했다.

2층 방으로 올라온 두 사람은 아무런 말이 없었다. 긴장의 파고가 높아서인지 마치 조금 전에 말다툼이라도 한 사람들처럼 자못 냉랭하기까지 했다. 내내 식탁에 함께 있던 그녀는 자정 직전에 1층 방으로 먼저 들어갔다. 로베르토는 즐거운 꿈을 꾸라는 인사를 건네고서 2층의 맞은편 자기 방으로 들어갔다. 이제 로베르토가 깊은 잠에 빠져들기만을 고대해야 했다. 머릿속으로 시뮬레이션은 끝낸 상태였으나 마치 날카로운 송곳에 의식의 중심이 찔린 것처럼 그는 매우 낯선 통증마저 느껴야 했다. 자기 숨소리가 들릴 만큼 한밤의 적요는 깊었다. 그의 정신은 더할 수 없이 기민해져 있는 상태였다.

새벽 2시였다. 그는 조용히 일어나 가방 지퍼를 열어 원목 상자 속에 들어있는 상감청자를 빼내어 들었다. 짐작했던 이상으로 가슴이 몹시 떨렸다. 추정하는 2분의 시간에 결론이 달려있었다. 오른손으로는 상감청자의 손잡이를 잡고 왼손으로는 밑부분을 받쳐 들고서 그는 조심스레 방을 나섰다. 그리고 로베르토의 방문에 바짝 귀를 붙였다. 깊은 잠에 빠져들었는지 확인이 필요해서였다. 복도에는 조도가 낮은 취침 등이 켜져 있었다. 그는 발뒤꿈치를 들고 복도를 지나 계단을 딛고 내려가기 시작했다. 극도의 초긴장 속에 숨이 막혔고 두피가 찌릿찌릿하며 수축이 되는 느낌마저 들었다. 실제 꿈을 꾸고 있는 것처럼 도무지 현실 같지가 않았다. 만에 하나 손에 들고 있는 복제 상감청자를 떨어뜨려 산산조각 깨어지고 그로 인해 로베르토와 그녀가 잠에서 깨어 방을 나온다면 어찌 될지, 실로 악몽 같은 상상이 광선처럼 빠르게 뇌리를 스치고 지나갔다.

그는 드디어 1층의 진열장 앞에 섰다. 최고점에 다다른 긴장감으로 인해 아찔한 현기증과 함께 목이 타들어가는 갈증이 동시에 느껴졌다. 하지만 잠깐도 지체할 시간 여유는 없었다. 그는 진열장 위에 놓인 상감청자를 조심스레 집어 들었다. 그리고 한국에서 가져온 상감청자 복제품을 그 자리에 올려놓았다. 심장이 벌렁벌렁 뛰었으나 그는 정신을 똑바로 차려야 한다고 마음을 다잡으며 스스로 다독였다. 내려올 때와는 달리 다소 빠른 걸음으로 계단을 오르고 복도를 지나서 방으로 들어갔다. 그는 '청자상감모란문주전자'를 재빨리 가방 속의 원목 상자 안에 넣고 가방 지퍼를 닫았다. 그제서야 극도의 긴장이 조금은 풀리는 듯했다.

눈을 감고 있을 뿐 그는 좀처럼 잠들지 못했다. 벽면을 향해 옆으로 누워있는 신권호 또한 잠들지 않았음을 알고 있었으나 굳이 깨우지는 않았다. 이제는 빨리 밤이 지나가기를 바랄 뿐이었다. 한국행 비행기가 이륙해야 비로소 온전히 마음이 놓일 것만 같았다. 짐작과는 달리 막상 실행하고 나니 오히려 죄책감은 조금 줄어들고 있었다. 로마의 유물은 로마에 한국의 유물은 한국에 있어야 의미와 가치가 있다는 생각에 방점을 깊게 찍은 탓일 수도 있었다.

한국의 옛 왕조시대 사람들이 만든 물건이 로마의 어느 가정집에 소장되어있음은 제아무리 생각을 곱씹어 해 보아도 유의미한 것이 될 수 없었다. 실상 로베르토 가족들은 상감청자가 바뀐 것도 끝내 알 수 없을 테니 말이다. 그렇게 정당성을 덧씌운 논리를 애써 부여하면서 그는 자기 행위를 합리화시키고자 했다. 하지만 로마의 진품 청동검을 소장하고 싶었던 욕구를 당장 지적받는다고 하면 참으로 할 말을 잃어버릴 모순이 아닐 수는 없었다. 물론 그런 생각까지 가질 여유는 지금 그에게 없었다.

두 사람은 오전 10시에 스페인광장에서 로베르토와 작별인사를 나누었다. 로베르토의 얼굴을 똑바로 바라볼 수가 없어 그는 의도적으로 시선을 약간 비꼈다. 신권호도 그와 다르지 않았다. 카를로와 함께 한국에 초청하고 싶다는 그의 말에 로베르토는 격하게 기뻐했다. 그는 갑자기 등이 따가운 것을 느꼈다. 가방 속 원목 상자 안의 상감청자 때문이라는 생각이 들었다. 12시에 출발해 인천공항으로 가는 비행기에 탑승하기 위해 두 사람은 택시를 타고 다빈치 공항으로 향했다. 그는 옆에 앉은 신권호의 옆모습을 무심코 바라보았다. 고맙다거나 미안하다거나 하는 말을 도무지 건넬 수가 없었다. 차라리 당장은 아무런 말도 하지 않는 편이 낫다는 생각을 했다.

탑승 수속을 마친 두 사람은 출국장 게이트를 통과했다. 굿바이 로마라면서 신권호가 가볍게 농담을 걸어왔으나 그는 못 들은 듯이 아무런 대꾸도 하지 않았다. 12시 정각에 활주로를 달리던 비행기는 인천공항을 향해 이륙했다. 오랜 세월 동안 외국에 보관되어있던 우리 유물을 찾아서 가는 것이라고 그는 생각을 정리하고 싶었다. 물론, 금세 생각이 정리될지 시간이 필요할지 알 수 없는 노릇이기는 했다. 서서히 밀려드는 졸음에 그는 눈을 감았다. 이탈리아에 체류했던 5일이 몹시 길게 느껴졌다.

이별 없는 별

별똥별이 떨어졌다. 언제쯤일지 기억이 나지 않을 만큼 별똥별을 본지도 꽤 오랜만이었다. 별똥별의 잔영은 무수한 별들 어쩌면 작은곰자리까지도 스치듯 근접하며 떠돌았을 혜성과 소행성을 떠올리게 했다. 호준은 작은곰자리를 향해 끊어질 수 없는 그리움의 광선을 쏘아올렸다. 호현의 존재감을 확인하는 오랜 습관이었다. 작은곰자리의 어느 별로 호현이 떠났다는 믿음은 작위적인 자기세뇌의 염원이 아니었다. 어느 먼 훗날에는 작은곰자리의 별로 가고 싶다 했던 호현의 토로는 단순한 호기심 차원이 아니었음을 확신하게 되어서였다.

호준은 쌍둥이 동생인 호현을 하루도 잊은 적이 없었다. 중학교 1학년 늦가을 저녁에 학원을 다녀오던 중에 교통사고로 세상을 떠난 동생 호현은 결코 희미해지거나 잊을 수 있는 대상이 아니었다. 절반쯤이 사라져버린 느낌을 지금껏 지울 수는 없었다. 호현이 떠난 날로부터 두 달쯤 지난 어느 겨울날에 무심코 창을 통해 밤하늘의 가장 밝은 별인 북극성을 보게 되었다. 큰곰자리의 북두칠성과 카시오페이아 별자리도 볼 수 있었다. 지나간 어느 여름밤의 호현이 떠올랐다. 층간소음 때문에 아파트에서 단독주택으로 이사를 온 지 얼마 지나지 않은 때였다. 요요를 손에 쥐고 마당에서 함께 놀던 호현은 밝은 빛을 발하는 북극성을 가리키며 작은곰자리에 속한 별이라 했다. 책을 읽고 알게 된 지식을 동원해 여러 별자리에 관한 신화 등의 이야기를 쏟아냈던 기억은 지금도 생생하기만 하다.

호현이 작은곰자리의 별로 갔을 것을 호준이 확신하는 데는 그럴만한 이유가 있었다. 어느 그날 밤 호현은 그렇게 말했었다. 늙어 언젠가 세상을 떠나면 자신은 꼭 작은곰자리의 별로 가고 싶다고 말이다. '사람이 죽으면 하늘나라로 갔다고 사람들은 말을 하잖아'라며 그러니 하늘의 별이 하늘나라가 맞는 것이 아니냐고 몹시도 진지하게 자기 생각을 쏟아냈었다. 별이 아닌 우주 공간에서는 사람이 살 수 없는 것 아니냐고, 그렇게 이유를 말하기도 했다. 호준은 쌍둥이 동생 호현이 작은곰자리의 별로 갔음을 믿기 시작했고 정말 그럴 것이라고 믿고 싶었다. 호현의 소망이 빠르게 이루어졌음을 지금은 굳게 믿고 있었다. 그리움이 때로 서러움으로 변해 주체하기 힘들어도 호현이 자기 바람대로 아름다운 별나라에서 행복하게 지낼 것을 생각하면서 호준은 마음을 다독이고 그리움을 이겨내고 있었다.

한순간에, 바람처럼 세상을 떠난 호현과 지금은 함께할 수 없지만 언젠가 자신도 세상을 떠나면 호현이 있는 곳으로 가 다시는 이별 없이 그곳에서 영영 함께 지내고 싶은 호준의 염원은 웅숭깊은 나이테처럼 해를 거듭할수록 단단해지고 있었다. 그리움의 본질이 죄책감에 기인한 것은 아니었으나 호준은 동생 호현의 죽음이 자신의 잘못으로 인한 것만 같았다. 그래서 여전히 떨쳐내지 못하고 자책감에 시달렸다.

대로 건너편 상가 내에 있는 영어, 수학 학원은 집에서 멀지 않은 거리였기에 학원 운행차량 대신에 걸어서 학원을 오갔다. 그날 호준은 감기몸살로 인해 학원에 가지 못했다. 혼자서 학원에 갔던 호현은 학원수업이 끝난 밤 9시경에 집으로 오기 위해 횡단보도를 건너던 중 신호 위반 차량에 치여 목숨을 잃게 되었다. 동생 호현이 평소처럼 자신과 함께 학원에 갔더라면 그런 사고를 당하지 않았으리라는 것이 호준이 지금까지도 심히 자책하는 이유였다. 아마도 세상 사는 날까지 떨쳐낼 수 없을 것만 같았다.

$$\Phi \ \Phi \ \Phi$$

별과 별자리를 관측할 때 호준의 마음은 가장 기쁘고 평온했다. 제대 후 Y대 천문우주학과에 복학한 호준은 천체관측 동아리 대표를 맡고 있었다. 호준은 며칠 전부터 금요일 오후를 기다렸다. 동아리 회원들은 3대의 차에 나뉘어 타고 가평으로 향했다. 1박 캠핑을 하며 별을 관측하기 위해서였다. 개인 천체망원경은 기본으로 가져가고 동아리 소유 장비인 300mm 고배율 굴절 망원경도 차에 실려있었다.

호현이 세상을 떠난 후에 천문우주학에 관심을 가진 호준은 대학까지 관련 학과를 선택한 것이 어쩌면 우연이 아닐 것이란 생각이 들기도 했었다. 인간의 모든 것은 예외 없이 신의 영역일 수밖에 없다는 생각을 했던 적도 있었다. 인간의 한계와 미약함을 백번 수긍하며 받아들일 수밖에 없음을 알면서도 예감할 수 없는 고통과 슬픈 현실에 불쑥 직면한 인간에게 근원적인 해결방법은 결국 없다는 것을 확연히 깨달았던 절망적인 순간을 호준은 잊을 수가 없었다.

쏟아지듯 렌즈 속으로 빨려들어 오는 별빛이 의식을 간지럽혔다. 새벽 3시였다. 관측을 마친 회원들은 하나, 둘 텐트 안으로 들어가 잠을 청하기 시작했다. 호준이 기다렸던 시간이었다. 깊은 밤에 높은 산 정상에서 천체망원경으로 별을 관측하는 행위는 정말이지 경험해 본 사람만이 그 느낌을 알 수 있을 뿐이기 때문이었다. 광대하고 경이로운 우주는 매번 다른 미증유의 감동을 맛보기에 충분했다. 300mm 고배율 천체망원경에 적색 빛의 거대하고 현란한 성운과 성단이 잡혀들어왔다. 호준은 일순 숨이 막혔고 그야말로 무엇이라 표현할 수 없는 기분에 사로잡혔다. 깊은 밤에 단절을 자처한 공간에서 천체의 형상들을 은밀히 엿보는 행위는 마치 극소수의 사람에게만 부여된 선택된 특권처럼 짜릿한 쾌감과 우월감마저 느끼게 했다. 호준은 무아지경에 빠져든 것만 같았다. 자신의 감각 상태를 전혀 자각하고 있지도 못하는 것 같았다.

안드로메다와 물고기자리에 이어 페가수스 별자리를 관측하는 중이었으나 호준의 의식의 정점은 역시 작은곰자리였다. 천체의 등대나 다름없는 작은곰자리의 알파 별인 폴라리스 북극성을 포함한 일곱별을 렌즈 속에 차례로 넣었다. 호현이 간 곳은 작은곰자리의 베타 별인 코카브이며 필시 그럴 것 같은 자신의 느낌을 굳게 믿고 싶었다. 어느 순간부터 자연스레 깃들었던 느낌이긴 하지만 왠지 그럴 것만 같은 예감은 그때로부터 지금까지 조금도 달라지지 않았다. 호현이 어린 시절부터 몹시 관심 두고 있었으며 훗날 나이 들어 세상을 떠나게 되면 작은곰자리의 별로 가고 싶다 했던 것이 단지 순간에 깃든 생각이 아니었을 것이란 이유에서였다. 그중에서도 베타 별인 코카브를 주목하게 된 것은 순전히 일란성 쌍둥이가 지닌 본원적인 본능에 기인한 필연적인 이끌림 같은 것이었다. 호준은 그와 같은 자신의 느낌을 믿고 싶을 뿐이었다.

지구에서 보이는 별의 형상은 빛을 발하는 점 하나와 같았다. 가늠조차도 의미 없을 만큼의 생성과 존재의 숨 막히는 시간은 추론조차 부질없이 여겨질 뿐이었다. 단지 외경스러운 신의 영역일 뿐이라고 호준은 생각했다. 호현이 그러했던 것처럼 지식 습득 과정인 학업과는 별개였다. 호준이 생각하는 방향의 별의 의미와 인간과의 관계는 거리를 추정하는 광년의 수치가 아니었다. 호준에게 있어 천체망원경은 교감과 갈망의 수단이었다.

과학장비로 거리를 측정하고 형성과정 등을 추론하는 방식 등으로 별과의 관계를 연결 짓고 싶지는 않았다. 지구에서 북극성까지의 거리를 450광년으로 추정하고 있는 것에 호준은 관심이나 흥미를 전혀 느끼지 못했다. 물론 수치나 시간은 지구의 인간들이 극복해야 할 숙제인 것을 부인하고 싶지는 않았다. 별과의 거리감이 극도로 멀게 느껴지지 않는 것은 그런 관념 때문이었다. 그것은 호준의 변할 수 없는 자기신념이었다.

◈ ◈ ◈

　작은곰자리의 베타 별인 코카브의 궤도에 어떻게 도달했는지는 꿈
속에서도 기억이 나지 않았다. 꿈속에서의 호현과 만나기로 했다. 마
치 순간이동을 한 것만 같았다. 금요일 저녁부터 토요일 새벽녘까지
가평에서 별을 관측하고 돌아온 호준은 피곤함을 이기지 못하고 곧바
로 깊은 잠에 빠져들었다. 호준의 눈앞에 순간적으로 호현이 나타났
다. 호준은 착시가 아닐까 하고 생각했다. 호준과 호현은 와락 서로 껴
안은 후에 두 손을 맞잡았다. 마치 우주유영을 하는 것만 같은 장면이
었다. 호준의 눈에서 이내 굵은 눈물이 흘러내렸고 호현의 눈에서도
눈물이 떨어졌다. 호현의 눈물에 호준만큼의 짙은 슬픔이 깃들어있지
는 않아도 그리움과 감격은 다를 수 없었다.
　―호현아, 정말 미안해!
　호준은 목이 메었으나 먼 훗날 언젠가 세상을 떠나 호현을 만나면
가장 먼저 건네고 싶었던 말이었다.
　―형이 미안할 게 뭐가 있어. 그런 말은 하지 말아줘!
　말이 안 된다는 듯 호현은 몇 번씩이나 고개를 가로저었다.
　―잘 지내고 있지?
　―그럼! 잘 지내고 있지. 엄마와 아버지와 형이 몹시 그리워 좀 힘
들 때도 있지만…….

호준의 물음을 예상이라도 한 듯 호현은 환하게 웃어 보였다.

—어느 때부터인가 엄마와 아버지는 네가 떠난 것에 관해서는 일절 말을 꺼내지 않으셔. 헤아릴 수 없을 만큼의 그리움과 슬픔과 고통을 차라리 침묵으로 표현하고 있는 것이라고 나는 느꼈어!

호현이 차마 부모님의 안부를 묻지 못하는 것이라고 호준은 생각했다.

—나중에 엄마와 아버지도 이곳으로 오시게 될 거야. 먼 훗날에는 형도 오게 될 테고!

호현은 단정하듯이 힘주어 말했다.

—이 별이 그렇게 좋아?

호준은 확인하듯 물었다.

—그렇다니까. 지금은 이렇게 궤도에서 형을 만나고 있지만 정말 평화롭고 아름다운 별이야!

얼마나 좋은 곳인지를 세세히 전부 설명할 수 없다는 듯 호현은 자못 답답한 표정을 지어 보이기까지 했다.

—바람처럼 그렇게 갑자기 떠난 네가 아마도 작은곰자리의 별로 갔을 것이라고 나는 미루어 짐작했었지. 역시 내 짐작은 틀리지 않았어!

—형의 느낌이 제대로 들어맞았네!

—우리 둘의 느낌과 생각은 함께 있지 않아도 달라지지 않을 테니까!

일란성 쌍둥이가 갖게 되는 동일체적 관념과 감각을 호준은 부인하지 않았다. 사실 지난 시절에 생각이나 행동의 일체가 확인되어 놀란 적은 비일비재했다. 세상을 떠나게 되면서 가족과 이별하게 된 호현과 세상에서 다시 함께할 수는 없어도 이렇게 만나고 대화를 나누게 되면서 호현이 평화로이 지내고 있음을 확인하게 된 호준은 더할 수 없이 기뻤다. 호준은 그럴 수만 있다면 호현을 당장 집으로 데려가고도 싶었다. 만남의 기쁨 속에서도 이면의 안타까운 마음은 어쩔 수 없었다. 하지만 호현에게 일말의 내색도 할 수는 없었다.

　—너는 이 별의 어느 곳에서 사는 거야?

　호준은 손가락으로 눈앞의 코카브를 가리키며 물었다.

　—유리성에서 살고 있어. 반짝반짝 빛나는 아주 맑고 밝은 곳이야!

　호현의 어감에서 평화로운 마음이 고스란히 묻어나왔다.

　—이곳에서도 우리 지구를 볼 수 있는 거야?

　자신이 작은곰자리 별들을 자주 관측하는 것처럼 호현도 지구를 그리워하며 관측하고 있는지 호준은 실제로 몹시 궁금했다.

　—눈으로 직접 볼 순 없고 고배율 망원경으로는 관측 가능해. 종종 지구를 관측하기도 하는데 마치 반짝이는 점과 같아!

　'가족들이 생각날 때면 지구를 관측하곤 해'라고 호현은 굳이 말하지는 않았다. 그리움을 무난히 견뎌낼 수 있는 것은 훗날 다시 만나게 되는 이치를 확실히 알게 되었고 확신하고 있어서였다.

　—언젠가 나도 이곳으로 와 다시는 이별 없이 너와 함께 지내게 되겠지……. 물론 그렇긴 해도 오늘처럼 이렇게 가끔은 너를 만날 수도 있을까?

　헤어질 시간이 임박했음을 느낀 호준은 초조함을 감추지 못했다.

―그럴 수 있을지 아닐지 그건 나도 지금 알 수는 없어!

눈빛에는 아쉬움이 가득했으나 호현은 평정심을 잃지 않았다.

―호현아! 나는 이제 돌아가야 할 것 같아…….

호준은 일부러 밝은 표정을 지으며 호현의 손을 다시 붙잡고 어루만졌다.

―엄마와 아버지와 형도 언젠가는 이 별로 오게 될 테고 그때는 이곳에서 다 함께 지내게 될 거야. 그리고 언젠간 나도 오게 될 곳이었어. 그러니까 먼저 왔다고 해도 나는 조금도 슬픈 것이 없어. 단지 먼저 왔을 뿐이니까. 우리 가족들은 이곳에서 꼭 다시 만나게 될 거야!

훗날 다시 만나게 될 것을 확신하는 호현은 짧은 만남 후의 기약 없는 이별에 애써 슬픔을 억누르는 형, 호준을 위로했다.

―호현아, 잘 있어. 갈게!

―형, 잘 가. 우린 다시 만날 거야!

―그래! 잘 있어.

호현이 건넨 작별인사가 명멸하는 빛처럼 호준의 귓전에서 맴돌다가 한순간에 뚝 끊겼다.

잠에서 깨어난 호준의 얼굴에 송골송골 땀이 맺혀있었다. 깊은 잠 속의 꿈은 오히려 생생하기만 했다. 꿈속이었으나 호현을 만난 감동과 현실 아닌 꿈의 허탈감이 중첩되면서 미묘한 기분이 해일처럼 밀려들었다. 호준은 침대에서 일어나 책상에 앉았다. 지난 시절 호현과 함께 찍은 책상 위의 액자사진에 시선이 꽂혔다. 세월이 제법 흘렀으나 여전히 받아들이기는 힘들었다. 분신이나 다름없는 일란성 쌍둥이 동생의 죽음은 실로 믿기 어려운 현실이었다. 한순간에 바람처럼 사라지듯 떠난 것이라고밖에는 달리 표현할 방법이 없었다.

호준은 천체망원경을 거치해놓고 창문을 열었다. 작은곰자리의 북극성과 큰곰자리의 북두칠성이 한눈에 들어왔다. 마치 밤바다의 등대처럼 밝은 빛을 발하고 있었다. 천체망원경의 렌즈 속에 작은곰자리의 코카브를 넣었다. 잠시 전 꿈속에서 다녀왔던 별이었다. 북극성처럼 밝지는 않았으나 은은히 영롱한 빛을 발했다. 꿈속에서였으나 호현을 만나고 돌아온 직후여서인지 비현실적인 거리감이 거의 느껴지지도 않았다. 언젠가는 가족들이 다시 함께 모여 지내게 될 곳이라 했던 호현의 확신 때문에 그럴 수도 있다는 생각이 들기도 했다. 호준의 망원렌즈는 오래도록 작은곰자리를 벗어나지 않았다.

✦ ✦ ✦

한 달쯤 지났으나 코카브의 궤도에서 호현을 만났던 시간은 기억의 뒤편으로 조금도 밀려나지 않았다. 의식 속에 내재되어있는 삶의 허망함과 무엇으로도 채워질 수 없었던 상실감의 크기에 적잖은 변화가 생기기도 했다. 호현의 단언적인 확신을 신뢰하고 믿고 싶기 때문이었다. 호현은 좋은 게 좋은 것이라는 식으로 대충 지나치듯 하는 식의 말을 꺼내거나 건네는 사람이 아니었다. 세세히 설명을 부연하지는 않았으나 호현의 성향으로 보면 최대한 강조했었음을 호준은 확연히 느낄 수 있었다.

자신도 어느 훗날에 세상을 떠나면 작은곰자리의 베타 별인 코카브로 갈 것이며 그곳에서 호현을 만나 다시는 이별 없이 함께 지내게 되리라는 확신은 그렇게 굳혀지고 있었다. 호현이 세상을 떠난 그 날의 비현실 같았던 현실은 영원한 이별로서 각인될 수밖에 없었다. 누구에게도 내색할 수 없었던 허황한 외로움으로 인해 수시로 내면의 몸살을 앓아야 했으나 꿈속에서 호현을 만나게 되면서 호준의 관념은 변화를 맞이했다.

　먼지가 잔뜩 묻은 노트를 펼쳐 본 호준은 왈칵 눈물을 쏟고 말았다. 책상 서랍을 넘어가 벽면 아래로 떨어져 긴 시간 동안 손길이 닿지 않은 호현의 흔적을 발견하게 되어서였다. 호현의 노트에는 여러 작은 그림들과 만화처럼 그린 그림들도 그려져 있었다. 호준은 이내 목이 메었다. 비록 한 권의 낙서 노트와 다름없었으나 페이지를 넘길 때마다 호현의 손길과 호흡이 느껴져서였다. 노트 뒷면 쪽의 한 페이지에는 자화상처럼 쌍둥이 형제를 그린 그림도 있었다. 그림은 흡사 사진처럼 정교했고 거울에 비춘 것처럼 어느 한 부분도 쌍둥이 형제와 다른 곳을 찾을 수가 없을 정도였다.

　호현과 자신은 서로에게 분신일 수밖에 없었다는 생각에 호준의 서러운 눈물은 쉽사리 그칠 줄을 몰랐다. 호현이 한순간에 세상을 떠난 이후부터 호준은 정말 자신의 절반쯤이 사라져버린 느낌을 온전히 떨쳐버릴 수가 없었다. 호준은 책상 옆에 세워져 있는 기타를 집어 들었다. 호현의 손길이 은연히 느껴졌다. 예술적 감각이 뛰어난 호현의 기타와 피아노 연주 실력은 수준급이었다. 노랫말을 짓고 작곡을 하겠다면서 골몰하던 모습도 떠올랐다. 호준은 기타 줄을 튕겨보았다. 소리는 진한 그리움의 진동을 일으키며 비비대듯 천장에 흡착되어 울림의 여운을 남겼다.

시간이 촉박했으나 호준은 망설임 없이 집을 나섰다. 호현이 잠들어있는 납골 공원에 가기 위해서였다. 예정에 없이 불쑥 찾아가는 것이었으나 빠르게 가면 삼십 여분은 머물 수 있는 시간이었다. 호준은 과속위반 카메라를 주의하며 속도를 높였다. 5시면 출입이 금지되기 때문에 4시 30분까지는 도착을 해야 했다. 마음은 급했으나 호현을 생각하며 운전에 주의를 기울였다. 참배객들이 거의 돌아간 공간에는 엄숙한 적요만이 무겁게 가라앉아있었다.

호준은 납골 공원에 올 때마다 삶과 죽음, 산 자와 죽은 자의 경계가 모호하고 무색함을 매번 느끼고 있었다. 삶과 죽음의 이분법적 의미가 도리어 부질없이 느껴지는 것도 그러했다. 삶과 죽음이란 결국 하나의 같은 길에서 맞이하게 되는 주어진 과정일 뿐이라는 것도 그러했다. 그러함에도 짧은 생애를 살다간 육신의 한 줌 잔재를 대하고 바라볼 때마다 실로 허무하기 이를 데 없었다. 유골함에 붙어있는 사진 속의 호현은 옅은 웃음을 머금고 있었다. 호현의 생전 모습들이 연달아 떠올랐고 잠시 전에 들은 것처럼 목소리가 귓가에 쟁쟁했다. 이처럼 수시로 찾아와 눈에 넣는 것도 실상은 살아있는 자들의 상처를 스스로 동여매고 다독이기 위한 행위라는 것을 호준은 깨달은 지가 오래였다.

참배시간이 끝나는 폐실 알림 안내방송이 흘러나왔다. 호준은 납골 공원을 멀리 벗어나지 않았다. 인근 도로변의 주차공간에 차를 세웠다. 호준은 깊은 단잠 중의 꿈이었으면 좋겠다는 생각을 지금도 간혹 하곤 했다. 부질없는 무의미한 바람이지만 차라리 삶과 일상의 모든 것들이 꿈이었으면, 허상이었으면 얼마나 좋을까를 생각하기도 했다. 그래선지 실제로 간혹 어느 때는 현실의 일상들이 꿈속의 전개가 아닐까 하는 미묘한 혼돈에 빠질 때도 있었다. 동생 호현을 잃은 상실감으로 인해 생긴 정신적 장애일 수 있었다. 설혹 악몽에 매일 시달린다 해도 정녕 꿈이라면 얼마나 좋을까 하는 것은 그래서였다. 나이가 들고서야 자식 잃은 부모님의 심정을 헤아릴 수 있게 되었으나 차라리 호현과 함께 죽었더라면 하는 마음은 차마 일 점도 내색할 수가 없었다. 깊은 슬픔과 그리움을 가린 채로 아무런 일도 없었던 것처럼 지극히 평범하게 자기 생활을 이어가는 것이 자식 된 도리인 것을 호준은 모르지 않아서였다.

어둠이 빠르게 내려앉았다. 차에서 내린 호준은 습관처럼 북극성을 찾기 위해 하늘을 훑어보았다. 북극성은 금세 눈에 들어왔으나 코카브는 볼 수 없었다. 다만 북극성을 기점으로 위치를 짐작했다. 호현이 저 별에서 평화롭고 행복하게 지내고 있다는 생각이 들었다. 육신의 한 줌 잔재를 세상에 남기고 떠난 호현이 저 별로 갔다는 호준의 믿음은 더욱 단단해져 흔들릴 수 없었다. 그것은 자기 위로의 차원이 아니었다.

생명의 존재를 인간이 좌우할 수 없는 것처럼 죽음의 시기와 이후를 인간이 관장할 수 없다는 사실이 오히려 호준의 확신을 굳히게 만든 것일 수 있었다. 어쩌면 호현이 세상을 떠난 것이 꿈이 아닐까 여겨질 때, 또 인간이 좌우할 수 있는 영역이 아닌 생각이 들 때는 차라리 일면의 위로를 받기도 했다. 불가항력적인 것처럼 순응이란 그야말로 어쩔 수 없는 수긍일지도 모른다. 상실의 고통과 그리움은 별개였다. 호준은 천체망원경으로 작고 희미한 빛의 점 같은 코카브를 바라보기 시작했다. 호준은 꽤 오랫동안 자리를 벗어나지 않을 것처럼 집중했다.

폭설이 며칠째 이어졌다. 홀연히 나타난 호현이 대문 밖에서 눈을 맞고 서 있었다. 매우 밝은 기색이었다. 방학 중에 한가로이 낮잠에 빠져있던 호준은 누군가 부르는 소리에 홀리듯 밖으로 나가 대문을 열었다. 반가움과 놀라움이 교차하면서 호준은 호현의 이름조차 바로 부르지 못했다. 꿈속이었으나 눈앞의 상황과 장면들은 너무도 선연했다.

―형! 잘 지냈어?

호현이 밝게 웃으며 먼저 말을 건넸다.

―어떻게 온 거야?

도무지 믿기지 않는 호준의 음성은 잔뜩 떨렸다.

―집에 들어가고 싶어!

―…….

호현의 말에 호준은 입이 얼어붙은 사람 같았다. 집에 있는 엄마 때문이었다.

　—괜찮아! 형 눈에만 내가 보일 테니까.

　호현은 염려하는 호준을 안심시켰다. 믿기 어려운 일을 맞닥뜨릴 엄마가 염려되는 것은 호현도 마찬가지였다. 어차피 자신은 돌아가야 해서이기도 했다.

　—그래 빨리 들어가자!

　호준은 고개를 끄덕이며 호현을 데리고 집으로 들어갔다. 마침 엄마는 거실 한쪽에 놓인 건조대에 빨래를 널고 있었다. 엄마의 모습을 바로 눈앞에서 보게 된 순간 호현은 감정이 북받치는 듯 폭포수와 같이 눈물을 쏟아냈다. 울음소리가 들릴까 봐 손바닥으로 입을 막은 것은 다행이었다. 호준은 손가락을 자기 입술에 대며 절대 소리를 내면 안 되는 것을 강조했다. 호준은 일단 자기 방으로 호현을 데리고 들어 갔다.

　—아버지는 회사 가신 거야?

　호현은 눈물을 닦아내며 호준의 방을 이리저리 살폈다.

　—그럼! 출근하셨지.

　—엄마 얼굴을 보고 목소리를 들으니 정말 너무 기쁘고 좋다. 아빠도 빨리 보고 싶어!

　—퇴근하고 오실 거야!

　호현의 눈물과 기뻐하는 모습에 호준은 금세 목이 메었다.

　—내 방은 그대로인 거야?

호현은 기억 속의 자기 방이 몹시 궁금한 표정이었다. 호준은 대답 대신에 맞은편 방으로 앞서 들어갔다.

—달라진 것 없어. 침대를 바꾼 것 말고는 그대로야!

침대 말고는 달라진 게 없다는 호준의 말에 호현은 왈칵 눈물을 쏟으며 소리를 억누른 채로 울었다. 호준의 침대를 바꿀 때 자기 방의 침대도 바꾸었다는 설명에 호현은 좀처럼 눈물을 그치지 못했다. 부모님의 심정이 어떠했을지 느껴져서였다. 엄마와 아버지는 지금도 하루에 한두 번은 이 방에 들어와 사진 속의 너를 쳐다보고 네가 사용했던 물건들을 어루만지며 너를 느끼고 그리워한다는 호준의 말에 호현은 침대 시트에 얼굴을 파묻고 더욱 격하게 울었다. 호준은 그런 호현을 물끄러미 바라보았을 뿐 눈물을 그치도록 말리지 않았다. 어차피 떠나고 없는 자식인데 굳이 그럴 필요가 있을까 하고 뭇사람들은 생각할 수 있겠지만 어린 자식을 먼저 떠나보낸 부모는 자식이 생전에 쓰고 만지던 소소한 물건들조차 버릴 수 없고 자식이 쓰던 방안을 당시 상태 그대로 보존할 수밖에 없는 것을 호준은 시간이 지난 나중에야 제대로 이해할 수 있었다.

호현은 책꽂이에 꽂힌 책과 옷장 속의 옷 그리고 책상 서랍 속에 넣어있는 학용품과 요요, 줄넘기 등 눈에 보이는 소소한 사물들까지 일일이 꺼내어 만져보고 있었다. 호준은 자기 방으로 가 두 달 전쯤에 책상 서랍 뒤편에서 발견했던 그림 노트를 가져왔다. 쌍둥이 형제의 자화상과 만화처럼 그린 여러 그림이 담겨있는 호현의 노트였다. 노트를 받아든 호현은 놀라워하며 반가움을 감추지 못했다. 새록새록 기억이 솟는지 호현은 노트에서 좀처럼 눈을 떼지 못했다. 일란성 쌍둥이여서 얼굴이 똑같긴 해도 형 얼굴을 더 잘 그리려 노력했었다고 말하며 호현은 설핏 웃어 보이기까지 했다. 호현은 필통에서 샤프 연필을 꺼내 노트의 비어있는 지면에 호준의 얼굴을 스케치하기 시작했다. 사진을 찍으면 되지 않느냐며 호준이 만류했으나 그림은 사진이 갖지 못하는 손길의 느낌이 담기게 된다며 사뭇 진지하게 스케치를 이어갔다. 호준은 기꺼이 모델이 되어주었다.

호현과 식탁에 마주 앉은 호준은 상황이 선뜻 믿기지 않았다. 어제까지만 해도 호현과 이처럼 함께 식사하게 되리라고는 꿈속에서조차도 생각지 못했던 일이었다. 눈앞의 장면이 믿기지 않는 것은 호현도 마찬가지였다. 엄마가 담근 김장김치와 음식들을 먹게 되는 것은 그야말로 벅찬 감동이었다. 더구나 우연이라는 단어가 무색하리만큼 지난날 호현이 좋아했던 치즈불고기도 식탁 위에 올라있었다. 호현은 밥을 먹으면서도 거실 소파에 앉아 텔레비전을 시청하고 있는 엄마의 옆모습을 한 번씩 흘깃거렸다. 엄마의 눈에 호현이 보이지 않아도 엄마와 함께 식탁에 앉을 수는 없었다. 급히 나갈 일이 있어 먼저 점심을 먹겠다는 것은 호준의 계산이었다. 호현에게 빨리 집밥을 먹이고 싶어 11시가 채 되지 않았음에도 점심을 먹기로 했다. 호현이 지난날 그렇게 떠나지 않고 이처럼 함께 내내 같이 살고 있더라면 얼마나 좋을까 생각하며 호준은 맛있게 밥을 먹고 있는 호현을 애틋한 눈길로 바라보았다.

모레 돌아간다는 호현을 생각하면 호준은 더없이 마음이 급했다.

추억을 거슬러 전부 되살려보기에는 너무도 짧은 시간이었다. 먼저 올림픽공원 스케이트장에 가기로 했다. 호현은 서울이 정말 많이 변했다며 놀라움을 금하지 못했다. 세월이 십 년 이상을 훌쩍 넘어갔으니 그리 느껴지는 것은 당연했다. 스케이트 타는 법을 잊지 않은 호현은 천천히 링크를 돌며 몹시 즐거워했다. 호준은 뒤를 따르다가 불쑥 앞서나가며 호현의 승부욕을 자극했다. 호현도 지지 않으려 속도를 높였다. 어린 시절의 추억이 그대로 되살아난 듯했다. 호준이 생각했던 장면들이었다. 호현과 함께할 수 있는 짧은 시간 동안 후회 없이 기쁜 시간을 보내고 싶었다. 선수들처럼 링크를 몇 바퀴 도는 시합을 하기로 했다. 감각이 제대로 되살아난 호현이 앞서나갔다. 호준은 속도를 높여 호현과 나란히 붙어 질주했다. 호현은 고개를 돌려 호준을 바라보며 환하게 웃었다. 지난 시간이 재현되고 있다는 호준의 생각과 호현의 생각이 교차했다.

지난 시절의 추억을 찾아 호준이 동생 호현과 꼭 가보고 싶은 또 다른 곳은 다름 아닌 영화관과 오락실이었다. 예전 그대로의 팝콘과 콜라 맛을 기대하며 먼저 극장으로 가 영화를 관람했고 그런 후에 주변의 오락실을 찾아갔다. 블러드본과 철권게임에 금세 빠져든 호현의 표정이 예전의 모습에 중첩되었다.

호현의 생각이 몹시 궁금했으나 호준은 확인할 수 없었다. 그럴 수만 있다면 작은곰자리의 코카브로 돌아가지 말고 가족이 있는 이곳 서울 집에서 계속 함께 지내고 싶지 않으냐고 묻고 싶은 마음이 현란한 유혹처럼 계속 들기는 했다. 하지만 실현 가능할 수 없는 부질없는 갈등이었다. 오히려 호현의 마음을 무겁게 만들 뿐이란 생각이었다. 예정할 수는 없어도 지난번처럼 자신이 작은곰자리로 찾아가게 되거나 지금처럼 호현이 집을 찾아오게 되는 기적 같은 시간을 고대하며 그리움을 조용히 견뎌내야 한다고 생각했다. 호현의 확신과 기약을 순순히 인정하며 받아들여야만 했다. 시간의 굳센 인내가 필요한 것을 호준은 다시금 깨닫고 있었다.

중학교 부근의 분식집은 제자리에서 여전히 영업 중이었다. 호준과 호현은 놀라움과 반가움을 감추지 못했다. 주인은 바뀌었으나 크게 달라진 것은 없었다. 지난날의 기억들이 새록새록 솟는 듯 호현은 작은 가게 안을 이리저리 살펴보며 고개를 끄덕이기도 했다. 유난히 치즈를 좋아했던 호현은 그때처럼 치즈라면과 치즈떡볶이를 주문했다. 그 시절이 그대로 재현되는 장면에 호준은 찌릿한 전율마저 느끼게 되었다. 호현을 분식집에 데려오길 잘했다고 생각했다. 호현은 라면과 떡볶이를 먹으며 엄지척을 했다. 함께 맛있게 먹곤 했던 지난날의 추억을 먹고 있기 때문이라고 호준은 생각했다.

일상의 소소한 기쁨을 늘 함께 나누었던 호현이 눈앞에서 이처럼 즐거워하는 모습이란 정말이지 믿을 수 없는 꿈처럼 느껴졌다. 호준은 꿈만 같은 시간이 조금은 더디 흐르기를 바라고 있었다. 이처럼 만나게 되는 것도 어쩌면 마지막이 아닐까 하는 불안감이 설핏 깃들어서였다. 하지만 그럴 리는 없다는 생각으로 호준은 고개를 가로저었다. 호현과 영영 만날 수 없는 것은 상상조차도 하고 싶지 않았다.

◈ ◈ ◈

거실 소파에 가족들이 모여앉았다. 호현도 호준 옆에 바짝 붙어 앉았다. 물론 엄마와 아버지 눈에는 보이지 않았다. 가족들은 과일을 먹으며 두런두런 이야기를 나누었다. 호현은 만감이 교차했다.

—이제 2주 후면 너희들 생일이구나!

호준을 바라보며 쌍둥이 형제의 아버지는 아들들의 생일이 다가옴을 기억했다. 그것도 호준만을 지칭한 게 아닌 너희들이라 한 것이다. 호현이 세상을 떠났어도 살아있는 눈앞의 자식과 같은 여김이었다.

—그러게요! 그런데 애들 생일이 오히려 더 마음 아픈 날이 되었어요…… 호현이가 떠나버린 후로는요…….

금세 눈물이 맺힌 쌍둥이 형제의 엄마는 탁자 위의 티슈를 뽑아 눈물을 닦아냈다. 호현은 터져 나오는 울음을 막기 위해 손바닥으로 자기 입을 틀어막았다. 호준은 조심해야 한다는 뜻으로 옆에 앉은 호현을 팔꿈치로 툭 쳤다. 호현이 떠났어도 소홀함 없이 생일을 챙겨주는 엄마와 아버지에게 그날이 얼마나 슬프고 가슴 아픈 날인지를 호준은 알고도 남았다.

언젠가 혼잣말을 하듯 소회를 쏟아내는 아버지를 보며 호준은 자식 잃은 부모의 고통이 어느 정도일지 깊이 깨닫게 되었다. 자식이 죽으면 가슴에 묻는다는 말은 틀린 것이라면서 자식의 죽음은 영혼에조차 묻을 수 없다며 고개를 떨구던 모습은 영영 지워질 수 없는 화인 같은 기억이었다. 그냥 살아있는 것뿐이고 어쩔 수 없이 그저 살고 있을 뿐

이별 없는 별   091

이라며 슬프지도 않다고 했다. 슬픔이나 아픔의 차원이 정녕 아니라고 했다. 표현이 불가할 뿐이라며 고개를 길게 가로젓기도 했다. 어차피 호현이가 떠난 날에 우리 부부의 인생도 끝이 난 것이라고 토로하던 아버지가 허망한 시선으로 엄마를 바라보던 장면도 그러했다. 엄마는 말이 없었으나 눈빛에는 당연하다는 무언의 대답이 서려 있음을 호준은 느꼈었다.

그날 호준은 부부의 인생도 끝이 난 것이라는 아버지의 토로가 얼핏 서운하게 들리기도 했었다. 하지만 일란성 쌍둥이 형제인 자신도 종종 깊은 수렁 같은 허망함에 빠져 마음을 가눌 수 없기에 하물며 자식 잃은 부모님의 심정이 어떨지를 생각하면 가슴이 그냥 미어질 수밖에 없었다. 돌이켜보면 호현이 떠난 후로 남은 가족들의 삶의 생기가 현저하게 떨어진 것은 사실이었다. 그것은 무엇으로도 채울 수 없고 북돋을 수 없다는 것을 깨달은 것은 오래전이었다.

거실 장식장 위에 놓인 가족사진 액자를 마른 수건으로 닦고 또 닦고 있는 엄마를 물끄러미 바라보며 호현은 또다시 소리 없이 오열했다. 가슴 저미는 심정과 손길로 엄마가 호현 자신을 쓰다듬고 어루만지고 있는 것임을 알고 있어서였다.

─얘네들이 어렸을 적에 밖에 데리고 나가 호현이를 안고 걸으면 호준이 얘는 자기도 안아달라며 매달렸지만 반대로 호준이를 안고 걸어가면 호현이는 아무 말도 없이 내 바지를 붙잡고 따라 걸었어. 그리고 자신이 동생이고 호준이가 형이라는 것을 확실히 인식하던 애라니까!

호현의 성정을 떠올리며 쌍둥이 형제의 아버지는 지난 세월의 추억을 소환했다.

─호준이는 제 동생을 얼마나 아끼고 챙겼는데요!

동생 호현을 몹시 아꼈고 몹시 그리워하는 호준의 마음을 쌍둥이 형제의 엄마는 다독이듯 헤아렸다.

─그건 그랬지! 호준이는 항상 자기가 동생을 지키고 위해줘야 한다고 생각했으니까.

호준의 눈과 마주친 쌍둥이 형제의 아버지는 고개를 연신 끄덕였다.

─어린 나이였을 때에도 그리 다투지도 않고 아무튼 우리 애들은 우애가 참 좋았으니까요!

쏟아 넣을 그리움이 끝이 없는 듯 쌍둥이 형제의 엄마는 여전히 액자에서 눈을 떼지 못했다. 호현도 눈물을 그치지 못하고 있었다.

─애들이 어렸을 적에 목욕탕에 데리고 가는 게 나는 너무 행복하고 좋았어! 내가 애들 몸을 먼저 밀어주고 나면 아빠 등을 밀어준다고 둘이 붙어서서 작은 손으로 경쟁하듯이 얼마나 열심히 내 등을 밀었는지 주위에 있던 사람들이 귀여운 듯 부러운 듯 쳐다보곤 했었지.

행복하고 기뻤던 기억들을 쌍둥이 형제의 아버지는 소중한 물건을 꺼내어 놓듯 했다. 호현을 향한 그리움과 허망함이 음성 끝에 이끼처럼 달라붙어있다고 호준은 느꼈다.

─그때가 제일 행복했던 것 같아요!

고개를 뒤로 돌린 쌍둥이 형제의 엄마 목소리는 가늘게 떨렸다. 슬품의 분출을 애써 누르고 있어서였다. 호현과 함께 살았던 지난날을 회상하는 것이 호준은 언제나 슬프면서도 좋았다. 엄마와 아버지는 호현을 볼 수 없어도 한자리에 지금 이렇게 가족 넷이 함께하고 있음이 호준은 너무도 감동이면서 한편으로는 참으로 가슴이 아팠다. 어쨌든 이 시간이 참으로 기쁘고 소중해서 그럴 수만 있다면 서로 바짝 붙어 앉아 바로 가족사진을 찍고 싶을 정도였다. 호현은 여전히 눈물을 완전히 그치지는 못하고 있었다. 여러 감정이 중첩된 때문이라고 호준은 생각했다.

비록 호현이 먼저 세상을 떠나 지금은 헤어져 있어도 사랑하는 가족들을 언젠가 다시 만나 영원히 함께 지내게 되리라는 호준의 확신은 호현의 확신처럼 더욱 굳혀지고 있었다. 꿈속에서, 작은곰자리의 코카브에서 지내고 있는 호현을 만난 것과 훗날에는 그 별에서 다시 만나 가족들이 함께 지내게 되는 것을 확신하고 강조했던 호현의 생각과 말을 언젠가 적절한 기회가 되면 부모님에게 들려주어야겠다고 생각했다. 다만 호현이 홀연히 집을 찾아와 이렇듯 함께 시간을 보냈던 것은 받아들이는 그때 반응을 보아 건네야겠다고 생각했다. 꿈속에서였다지만 아마도 의미 없는 듯이 그냥 넘길 것 같지는 않았다. 어쩌면 세세히 물으며 호현의 확신을 수긍하고 받아들일지도 모를 일이란 생각이었다. 호현에 관한 것은 스쳐 가는 생각조차도 가벼이 넘기지 않음을 호준은 경험으로 잘 알고 있었다. 다시 만날 것을 호현이 강조하고 확신했다는 것은 엄마와 아버지에게 전하는 호현의 그리운 마음일 것이라고 호준은 짐작했다.

쌍둥이 형제는 두꺼운 패딩과 장갑으로 단단히 무장한 채 천체망원경을 들고서 옥상으로 올라갔다. 호준이 망원경을 거치하기도 전에 호현은 작은곰자리의 북극성과 카시오페이아 별자리를 찾아 손가락으로 가리켰다. 어린 시절 별자리에 유독 관심을 두고 익혔던 내재된 습속이었다.

—여길 봐! 코카브가 반짝이고 있어.

망원렌즈에서 눈을 뗀 호준의 목소리는 사뭇 들떠있었다.

—렌즈 속에 정말 들어와 있네. 코카브가 아주 잘 보여!

호현은 벅찬 기분을 한껏 드러냈다. 짐작했던 이상으로 감격이 큰 것 같았다. 자신이 현재 지내고 있는 작은곰자리의 별인 코카브를 지구에 와서 관측하고 있는 지금 상황이 선뜻 믿기지 않는 듯했다.

—오늘처럼 추운 겨울밤에 별을 관측할 때면 마치 우주의 극지를 탐험하고 있는 착각에 빠질 때가 있어. 아마도 날씨 때문일 거야!

호준은 기분의 경험마저 호현에게 전부 들려주고 싶어 했다.

—나를 생각하면서 작은곰자리를 관측하기 시작한 거야?

알고도 남았으나 호현은 확인하듯 물었다.

—지난 시절 네가 관심을 기울이며 계속 얘기하곤 했던 별자리였잖아!

렌즈에서 눈을 떼며 호준은 고개를 크게 끄덕였다.

—코카브에서 종종 지구를 관측할 때 어쩌면 형도 지구에서 지금 코카브를 관측하고 있는 것은 아닐까 하고 생각했던 적도 있었어!

호현은 렌즈에 몰입하면서도 자신도 다르지 않음을 토로했다. 쌍둥이 형제는 추위도 잊은 채 작은곰자리를 비롯한 별자리 들을 관측했다.

⟡ ⟡ ⟡

새벽녘 잠결의 이상한 느낌에 호준은 벌떡 일어나 맞은편 호현의 방문을 열었다. 호현은 보이지 않았고 침대 위에는 가지런히 이불이 개어져 있었다. 호준은 즉시 현관문을 열고 밖으로 나가 마당을 살폈고 대문 밖의 골목길을 이리저리 살폈다. 호현이 사라진 것을 확인하게 된 호준은 제자리에 주저앉고 싶을 만큼 온몸의 기운이 급격히 빠져나가는 극심한 허탈감에 흔들렸다. 작별인사를 나누고 싶지 않았을 호현의 마음을 이해하면서도 마지막 페이지가 사라진 책장을 끝내 덮은 것 같은 아쉬움과 답답함이 가슴을 짓눌렀다. 준비 없는 이별을 또다시 맞이한 심정이었다. 호준은 제자리에서 새벽하늘을 올려다보았다. 북극성은 본래대로 밝은 빛을 발하고 있었다. 작은곰자리의 코카브로 돌아간 호현의 모습이 떠올랐다. 호준은 코카브의 위치를 짐작했고 그곳에 호현의 얼굴을 그려 넣었다.

이틀째 극심하게 앓고 있는 호준의 감기 원인은 실상 내면의 몸살이었다. 다시 만나게 되리라는 것을 믿고 있으나 마음 한구석에는 이번 만남이 영영 마지막이 아닐까 하는 불온한 심리가 똬리를 틀고 있어서였다. 비록 꿈속에서였지만 홀연히 찾아간 코카브의 궤도에서 또불쑥 찾아온 서울 집에서 현실 만큼이나 생생하게 호현을 만난 것은 호준에게는 미증유의 감격이었고 기적 같은 감동이었다. 어느 훗날 세상을 떠나 작은곰자리의 코카브로 간다 해도 지금은 지금대로 실제 현실처럼 이따금 호현을 만나고 싶은 마음은 너무도 간절했다. 그러했기 때문에 단정할 수 없는 불안감을 온전히 떨쳐낼 수는 없었다.

호현의 흔들림 없는 굳은 확신이 호준은 부러웠다. 반면에 자기 확신의 결여는 자못 못마땅했다. 마음속에 항상 함께 있음이 허언이나 허상이 아니라면 조바심과 요행의 갈구는 떨쳐내야만 했다. 사실 그런 시간이 얼마나 힘든 것인지 익히 알고 있는 호준은 차라리 기억상실증에 걸리면 좋겠다고 생각한 적도 있었다. 물론 스쳐 가는 한순간 비애의 편린에 불과한 것이었으나 그만큼 호준의 내면은 결여와 절망으로 점철되어있었던 날들의 연속이었다.

서울 집에 찾아왔던 호현이 홀연히 떠난 지 일주일이 지나서야 호준의 극심했던 몸살 기운은 가라앉았다. 자정이 가까워진 깊은 밤에 호준은 몇 겹으로 옷을 껴입고 옥상으로 올라갔다. 밤하늘은 눈이 시리도록 맑았다. 천체망원경의 대물렌즈를 작은곰자리에 맞추었다. 호준의 눈은 코카브에 결국 멈추었다. 집을 찾아왔던 호현의 모습이 뇌리에 선연히 떠올랐다. 지난번처럼 코카브의 궤도나 서울 집에서 또 호현을 만나고 싶었다. 렌즈 속의 코카브를 관측하며 호준은 소망이 이루어지기를 간절히 염원했다.

서글픔이 밀려들면서 이내 서러움으로 바뀌었다. 어느 때는 운명이라는 논리를 격하게 거부하고 싶었다. 물론 거부한다 해도 변할 수 있는 것은 아무것도 없으나 정말이지 운명이라는 단어 속에 깊이 묻어

두고 싶지는 않았다. 반발심리와도 같은 것이었으나 그저 순순히 순응하며 받아들여야 하는 것이 때로는 정말 야속하게 느껴져서였다. 호준의 서러움은 기어이 눈물이 되어 망원경의 렌즈에 떨어졌다. 눈이 몹시 시렸고 마음도 시렸다. 추위 때문만은 아니었다.

꿈속에서 호현을 만난 호준은 순간의 허상이 아닐까 하여 자기 볼을 꼬집어보았다. 우주유영처럼 허공에 몸이 둥둥 떠 있었고 그런 만큼 기쁨도 부풀어 올랐다. 코카브의 궤도는 아니었다. 어느 곳인지 알수는 없었다. 지구를 벗어난 우주의 어느 공간쯤으로 짐작되었다. 하지만 어느 곳에서 호현을 만나는 것인지는 중요치 않았다. 호현을 만나는 것이 중요할 따름이었다.

─열흘 만에 만나는데도 아주 오래된 것처럼 느껴져!

부풀어오르는 기쁨 때문인지 호준의 음성은 매끄럽지 못했다.

─나는 이, 삼 일쯤 지난 것처럼 느껴지는데!

호현의 환한 웃음이 물결처럼 사방으로 퍼졌다.

─코카브의 유리성이 서울 집보다도 좋아서 그런 것 아냐?

호준의 농담 속에는 진한 그리움이 달라붙어있었다.

─그럴지도 모르겠네!

호현은 유쾌하게 농담을 받아넘기며 한동안 웃음을 그치지 않았다.

─괜찮은 거지?

변함없이 잘 지내고 있느냐는 뜻으로 호준이 물었다.

─당연하지. 엄마와 아버지와 형도 잘 지냈으면 좋겠어. 늘 그렇게 바라고 있어!

호현은 가족들의 안녕을 기원하고 있다는 끝말에 더욱 힘을 주었다. 호현은 주머니에서 무언가를 꺼냈다. 에메랄드빛이 나는 레몬 크기의 작은 돌이었다. 형에게 주는 선물이라며 호현은 그 돌을 호준에게 건넸다. 마치 보석의 원석처럼 생긴 돌을 손에 건네받은 호준은 순간 어리둥절했다. 이틀 앞으로 다가온 생일 선물을 호현이 준비했을 줄은 상상도 하지 못해서였다. 선물을 미처 준비하지 못했다며 호준은 난처한 표정을 지으며 미안해했다. 그럴 것 없다는 뜻으로 호현은 강하게 손사래를 쳤다. 지난 시절에 생일이 돌아오면 며칠 전에 학용품이나 장난감을 미리 사두었다가 생일 당일에 서로에게 건네주곤 했던 기억 속의 장면들은 여전히 생생했다.

호현이 건네준 작은 돌을 호준은 두 손에 쥐고 계속 매만졌다. 호현이 많이 그리울 때 꺼내서 만지면 좋겠다는 생각을 했다. 호현의 손길이 그대로 느껴질 것 같아서였다. 호현이 주머니 속에 넣어 둔 때문인지 따스한 온기가 감도는 작은 돌을 항상 온기 있게 보관하고 싶다는 생각도 했다. 호현이 서울 집에 남기고 떠난 물건들과는 또 다른 느낌이 들었다. 물끄러미 바라보고 있는 호현의 눈빛에서 작별의 시간이 임박했음을 호준은 직감했다. 호준은 조금도 우울한 기색을 보이지 않았다. 오히려 밝은 웃음기를 머금은 표정을 호현에게 보여주었다. 마치 조만간 다시 만나게 되리라는 것을 확신하고 있음을 보여주려는 듯했다.

꿈속에서 호현과 헤어지면서 호준이 잠을 깬 시간은 새벽 2시경이었다. 호현에게서 생일 선물로 받은 작은 돌의 감촉은 손끝에 그대로 남아있었다. 미묘한 기분 탓인지 호준은 도로 잠들지 못하고 뒤척였다. 그렇게 얼마쯤 지났을 때 쿵 하고 바닥에 무언가 떨어진 소리가 제법 크게 들려왔다. 심상치 않은 느낌에 호준은 현관문을 열고 밖으로 나갔다. 살필 것도 없이 화단 왼편 구석 쪽에서 옅은 연기가 가물거리는 것을 볼 수 있었다. 호준은 가까이 다가가 살펴보았다. 거기에는 이전에 없던 돌덩이 하나가 땅에 박혀있었다. 만져보지 않아도 돌덩이에서 뜨거운 열기가 느껴지듯 했다.

화단에 없던 돌이 별안간 떨어져 박혀있는 상황이 매우 의아하고 당황스러울 수밖에 없었다. 호준은 돌의 윗부분에 중지를 슬쩍 대보았다. 온기가 있었으나 만지지 못할 만큼 뜨겁지는 않았다. 호준은 땅에 박혀있는 돌을 들어 올렸다. 거무스레한 빛깔의 멜론 크기 정도의 돌은 자연석을 연마해 놓은 것처럼 표면이 둥글어 조금도 날카로이 만져지지 않았다. 설마 하면서도 하나의 생각이 현란한 광선 빛처럼 호준의 뇌리를 훑듯 스치고 지나갔다. 혹 별똥별이 떨어진 것이 아닐까 하는 생각이 들었다. 호준은 돌덩이를 방으로 가져가 책상 위에 올려놓았다. 생각은 꼬리를 물고 이어졌고 도무지 도로 잠에 빠질 수가 없었다.

호준은 학과 교수실 출입문 앞에서 호흡을 가다듬었다. 호준의 부탁을 들어준 안교수는 운석학회 정회원이기도 했다. 호준은 가방 속에서 돌덩이를 꺼내 탁자 위에 올려놓았다. 육안으로 돌을 살펴보기 시작한 안교수는 고개를 한번 크게 끄덕였다. 그리고 암석 실체분석 현미경과 광물측정 자석을 이용해 세밀히 돌을 분석했다. 그럴 가능성을 내심 예상했음에도 호준은 놀라움에 모든 신체기능이 정지된 것만 같았다. 운석이 틀림없다는 안교수의 반복적인 분석결과를 듣고서야 기쁨이 넘치는 표정으로 감사하다는 인사를 건넬 수 있었다. 태양계 밖의 먼 행성에서 떨어져나와 우주를 떠도는 소행성에서 떨어진 작은 조각이 지구대기권을 통과한 것 같다는 부연설명을 듣고서 호준은 교수실을 나섰다.

집으로 돌아오며 호준은 생각했다. 꿈속에서 호현으로부터 보석의 원석처럼 생긴 작은 돌을 생일 선물로 받은 것처럼 서울 집의 화단으로 떨어진 운석은 다름 아닌 호현이 보낸 선물일 것을 호준은 확신하고 단정 지었다. 그러면서도 기쁨의 무게만큼 가슴이 먹먹해지는 것은 동생 호현의 속마음은 오히려 호준 자신보다도 깊다는 생각에 미안함이 커져서였다.

어둠이 내려앉고 별이 뜨기만을 기다렸던 호준은 이탈할 수 없는 자석처럼 단호히 이끌리어 옥상으로 올라갔다. 거치한 천체망원경의 렌즈에 작은곰자리의 코카브를 담는 호준의 눈에 작은 떨림이 일었다. 호현의 모습이 렌즈 속에 선연히 떠올랐다. 호현과의 단절되지 않는 교감을 생각했다. 어느 훗날에는 호현이 있는 저 코카브로 호준 자신도 가게 되리라는 확신에 일말의 불안이나 의문도 이제 더는 끼어들 수 없을 것 같았다.

꿈속에서 만난 호현의 밝고 평화로운 모습에 슬픔의 큰 덩어리도 걸러지는 중이었다. 비록 지금은 함께 있을 수 없어도 매일매일 그리운 마음을 교신하는 자신과 호현의 혈연관계는 절대 끊어질 수 없다는 생각도 했다. 호준은 작은 미동도 없이 망원렌즈 속의 코카브에 집중하며 혼잣말을 했다. '우리는 영원히 가족이야…… 그리고 너와 나는 절대 변할 수 없는 일란성 쌍둥이야…… 호현아 사랑해!'라고.

불온한 직감

모자를 눌러쓴, 서른 후반쯤의 여자가 가게 밖 인도에서 얼핏 짐작으로 초등학교 3학년과 1학년쯤으로 보이는 남자아이들의 등을 한 번씩 토닥여 주는 모습이 통유리창을 통해 그의 눈에 들어왔다. 아이들은 가던 길로 걸어갔고 엄마로 여겨지는 여자는 걸어가는 아이들의 뒷모습을 잠시 바라보다가 이내 몸을 돌려 왔던 길로 되돌아 걸어갔다. 아이들의 손에는 근처 편의점에서 사주었을 것으로 짐작되는 막대 아이스크림이 들려있었다. 그는 자석에 이끌리듯 가게 밖으로 나가 저만큼 걸어가는 아이들의 뒷모습을 응시했다. 큰 아이는 애써 참는 듯 꿋꿋하게 앞만 보고 걸었으나 작은 아이는 필시 엄마일 것 같은 여자의 모습을 놓치지 않으려는 듯 몇 번씩이나 고개를 뒤로 돌렸다.

　엄마일 여자가 현재 아이들과 함께 한집에서 지내고 있지 않음을 그는 확신했다. 아이들의 아빠와는 이혼한 것인지 별거 중인지 그 정도까지 가늠할 수는 없으나 어쨌든 집을 나와 따로 살고 있으며 아이들이 보고 싶을 때면 하교 시간에 맞추어 간혹 학교로 찾아오리라는 것을 추론했다. 아이들의 집은 아마도 인근의 H아파트일 것으로 그는 짐작했다. 뒷모습이 가물거릴 때까지 그는 아이들에게서 눈을 떼지 못했다. 엄마와의 짧은 만남의 여운이 서러울 아이들이 그는 더없이 안쓰럽게 느껴졌다.

낮에 우연히 목도 했던 장면과 아직은 짐작이긴 하지만 어린 형제의 서글픈 현실을 그는 머릿속에서 떨쳐내지 못했다. 온기를 잃어버린 어린 형제의 풀죽은 모습은 뇌리에서 좀처럼 사라지지 않았다. 집을 향해 걸어가면서도 엄마를 눈에 넣고자 몇 번이나 고개를 돌려 뒤를 돌아보던 작은 아이의 모습과 끝내 뒤돌아보지 않던 큰 아이의 헛헛한 어깨가 중첩되어 자꾸만 눈에 밟혔다. 엄마를 향한 그리움으로 멍들었을 아이들의 침묵이 그는 차라리 처절한 몸부림으로 느껴졌다.

그는 아이들과 엄마의 이별이 그리 오래되지는 않았을 것으로 짐작했다. 체념이 서려 있지 않은 느낌 때문이었다. 그는 아이들의 엄마가 집을 떠난 이유가 궁금해지고 있었다. 그럴 수밖에 없는 어떠한 사연이 있다 해도 어린 형제의 서러운 그리움을 덮을 수는 없다는 생각이었다. 지금과 같은 날들이 기약 없이 이어질 것 같은 우려를 그는 떨쳐낼 수 없었다. 일말의 연관도 없고 실체의 연유를 정확히 알 수도 없으나 그는 어린 형제의 서글픈 시간 들이 마법처럼 한순간에 사라져 갔으면 좋겠다고 생각했다.

과일가게 여자가 하굣길의 형제를 불러세운 것으로 그는 생각했다. 형제 중 큰 아이가 고개를 까닥 숙여 그만 가겠다는 뜻으로 건조한 인사를 건네자 과일가게 여자는 형제의 등 뒤에 대고 무어라 미처 못한 말을 던지는 장면을 볼 수 있었다. 형제가 상가를 지나쳐 멀어져갔을 때 그는 상가 102호 과일가게로 갔다.

—조금 전에 그 아이들 누굽니까?

그는 아무런 서론도 없이 다짜고짜 물었다.

—아니, 왜요?

그렇게 묻는 것이 다소 황당하다는 듯 과일가게 여자는 큰 눈을 동그랗게 떴다.

—이 시간쯤에 자주 보게 되는 아이들인데 볼 때마다 힘없는 기색에 의기소침해 보여서요.

어떤 말이라도 들을까 하는 생각으로 그는 유인하듯 대답했다.

—어휴! 그냥 마음이 아프지요…….

—무엇 때문에요?

그는 과일가게 여자의 변심으로 대화가 끊길 것을 우려했다.

—……아이들 엄마가 집을 나간 지가 6개월쯤 되었나 그래요. 다니던 화장품 다단계회사에서 알고 지낸 여자들하고 언제부턴가 투잡으로 노래방 도우미를 하게 되었다 하더라고요. 그러다가 아예 집을 나갔다지 뭐예요!

그렇게 말해놓고 과일가게 여자는 흘깃 그의 눈치를 살폈다. 이미 엎질러진 물이 되었으나 얼굴에는 후회의 기색이 확연히 드러나 있다. 반면 궁금해하던 사연을 전해 들은 그는 말을 잃은 사람처럼 되었다. 빗나가지 않은 자신의 직감이 그는 전혀 놀랍지 않았다. 예상했던 상황도 크게 다르지 않았다. 형제는 초등학교 3학년과 1학년이며 집은

H아파트라 했다. 과일가게 여자는 형제가 처한 상황을 잘 알고 있음을 강조하려는 듯 형제와 같은 아파트에 살며 동과 라인도 같다고 했다. 형제의 엄마가 집을 나간 후로 형제의 아빠는 다니던 직장도 그만두고 술로 날을 보낸다 했다. 직장에 나가야 아이들을 키울 수 있지 않겠느냐고 혀를 차며 아이들을 때리거나 하지는 않는 것 같으나 제대로 돌볼 수 있겠냐고 반문하며 과일가게 여자는 고개를 길게 가로저었다. 형제의 아빠 심정도 그는 어느 정도 이해할 수 있을 것 같기는 했다. 입장 다른 타인들의 단순한 염려일 뿐 누구라도 비슷한 상황에 직면한다면 냉철한 이성을 유지하며 내내 견뎌내기는 어려우리란 생각에서였다. 어쨌든 지금과 같은 시간이 기약 없이 계속 이어질 수도 있다는 우려에 그의 마음은 착잡하고 심란했다. 하굣길에 학교로 찾아온 엄마와의 짧은 만남이 서럽고 아쉬워서 몇 번씩이나 뒤를 돌아보던 작은 아이의 모습과 큰 아이의 축 가라앉은 어깨는 그의 의식 속에 지워지지 않는 잔상으로 각인되어있어서였다.

✧ ✧ ✧

상가 1층 화장실 앞에서 마주친 과일가게 여자는 하고 싶은 말이 있다는 눈빛으로 그를 붙들었다.

—세상은 정말 넓고도 좁다니까요!

표정은 은밀하듯 하면서도 과일가게 여자의 목소리는 컸다.

—좁다니요?

일말의 짐작도 할 수 없는 그는 뜨악했다.

—글쎄 내 사촌하고 그 애들 엄마하고 절친이지 뭐예요. 사촌이 중앙동에서 횟집을 하는데 그저께 저녁에 거기엘 갔다가 그 애들 엄마를 거기서 만났다니까요!

믿기지 않는다는 듯 과일가게 여자는 고개를 한번 가로젓기까지 했다. 과일가게 여자가 말한 애들이란 그 초등학생 형제였다.

—아! 그래요.

단순한 조우가 실체가 아님을 그는 순간 간파했다.

—그런데 남자가 있다나 봐요!

—남자라니요?

—노래방 손님으로 만났는데 처음에는 그 남자에게 애들 엄마가 홀딱 빠졌다 하더라고요. 잘생겼고 다정하고 경제적인 여유도 있어 보이는 데다가 겉모습과는 달리 주먹도 좀 쓰는 사람이었다네요. 그런데 조금 지나고 보니 주먹 쓰는 것 말고는 그게 전부 속임수였다는 거예요.

—아니 왜요?

그는 이내 감을 잡았으면서도 남자의 확실한 실체를 궁금해했다.

—그 애들 엄마가 얼굴은 반반한데 순진한 면이 있다 하네요. 자기 남편하고 여러모로 정반대인 그 남자가 너무 멋있어 보이더래요. 그렇게 그 남자에게 푹 빠져들면서 집을 나와 그 남자 오피스텔에서 같이 살기 시작했다네요. 그러면서 그 남자의 존재를 제대로 알게 되었다고 하더라고요. 어휴! 순진한 건지 어리석은 건지 하여튼 사촌 동생

도 그러네요. 절친이지만 답답해 죽겠다고요…….

과일가게 여자는 길어진 얘기에 비어있는 가게가 갑자기 신경 쓰이는 듯했다.

─그 남자와 관계를 끝낼 마음이 없는 건가!

그는 혼잣말처럼 하듯 하며 과일가게 여자의 눈치를 살폈다. 더 들을 수 있는 얘기가 있을까 해서였다.

─정말 애들을 생각해서라도 애들 엄마가 그렇게 살아가면 안 되는 것 아닌가요? 쯧쯧쯧…….

과일가게 여자는 화가 나면서 안타깝기도 한 듯 길게 혀를 찼다.

─일단 그 남자와 관계를 정리해야겠지요!

그는 느낌과는 달리 일부러 간단한 문제로 여기듯 했다.

─그게, 애들 엄마 마음대로 정리할 수 있는 게 아닌가 봐요!

과일가게 여자는 착잡한 표정으로 고개를 가로저으며 가게로 향했다. 단정할 수는 없으나 어쩌면 형제의 서글픈 나날들은 끝날 기약도 없이 이어질지 모르겠다고 그는 생각했다. 흐트러진 물건을 정돈하듯이 가벼이 복원될 수 없는 매우 어려운 상황일 것으로 그는 판단했다. 그 남자와의 관계만이 아닌 남편의 생각이 어느 방향으로 향할지도 전혀 예단할 수 없었다. 만약 부부가 결국 파국을 맞이한다면 자식들인 그 형제로서는 달라질 것 없는 지금과 같은 날들이 계속 이어질 수밖에 없기 때문이었다. 어쨌든 여러 갈래의 추론일 뿐 일단 중요한 것은 형제의 엄마가 그 남자와의 관계를 청산해야만 했다.

일방적으로 관계를 정리할 수 없는 자신의 처지를 절친인 과일가게 여자의 사촌에게 털어놓은 것으로 그는 생각했다. 아마도 형제의 엄마가 뒤늦은 후회를 하는 것으로 그는 짐작했다. 아니 어쩌면 자포자기하는 심정으로 하루하루 지내고 있을지 모른다는 생각도 들었다. 형제의 엄마가 현재도 노래방 도우미를 하고 있다는 사실에 그는 역겨움과 분노를 느끼지 않을 수 없었다. 동거녀가 노래방 도우미를 하고 있음을 전혀 개의치 않는 작자라면 어떤 유형일지는 가늠해 볼 필요도 없었다. 형제의 엄마라는 여자도 별반 다를 것 없다는 생각마저 들었다. 연관 없는 사람들의 일임에도 그는 몹시 화가 치밀었다.

과일은 구실이었다. 그는 작은 스티로폼 상자에 담긴 딸기를 집어 들었다. 과일가게 여자는 조금 전 화장실 앞에서 나눈 대화를 금세 잊은 듯 보였다.

—애들을 생각해서라도 그만 돌아와야지요. 하루라도 빨리요!

의도한 대로 그렇게 말을 꺼내놓고 그는 슬쩍 과일가게 여자의 반응을 살폈다.

—그래야 하는데 그게 어려운 일인 것 같네요!

과일가게 여자는 작은 한숨을 내쉬었다.

—그만 돌아와야지요!

그의 강조는 날 선 화살표 같았다. 그 말에 과일가게 여자는 매우 의아하다는 듯, 낯선 사람을 훑어보듯 그를 쳐다보았다. 눈빛에는 피자가게 주인이 왜 이토록 형제와 그 엄마에게 관심을 쏟는 것인지 선뜻 이해되지 않는다는 의구심이 짙게 서려 있었다.

—왠지 내 느낌으론 안 돌아올 것 같아요. 이런저런 사정으로 인해

못 돌아올 것 같다고 해야 맞는 말 이려나요!

과일가게 여자는 현저히 작아진 목소리로 자기 느낌을 말하며 고개를 한번 가로저었다.

―집으로 돌아올 마음이 정말 있다면 돌아올 수 있게 만들어야죠!

과일가게 여자의 비관적 느낌에 아랑곳없이 그는 굴절 없이 긍정적인 생각을 드러냈다.

―모르겠어요!

과일가게 여자는 모르겠다는 말로 애매모호 한 기분을 표현했다.

―형제의 엄마가 집으로 돌아오고 싶은 마음이 정말 절실한 것인지 알아볼 수 있으면 좋겠어요. 확실한 마음을요!

그는 과일가게 여자가 어떤 반응을 보일지 궁금했다. 그가 과일가게를 찾은 이유였다.

―……한번 물어봐 달라 동생에게 연락해 볼게요.

과일가게 여자는 뚫어지게 그를 바라보았다. 그는 슬그머니 시선을 피했다.

✧ ✧ ✧

R시에 거주해온 동안 안테나를 세운 적이 없던 그는 어쩔 수 없는 특별하고 예외인 것으로 자기합리화를 하며 다소 심란한 마음을 추슬렀다. 열흘 만에 과일가게 여자로부터 형제의 엄마 생각을 전해 들을

수 있었다. 사촌 동생을 통해 신연선이라는 형제 엄마의 실명과 노래방 도우미를 하며 쓰는 미수라는 가명과 더하여 고석진이라는 그 남자의 이름까지 전해 듣게 되었다고 했다. 그는 즉시 고향인 N시의 현역 후배를 통해 고석진의 이력을 파악했다. 조폭 생활을 일찍 접은 퇴역 건달이라 했다. 현역 때는 R시의 조폭 세계에서 그래도 이름깨나 날린 인물로 별명이 영화배우라 했다. 그만큼 외모가 준수하다는 뜻으로 이해할 수 있었다. 다소 허세가 강한 편이면서 독종 기질도 갖고 있다고 했다. 형제의 엄마는 거의 자포자기 심정일 뿐이라고 했다. 아이들에게로 돌아가고 싶은 마음이 간절해도 집으로 돌아가는 일은 결국 자기 뜻대로 될 수 없기 때문이라 했다. 그는 움직일 방향을 잡은 것 같다는 생각을 했다. 성급한 속단은 금물이어도 일단 암담하지는 않았다.

현역생활을 접기 전까지 그는 N시의 레전드급 조폭이었다. 대찬 기질에 조직의 선배들을 깍듯이 모시고 후배들을 확실하게 장악했던 그는 행동대원, 행동대장을 거치며 조직의 2인자에 오르기까지 했다. 경쟁 관계의 상대 조직원들에게 수차례 칼침을 주기도 했고 아랫배에 깊숙이 칼침을 맞아 대장 손상에 의한 과다출혈로 생사의 위험한 고비를 맞기도 했다. 그는 마흔이 되던 5년 전에 두목과 조직의 허락을 받아 현역에서 은퇴했다. 그리고 시 외곽에서 운영하던 가든식당을 접고 6개월 전에 아내의 고향인 R시로 옮겨와 작은 피자가게를 열었다. 조폭의 꼬리표를 완전히 잘라내고 정말 평범하게 살아가면 좋겠다는 아내의 간절한 바람을 저버릴 수 없어서였다.

지난날 숱한 사건으로 인한 수배 생활과 징역 뒷바라지를 감당해 왔던 아내를 위해 조직 생활을 청산하기로 마음먹고 아내에게 결심을 전했을 때 회한과 기쁨으로 밤새 울던 아내의 모습은 영화의 슬픈 장면처럼 영영 지워질 수 없는 기억으로 남을 수밖에 없었다. 조직에서 운영하던 나이트클럽 영업부장을 하던 이십 대 중반에 친구들과 손님으로 왔던 아내가 반건달들로부터 불쾌한 집적거림을 당하는 것을 보고 제지해주었던 것이 계기가 되어 결국은 부부의 인연으로 이어지게 되었다. 아이를 갖지 않은 것을 아내의 냉정한 선택으로 생각해왔으나 그는 대놓고 불만을 드러낸 적은 없었다. 어둡고 불안정하게 살아가는 아빠의 인생을 아이에게 보여주고 싶지 않기 때문으로 여겨서였다. 끝 모를 고통을 언제까지 겪어야 하느냐는 아내의 소리 없는 절규에 끝내 귀를 닫을 수는 없었다. 입장을 서로 바꾸어 생각하면 아내가 백번 이해되고도 남았다.

과일가게 여자의 사촌을 찾아가 만난 것은 짐작했던 것보다도 훨씬 어려운 일이었다. 사촌인 과일가게 여자로부터 자초지종 설명을 들었을 텐데도 달갑잖은 기색을 대놓고 드러내기도 했다. 과연 누군가가 나선다 해서 해결할 수 있겠느냐는 회의감이 어투에서 확연히 느껴졌다. 당사자들이 원만히 상의하고 어찌 되었든지 상대가 이해를 해주어야 가능한 일이 아니겠냐며 쏘아붙이듯 반문하기도 했다. 직설의 면박은 아니었으나 괜한 호기심이나 감당 못 할 오지랖으로 상황을 더 악화시키지 말라는 식의 주의를 받기도 했다. 세상 온갖 거친 부류들을 상대했고 완력으로 압도했었던 그였으나 적잖이 진땀을 흘릴 수밖에 없었다. 그럴 수 있는 반응으로 이해하려 하면서도 내가 왜 이렇게까지 해야 하는가 하는 자괴감이 설핏 깃들기도 했다. 하지만 적잖은 어려움을 감당하리라 생각하고 시작한 일이었다. 포기할 것이라면 시작하지도 않았을 터였다.

그는 형제를 처음 보았던 날의 상황과 받은 느낌을 가감 없이 토로하며 형제의 엄마를 집으로 돌아오게 해주고 싶다는 뜻을 다시 한번 확고히 밝혔다. 과일가게 여자의 사촌은 뚫어지도록 그를 쳐다보았다. 그리 어울리지 않는 짙은 아이라인과 마스카라를 잔뜩 발라 높이 치켜올린 눈썹은 어쩌면 유약한 성격을 가리고 싶은 커버 심리가 아닐까 하고 그는 생각했다. 친구인 형제의 엄마가 드센 성격이 아님을 전해 들은 기억의 연계작용이었다. 하지만 빗나간 짐작일 수 있었다. 유유상종이라 해도 세상에는 정반대의 성격을 가진 절친들이 부지기수일터이니 말이다.

그의 묵직한 진심이 느껴진 것인지 과일가게 여자의 사촌은 형제의 엄마를 오늘 밤에 당장 만나보라 했다. 센트럴상가 3층의 황제노래방으로 가서 도우미 미수를 불러 달라 하면 될 것이라 했다. 과일가게 여자의 사촌은 어려운 일일 테지만 정말 잘되었으면 좋겠다는 바람을 무언의 기색으로 표출했다. 중앙동의 횟집을 나서는 그의 뇌리에 캡 모자를 눌러쓴 채 하굣길의 아이들을 찾아왔던 형제의 엄마 모습이 떠올랐다.

오후 5시경에 그는 황제노래방에 도착했다. 지역 유흥가를 장악한 조직의 조직원으로, 그곳을 무대로 조폭 생활을 시작했던 그였으나 지금은 노래방의 조명도 낯설게 느껴질 정도였다. 도우미 미수를 불러 달라는 말에 젊은 주인 여자는 흘깃 그를 훑어보았다. 단골도 아닌 낯선 사람이 이른 시간에 혼자서 찾아와 도우미를 지명했으니 평범하게 여겨지지 않을 수 있다고 그는 생각했다. 노래가 그리 내키지는 않았으나 그대로 잠잠히 있기도 어색해서 그는 몇 곡 노래를 부르고 있었다. 그렇게 십여 분쯤 지났을 때 이윽고 노래방 도우미가 들어왔다.

―오늘 첫 타임인 거요?

목례를 건네며 자리에 앉는 도우미에게 그가 물었다.

―네 맞아요!

도우미는 애써 밝은 표정을 지어 보였다. 얼굴이 반반하다 했던 과일가게 여자의 말대로 언뜻 보아도 준수한 미모였다.

―미수라는 도우미가 상당한 미인이란 소문을 듣고 이렇게 지명한 거요!

본론으로 들어가기 전에 다소 완충작용이 필요할 것으로 그는 생각했다.

―농담도 잘하시네요!

도우미 미수는 헛웃음을 살짝 지어 보였다.

―신연선씨 맞지요?

그는 길게 머뭇거리지 않았다. 반면 도우미 미수는 매우 놀라워하며 그대로 기절이라도 한 것처럼 굳어버린 듯했다. 의식의 경직과는 달리 동공은 더할 수 없이 커진 상태였다. 분명 처음 보는 낯선 사람이 어떻게 자신의 본명을 알고 있을까 하는 의문이 굳어버린 입가에 매

달려있었다.

―아니 어떻게!

도우미 미수는 놀란 가슴이 전혀 진정되지 않고 있음에도 자신의 본명을 알고 있는 남자의 실체가 몹시 궁금했다.

―……준수, 준호가 기다리고 있는 집으로 그만 돌아가야지요!

형제의 엄마에게 몹시 건네고 싶었던 말이었다. 그는 예리한 시선으로 도우미 미수가 보이는 반응을 살폈다. 낯선 손님으로부터 아들들의 이름을 듣게 된 도우미 미수는 그야말로 멘붕 상태가 되어버린 표정이었다. 조명과 다소 짙은 화장에도 낯빛이 하얗게 변한 것처럼 그는 느껴졌다.

―누구세요?

이 사람 도대체 누구인 거지 하는 도우미 미수의 물음에는 까칠한 경계와 궁금증이 뒤섞여있었다. 친구인 중앙동의 영일횟집 주인과 그 사촌 언니인 과일가게 주인을 만난 것과 과일가게 주인이 도우미 미수인 형제 엄마와 같은 아파트 같은 동, 라인 이웃인 것과 자신은 한일상가에서 피자가게를 하고 있음을 그는 밝혔다.

―우연히 그쪽 상황을 전해 들었어요. 신연선씨의 생각을 직접 듣고 싶어요. 집으로 돌아가고 싶은 마음이 정말 간절하다면 내가 도와줄 수도 있으니까요!

―…….

모호하고 난해한 비현실 같은 기분에 사로잡힌 도우미 미수의 관자놀이에 미세한 경련이 일었다. 낯선 사람이 불쑥 나타나 도와주겠다고 하는 상황을 도무지 어떻게 받아들여야 할지 갈피를 잡지 못하는 기색이었다.

하굣길의 형제를 찾아왔던 지난 그 날의 상황을 끌어내기로 한 것은 다분히 계획된 그의 의도였다. 우연히 목도 했던 그 장면의 느낌을 제대로 표현해야 한다고 그는 생각했다. 그대로 함께 집으로 가지 않는 엄마를 눈에 넣기 위해 건성으로 막대 아이스크림을 빨면서 몇 번씩이나 뒤를 돌아보던 막내 준호의 모습을 기억이나 하고 있느냐고 도우미 미수의 감정을 송곳으로 깊이 찌르듯 했다. 돌아올 기약 없는 엄마 모습을 한 번이라도 더 눈에 넣고 싶었겠지만 이를 악물고 참아내었을 준수의 심정을 생각이나 해 보았느냐고 이어 비수를 날리듯 했다. 급기야 더는 참지 못하고 도우미 미수는 왈칵 울음을 터뜨렸다.

돌아오지 않는 그리운 엄마를 원망하면서 엄마 없는 집으로 걸어가야 하는 아이들의 심정이 어떠했겠느냐고, 어린 가슴에 피멍이 들지 않았겠냐고, 정말 얼마나 아프겠냐고 질타하듯 쏟아냈다. 북받친 감정으로 인해 그의 눈가에도 눈물이 맺혔다. 도우미 미수는 자책의 서러운 눈물을 그칠 줄 모르고 쏟아내고 있었다. 밖으로 새어나가지 않을 만큼 노래방의 반주 음이 다행히 울음소리를 흡수했다. 그의 의도대로 감정과 모성의 자극은 제대로 성공을 거두는 듯했다. 절실함이 다소 부족한 듯 보이고 지레 겁을 먹고 자포자기할 수도 있다는 우려에 굳은 결심과 용기가 절대 필요한 것을 그는 힘주어 말했다. 수일 내로 생각을 정리하고 결단하여 연락을 주면 그때 긴밀히 상의하겠다는 말을 남기고 그는 먼저 노래방을 나섰다.

◇ ◇ ◇

전화기 너머로 들려오는 울음소리에서 두려움과 서러움이 짙게 느껴졌다. 형제의 엄마로부터 전화가 걸려온 것은 노래방에서 상면한 날로부터 열흘만이었다. 연락을 기다렸으나 일주일이 경과되면서는 적잖이 조바심이 들기도 했었다. 동거남 고석진에게 몹시 맞았다며 형제의 엄마는 소리죽여 울었다. 차마 엄두가 나지 않아 속내를 내비칠 수가 없었으나 밤일을 끝내고 새벽에 들어가며 용기를 냈다고 했다. 이제는 그만 놓아달라며 애원하듯이 말을 꺼냈다고 했다. 짐작했던 대로 고석진의 손찌검이 시작되었다고 했다. 누구 맘대로 관계를 끝내고 놓아달라느냐며 주먹질과 위협을 계속 이어갔다면서 형제의 엄마는 겁에 질린 듯 목소리를 떨었다. 예상했던 수순이 전개된 것이라고 그는 생각했다. 그는 당연한 과정일 뿐으로 차라리 그렇게 확실하게 생각을 밝힌 것은 잘한 것이라며 형제의 엄마를 일단 다독였다. 물론 폭행을 당한 것까지 잘되었다는 뜻은 아니었다. 그러했음에도 형제의 엄마는 두려움을 조금도 떨쳐내지 못하고 있었다. 고석진으로부터 더 극심한 폭행을 당할 것을 확신하는 듯했다.

관계를 끝내고 싶다는 의사를 아주 강경하게 한 번 더 표현해주면 낫겠다는 생각이 들었으나 그는 차마 말로 꺼내지는 못했다. 출구를 찾지 못해 갇혀있는 사람에게 좀 더 견디며 그곳에 머물러있으란 것과 다를 바 없어서였다. 그곳에서 지금 바로 나오고 싶은 것이냐며 확인하듯 그가 묻자 원했던 물음이라는 듯 형제의 엄마는 당장 나가고

투명망토의 표적들

싶을 뿐이라고 대답했다. 외출 중인 고석진이 언제 들어올지 모르겠다며 떨리는 말로 두려움에 계속 떨고 있음을 반복해 알려주려 했다. 그는 잠시도 지체할 수 없다는 생각을 했다. 형제의 엄마에게 그곳 오피스텔에서 곧장 나와 한일상가 뒤편의 M아파트 정문으로 오도록 했다.

그는 영업준비에 여념이 없는 아내를 똑바로 볼 수 없었다. 조만간 실토하지 않을 수 없다는 생각을 했으면서도 막상 눈앞으로 다가온 상황을 어떻게 극복해 가야 할지 솔직히 엄두가 나지 않았다. 하지만 이제 이, 삼십 분 후면 형제의 엄마가 집 앞에 도착할 터였다. 이유를 불문하고 낯선 여자를 아내의 허락 없이 불쑥 들일 수는 없는 노릇이었다. 그는 구석진 테이블로 아내를 잡아끌었다. 영문을 알 리 없는 그의 아내는 갑자기 왜 이러는 거야 하는 기색으로 미간을 살짝 찌푸렸다.

그는 입에서 나오는 대로 저간의 상황을 설명하기 시작했다. 요약은커녕 지금 무슨 말을 하고 있는지조차 본인도 가늠할 수 없을 정도였다. 어쨌든 할 말을 다 했다고 여긴 그는 부디 이해해주길 바라며 아내의 입을 주시했다. 그의 아내는 싸늘한 시선으로 그를 쏘아보았다. 서로 난해한 침묵이 십여 초 이상 흘렀다. 아! 몰라. 나는 모르겠으니 알아서 해……. 그렇게 말해놓고 그의 아내는 찬바람을 일으키며 주방 안으로 들어갔다. 내키지 않지만 결국 막을 수도 없다는 불만의 표현일뿐 기꺼이 이해할 수 있다는 반응이 아닌 것을 그가 모를 리는 없었다.

그는 서둘러 가게를 나섰다. 형제의 엄마는 아파트 정문 앞에 이미 도착해 경계하듯 주위를 두리번거리고 있었다. 손에는 핸드백과 큼직한 숄더백 하나가 들려있었다. 형제의 엄마는 한발 앞서 걷는 그를 차마 따라가지 못했다. 이루 말할 수 없이 고맙기는 해도 그의 부인으로서는 정말 이해하기 어려울 텐데 어떻게 곧장 집으로 들어갈 수 있겠냐는 미안하고 괴로운 심정이 눈빛에 고스란히 서려 있었다. 너무도 고마운 호의이기는 하나 당연한 듯이 넙죽 받아들일 만큼 아주 뻔뻔한 사람은 아니라는 무언의 자기 변론일 수 있었다. 어쨌든 그처럼 몹시 미안해하면서도 형제의 엄마는 일단 안도하는 기색이기는 했다.

그는 작은방 하나를 내어주며 일이 해결될 동안 두문불출하며 머물라 했다. 그리고 며칠 동안은 핸드폰 전원을 아예 꺼놓으라 했다. 고석진의 분개와 안달이 제풀에 좀 가라앉았으면 해서였다. 어차피 이제는 되돌릴 수도 없는 일이었다. 그는 본격 전개될 일을 점검하듯 예상 상황을 머릿속에 그렸다. 이왕 시작했다면 추호도 후회나 실패 없이 성공해야 한다는 것이 그의 생각이었다. 지난날 조직 생활하던 때도 이권 관계 작업이나 타 조직과 크고 작은 전쟁에 직면하게 될 때면 어떠한 위험이 따르더라도 의미는 반드시 이기는 것에 있을 뿐이라는 자기세뇌를 끊임없이 주입하곤 했었다.

자정 무렵에 집으로 돌아온 그는 빠른 스캔을 하듯 형제 엄마의 기색을 살폈다. 그런 중에 아내가 보여주고 있는 고마운 모습에 그는 감동하지 않을 수 없었다. 미안함에 고개도 제대로 들지 못하는 형제의 엄마에게 사정을 전해 들었다며 일이 해결될 동안 편히 머물 것을 진심으로 표현해서였다. 아내에게서 찬바람만 일지 않아도 좋겠다고 그는 생각했었다. 그의 아내는 안방으로 들어갔고 그와 형제의 엄마는 소파 끝에서 끝으로 떨어져 앉았다. 집을 나간 것과 핸드폰 전원을 꺼놓은 것에 분개한 고석진의 문자와 음성은 살벌한 욕설과 협박으로 수십여 차례나 이어졌다며 형제의 엄마는 크나큰 두려움에 사로잡혀 있었다. 전혀 놀랄 일도 아닌 단지 예상했던 수순일 뿐으로 그는 받아들였다.

고작 이, 삼 일도 참지 못한 것이었으나 형제의 엄마를 탓하고 싶지는 않았다. 핸드폰 전원을 켜고 확인했을 것은 예상했던 일이었다. 충분히 심리적으로 그럴 수 있는 것으로 그는 이해했다. 무엇보다 크나큰 두려움에 떨고 있는 형제의 엄마를 일단 안심시켜야 했다. 이제는 핸드폰 전원을 꺼놓지 말 것과 고석진으로부터 걸려오는 전화도 피하지 말고 받도록 했다. 그리고 만날 것을 먼저 제의하도록 했다. 형제의 엄마가 아닌 자신이 고석진을 만나겠다는 뜻이었다. 형제의 엄마와 자신과의 관계를 고종사촌 간으로 설정하면 좋겠다고 했다. 대강 이해가 되는지 형제의 엄마는 고개를 몇 번 주억였다. 만날 시간과 장소는 마음 급한 고석진이 정하도록 했다. '힘들어도 이런 과정을 극복해야지요!'라고 그는 힘주어 말했다. 형제의 엄마가 용기를 잃지 않을까 해서였다.

✧ ✧ ✧

중앙동의 커피숍으로 가는 동안 그는 달라붙는 착잡한 기분을 완전히 떨쳐내지는 못했다. 후회는 아니었으나 정말 잘하고 있는 일인지 설핏 혼란스러움이 밀려들어서였다. 솔직히 예측 불가한 전개 상황이 일면 염려되기도 했다. 반면 오랜만에 느껴보는 적잖은 긴장감이 그리 낯설지 않음이 그는 오히려 달갑지 않았다. 세상사는 날 동안 두 번다시 아내를 고통스럽게 하지 않으리라는 지난날의 다짐이 어쩌면 깨어질지 모른다는 우려가 그로서는 가벼울 리가 없었다. 그가 두렵게 여기고 있는 것은 다름 아닌 그 점이었다. 약속했던 시간 5분 전에 그는 커피숍에 도착했다. 그의 예상대로 분노의 조급함을 이기지 못한 고석진은 벌써 와있었다. 그가 보기에 고석진은 듣던 대로 미남형에 적잖이 다부진 체격으로 나름 건달 기질이 느껴지기도 했다. 한눈에 보아도 동네 양아치 급은 아니었다.

─연선이, 고종사촌 오빱니다!

그는 인사를 겸하여 자신을 먼저 밝혔다.

─연선이, 지금 어디 있어?

고석진은 반말로 형제 엄마의 이름을 입에 올렸다.

─말끝이 짧네그려!

지금껏 누군가로부터 완력으로 밀리거나 무시당해 본 적 없는 그는 익숙지 않은 상황에 당혹감을 느낄 수밖에 없었다.

─연선이 어디 있냐고?

당장이라도 주먹을 날릴 듯 고석진은 상체를 앞으로 내밀며 분개의 거친 숨을 몰아쉬었다.

―초면에 너무 막 나가는 것 같은데!

이유가 어떠하든 연하의 사람으로부터 다짜고짜 무례한 하대를 들어 기분이 모멸스럽기는 했으나 그는 냉철함을 유지하려 애를 썼다.

―통박 굴리지 말고 연선이 있는 곳으로 당장 가서 거기서 얘기하자고!

고석진은 형제의 엄마가 이처럼 자신을 떠날 줄은 상상도 하지 못한 듯했다. 자신을 여전히 좋아하며 또 두려움도 갖고 있음을 알기에 지금 같은 상황이 선뜻 믿기지 않는 것 같았다.

―남편이 있고 어린 애들이 있는 애 엄마야. 그만 놓아주는 게 좋을 거야!

그토록 건네고 싶었던 말을 꺼내놓고 그는 사납게 고석진을 쏘아보았다.

―뭐야!

발끈하며 목소리를 높였으나 고석진은 어딘지 모를 그의 기질과 기세를 감지하고 있는 듯했다. 선수는 선수를 알아보는 법이어서 고석진은 완력으로 그를 압도할 수 없음을 이미 깨달은 듯했다. 고석진은 당혹스러움을 온전히 가리지 못하고 있었다.

―너를 위해서도 그리해야 한다니까!

그의 음성은 차분했으나 칼끝 같은 날카로움이 깃들어있었다.

―무슨 개소리야!

눈앞에 닥친 상황의 가르마를 어느 쪽으로 타야 할지 급격한 혼란에 빠진 고석진은 의도적으로 왼손을 그에게 보여주려 했다. 단지하여 잘린 새끼손가락을 보여주기 위함이었다. 그는 피식 웃음이 새어 나오려는 것을 참았다.

—원래대로 제자리로 가겠다는데 뭐가 문제야!

기 싸움에서 이미 우위를 선전했음을 느꼈으나 그는 막 나가거나 오버하지는 않았다.

—이런 씨발…… 당신 누구야, 뭐 하는 작자야?

여전히 목소리를 높였으나 고석진은 대차게 나오지는 못했다. 인정하고 싶지 않아도 상대에게 밀리고 있는 부인할 수 없는 사실이 사뭇 쪽팔린 듯했다.

—나 N시의 민형철이야. 아! 이름보다는 주로 총잡이로 불렸었지. 여기 R시의 중기 형님과는 형님 아우로 각별하게 지내는 사이고 친구로 지내는 김창규와는 일찍부터 학교생활과 합숙 생활을 같이했었고…….

그는 집어던지 듯이 자신의 실체를 고석진에게 밝혔다. 총잡이란 다름 아닌 행동대원 시절에 유흥가 주도권 다툼을 벌이던 상대 조직의 두목에게 사제 권총을 발사한 사건 때문에 붙은 별명이었다. 물론 지금은 일체 연락을 끊었으나 중기란 R시 조폭계의 대부로 여전히 현역에서 활동 중인 건달이었다. 김창규는 칼잡이로 이름을 떨친 R시 조폭 세계의 전설이었다. 학교생활이란 지역은 달라도 어린 시절부터 교도소를 함께 들락거린 이력이며 합숙이란 조폭 조직 간의 연합연수

회쯤을 말함이었다. N시는 인근 도시인 R시의 법원, 검찰청 관내 지역이며 교도소도 R시에 소재해 있었기에 두 도시 간에는 조폭 간의 교류가 활발할 수밖에 없었다.

─당신이 누구든 말든 그게 나하고 무슨 상관이야!

그의 명성을 들어본 듯한 기색이었으나 고석진은 일단 까칠한 반응을 보이며 주눅 들지 않으려 했다. 하지만 미간의 근육에는 미세한 경련이 일었고 위축된 심리 탓에 어딘지 안색이 바뀐 것은 어쩔 수 없었다. 사실 돈 자랑하며 위세 부리는 사람에게는 압도적으로 돈이 더 많은 사람을 내세우고 안하무인 완력을 쓰는 자들에게는 급이 다른 주먹들이 나서면 해결되는 것을 그는 익히 경험했던 터였다.

─선택은 그쪽 몫이긴 한데 아무쪼록 조용히 정리된다면 모두가 좋을 텐데 말이지!

그는 선택이란 단어를 쓰며 고석진을 압박했다. 그러했음에도 최후통첩을 하듯 하는 말투는 아니었다.

─조만간 깔끔하게 이혼한 후에 나랑 살기로 했는데 뭔 말 같잖은 정리 타령이야. 당장 연선이와 통화할 수 있게 해 줘봐!

고석진은 눈앞의 상황이 도무지 믿기지 않는 듯했다.

─일주일이면 생각할 시간 충분할 거야. 그때까지 너가 답을 주면 돼!

그는 전화번호를 남기고 먼저 커피숍을 나섰다. 고석진의 일그러진 표정과 싸늘한 눈빛은 잔영으로 남을 것 같지도 않았다.

마주 걸어오는 남자들이 그의 눈에는 왠지 예사로이 보이지 않았다. 아파트 단지 담장 옆의 인도였다. 검정계통 색상 옷에 검은 마스크를 착용했는데 세 명 중의 한 명은 검은 모자까지 깊숙이 눌러쓰고 있었다. 가게 영업을 끝낸 자정 무렵에 집으로 가는 길이었다. 가게에서 아파트 집까지 도보로 십 분쯤 걸리는 거리를 그와 아내는 운동 삼아 주로 걸어 다녔다. 그는 본능적으로 바짝 경계심을 가졌다. 마주 오는 그들과 서로 교차 되기 몇 미터쯤 전에 그는 느린 걸음으로 두세 걸음을 뒤처지며 일부러 아내와 거리를 두었다. 그들과 스쳐 지나치는 순간 직감적으로 불온한 상황임을 감지한 그는 온 신경을 뒤통수에 집중했다. 그때 '어이 민형철이!'라고 자신의 이름을 부르는 소리에 그는 반사적으로 방어 자세를 취하며 뒤를 돌아보았다. 직감했던 대로 스쳐 지나갔던 그들 세 명이 바짝 다가서고 있었다.

모자를 눌러쓴 그중의 한 명이 그의 얼굴을 향해 가스총을 분사했다. 하지만 다행히 눈과 코에 가스액이 들어가지는 않았다. 그는 즉각 상체를 앞으로 내밀며 맞붙을 자세를 취했다. 그러자 스테인리스 삼단봉과 짧은 쇠파이프를 각자 손에 쥔 그들 세 명이 한꺼번에 그에게 달려들었다. 그는 주먹과 발차기를 날리며 그들과 삼대 일로 맞붙었다. 그들을 가격하기도 했으나 삼단봉과 쇠파이프에 그도 가격당할 수밖에 없었다. 펄펄 날던 전성기 시절의 나이와 몸이 아니었다. 지금 뭐하는 짓이에요? 당신들 누군데 이래요. 바로 신고할 거예요! 그의 아내의 앙칼진 목소리에 그들은 주춤하며 뒷걸음질을 치기 시작했다.

그의 아내는 분을 삭이지 못했다. 놀란 것은 말할 것도 없거니와 지난날의 악몽이 떠오르는 듯 그에게도 화를 내며 말을 더듬기까지 했다. 눈치 빠른 아내가 형제의 엄마 건과 연결된 일임을 이내 알아차린 것으로 그는 생각했다. 그는 아무런 변명도 하지 않은 채 별일 아닌 것으로 넘기려 했다. 그러면서도 현관문 비밀번호를 누르기 전에는 왼손 검지를 자기 입술에 가져다 붙였다. 형제의 엄마에게는 일절 아무런 내색도 하지 말란 뜻이었다. 모자와 마스크로 가렸으나 그들 중 검은 모자를 눌러쓴 자는 고석진이 확실했다.

그는 오히려 고석진이 스스로 나서 제대로 자신을 검증해준 것으로 판단했다. 형제의 엄마 일로 대면한 지 이틀 후에 찾아와 린치를 가하겠다고 나선 고석진이 차라리 아주 수월하게 여겨졌다. 치명적인 위해도 아닌 분풀이 하듯 상해를 입히고서 상대를 쓰러뜨렸다는 쾌감을 맛보고 싶은 고석진의 의도를 그는 현장에서 이미 간파했었다. 어쨌든 몹시 놀란 아내를 더욱 자극하는 언행은 일단 삼가도록 해야 했다. 삼단봉과 쇠파이프로 가격당한 어깨와 등에 상당한 통증이 느껴졌으나 그는 마치 아무 일도 없었던 것처럼 태연한 척을 했다. 실제로도 기분은 한결 가벼워지고 있었다. 무방비 상태의 예기치 못한 공격에 압도적으로 그들을 제압하지는 못했음에도 크게 분통이 터지지 않았다. 그 이유는 다름 아닌 확실한 해결방법이 머릿속에서 그려지고 있기 때문이었다.

✧ ✧ ✧

그는 오피스텔 근처의 사우나 앞에서 고석진을 기다렸다. 이십 분쯤 전에 고석진이 사우나로 들어가는 것을 먼발치에서 확인했음에도 불러세우지는 않았다. 서두를 필요가 없다는 생각에서였다. 작업이랄 것도 없으나 작업에 돌입하던 지난날의 기억들이 떠오르기도 했다. 그렇게 얼마쯤을 서성이며 기다리고 있을 때 고석진이 사우나 건물 밖으로 나왔다. '어이 고석진이!'라고 그가 부른 소리에 순간 움찔했음에도 고석진은 위축되지 않는 기색을 보여주려 애를 썼다. 그가 어떻게 나올지 전혀 감을 잡을 수 없는 고석진은 자신을 향해 다가오는 그를 바짝 경계했다. 그는 고석진을 데리고 근처의 소공원으로 갔다.

─지역 선배는 아니지만 내가 연배가 위라는 걸 너도 알 테니 이제 말을 놓겠다. 그날 밤에 그걸 작업이라고 한 거냐. 할 거면 제대로 해야지. 아마추어처럼 말이야!

─씨발, 뭐라는 거야!

그의 말이 채 끝나기도 전에 고석진은 욕설을 내뱉으며 발끈했다. 그러했음에도 일주일 전의 기습행위를 발뺌하며 부인하지는 않았다.

─서로 쪽팔리게 질질 끌 것 없이 오늘은 끝장을 내도록 하자!

그는 싸늘한 눈빛으로 고석진을 노려보았다.

─좆 까는 소리 하고 있네!

고석진은 담배 연기를 길게 내뿜으며 조롱하듯 쌍욕으로 받아쳤다. 그런 반응을 예상했다는 듯 그는 들고 있던 가방 속에서 바로 회칼을 꺼내 들어 고석진의 아랫배에 쑤시듯 들이밀었다. 실제 금방이라도 쑤셔버릴 듯한 액션이었다. 은퇴했으나 그의 프로기질은 그대로 남아 있었다. 고석진의 표정은 이내 사색이 되었다.

―맞짱을 붙어 결론은 내는 것은 너무 시시할 테니 이렇게 하자. 너와 내가 동시에 할복하는 것으로 하자. 그게 내키지 않으면 손등에서 손바닥으로 맞창을 내는 것도 괜찮으니 어느 것으로 할지는 네가 선택해라. 어떠냐, 내 제안이?

그렇게 말해놓고 그는 가방에서 회칼 한 자루를 더 꺼냈다. 누가 실제 대찬 것인지 겨뤄보자는 뜻이었다.

―…….

예상치 못한 제안을 받은 고석진은 입이 달라붙은 듯 아무런 말도 하지 못했다. 험악하게 변한 인상과는 달리 눈빛이 흔들렸다. 치명적인 일격을 받은 탓에 대응 방향조차 잡지 못하고 있음이 분명해 보였다.

―제안을 받아들이지 못하면 내 사촌 동생을 접는 것으로 생각하겠다!

상대에게 동시에 칼침을 주자는 방법을 제안하지 않은 것은 다분히 그의 의도였다. 사실 고석진의 실력은 의심스러울 수밖에 없었다. 고석진이 조폭 생활을 거쳤다 해도 칼잡이가 아닌 것을 이미 판단했던 그였다. 칼을 제대로 쓸 줄 모를 고석진을 믿을 수는 없어서였다. 물론 어떤 방식이든 고석진은 자기 배에 회칼이 들어오는 것을 받아들일 수 없을 것을 그는 이미 간파했었다.

―…….

극심한 갈등의 심리가 표정에 그대로 쓰여있는 고석진은 그를 사납게 노려보기만 할 뿐 여전히 묵묵부답이었다.

―지금 당장 결정할 수 없다면 그럼 이렇게 하자. 내 제안을 받아들인다면 내일 정오까지 전화를 줘라. 연락이 없다면 내 사촌 동생을 미련 없이 깨끗이 잊는 것으로 받아들이겠다. 이것은 세상 누구도 알 수 없는 우리 둘뿐의 일이다. 그러니 어떤 선택을 하더라도 네 가오가 꺾일 일은 없을 것이다. 어차피 우리는 다시 볼일도 없을 테니 말이다. 솔직히 내일 너에게서 전화가 걸려오지 않았으면 좋겠다. 정말 이것이 우리의 마지막 만남이길 바란다!

그는 마지막 시선에 고석진의 기색을 담고서 먼저 돌아섰다. 회칼을 집어 들지 못한 쪽팔림과 모욕감 그리고 걷잡을 수 없는 갈등과 자기 한계의 자괴감이 마구 뒤범벅된 모멸의 실체를 고석진이 자각하며 동시에 자학하고 있음을 그는 느꼈다.

그의 예상대로 고석진은 연락을 해오지 않았다. 어제 정오가 되기도 전에 그는 무혈의 작업이 끝났음을 확신했다. 어제 오후에 형제의 엄마는 하굣길의 아이들을 데리고 집으로 돌아갔다. 사실 그는 어리둥절해 하던 어제 모습보다는 형제들의 오늘 모습을 확인하고 싶었다. 가게 밖에서 얼마쯤 기다리고 있던 그의 눈에 형제의 모습이 들어왔다. 형제의 얼굴에서 화색이 감돌고 있음을 볼 수 있었다. 기쁨으로 인한 활기가 그대로 느껴졌다. 허허로움이 달라붙어있던 큰 아이의 축 처진 어깨도 활짝 펴진 것을 확인할 수 있었다. 그는 가슴이 뭉클했다. 세상을 살아가면서 제대로 보람된 일을 한 번 했다는 생각이 들기도 해서였다. 준수, 준호 형제를 위해서 나선 것이었으나 자신의 기쁨이 이토록 클 줄은 미처 생각할 수도 없었다.

그는 한편으로 고석진이 고맙기도 했다. 왜냐하면, 고석진이 제안을 받아들여 할복이나 손등 맞창 등의 자해 겨루기로 실제 이어졌다면 고석진을 꺾기 위해 필시 자해 방법의 강도를 높여 갔을 것이란 생각에서였다. 그리되면 한동안 병원 신세뿐만이 아닌 자해의 정도에 따라 자칫 위험한 상황을 맞이할 수도 있기에 결국은 아내를 고통스럽게 할 수밖에 없다는 생각이 들어서였다. 어쩌면 고석진의 한계에 대한 자신의 판단이 적중한 것을 기뻐하는 것일 수도 있었다.

아내의 깊은 마음에 그는 몹시 감격했다. 형제 엄마의 일을 해결해 주고 싶다며 토로하였을 적에도 위험이 따를 것을 우려하기는 했으나 극렬한 반대 없이 믿어준 것이 그러했다. 또 잠시였어도 형제의 엄마가 집에 머물 수 있도록 기꺼이 이해해주고 받아준 것도 그러했다. 하지만 그게 끝이 아니었다. 오전에 가게 문을 열며 아내가 꺼낸 말에 그는 너무도 감동하여 엄지척을 해 보였다. 다름 아닌 형제의 엄마에게 권유하여 원한다면 형제의 엄마를 시간제 아르바이트 직원으로 채용하고 싶다고 했기 때문이었다. 그런 아내 때문에라도 더는 불온한 장면이나 스토리를 목도 하거나 감지할 수 없었으면 좋겠다고 그는 생각했다.

존재의 기원

북한강 변이 내려다보이는 그의 전원주택을 찾아온 이들은 네 명의 대학 동기들이었다. 대학 입학 후에 야구동아리에서 만나 삼십여 년간 인연을 이어온 절친들이었다. 일 년에 네 번 그러니까 계절에 한 번씩 만나는 모임이었다. 어둠이 서서히 내려앉기 시작했다. 가을 저녁의 바람 냄새가 달뜬 그의 콧속으로 흔연히 스며들었다. 그의 아내가 연어스테이크와 장어스튜 그리고 견과류를 넣은 과일샐러드를 정원 식탁에 올렸다. 술은 와인을 마시기로 했다. 모임 때면 각자 한두 병씩 챙겨올 만큼 와인 마니아들이었다. 중견 반도체 기업에 재직 중인 그는 준비해놓은 이탈리아산 레드와인을 개봉했다. 코르크 마개가 뽁 소리를 내며 병으로부터 빠져나올 때면 마치 한순간 무아의 상태에 빠져드는 것만 같다 했던 그였다. 건배 후에 코끝으로 각자 와인을 음미했다.

　—경이로운 저 별들의 군집을 보라고!

　정원장은 경탄하며 고개를 길게 가로저었다. 강한 천착의 역설적인 표시 같았다.

　―저 별들 중에 어느 별에는 필시 생명체가 존재할 거야!

　갤러리 대표인 황작가는 자기인식을 확신하듯 했다.

　―아마도 그렇겠지!

　강남에서 소아과 의원을 운영 중인 정원장은 오래전부터 별의 존재에 깊은 관심을 두고 있었다. 특별한 계기가 아닌 어느 순간 훅 밀고 들어온 쏠림 때문이었다.

　―생명체가 존재하는 별이라면 그곳에 우리 인간들이 존재하는 것도 가능할 텐데 말이야!

　수십 년 동안 그림을 그려온 황작가는 원시적인 지구를 희원했다. 문명의 발달로 인한 온갖 구조물의 범람과 높은 인구밀도로 인한 숨 막히는 답답함을 사뭇 괴로워했다. 그런 황작가는 양평 산속에 작은 집을 지어놓고 틈만 나면 그곳으로 가 그림 작업에 몰두했다. 자연 속의 고적함에 자유도 포함해서였다. 황작가의 관념과 정서의 발로는 우주의 이미지를 주제로 한 다수의 작품 발표로 표현되었다.

　―그런데, 지구의 인간들보다도 훨씬 뛰어난 우등 생명체가 존재할 수 있다고 상상하면 나는 갑자기 두려워지기도 하더라고!

　강원장은 호기심과 두려움이 중첩된 기분을 순간 느낀 듯했다. 인간보다 우월한 외계의 생명체들에 의해 인류가 멸종되거나 또 종속되는 것은 아닐까 하는 상상 때문이었다.

　―단정할 수는 없으나 만약 생명체가 존재한다면 지적생명체가 아닌 하등 생물이 존재하지 않을까 싶어. 물론 이건 내 느낌일 뿐이야!

단지 느낌이었다 해도 황작가의 사유는 단조롭지 않았다. 예상치 못한 뜻밖의 화제를 그는 매우 흥미롭게 받아들였다. 서울을 떠나 가평의 전원주택으로 이사 왔던 날, 깊은 밤에 무심코 마주했던 별들의 찬란한 경이로움에 자신에게서 빠져나간 듯한 영혼이 허공을 유영하는 미증유의 느낌을 맛보았던 기억이 떠올랐다. 그 이후로 그는 별과 우주에 깊숙이 빠져들었다. 단순한 관조와 탐미의 수준이 아니었다. 원하는 자료의 축적과 습득으로 인한 성취감은 이루 말할 수 없을 정도였다. 다만 지극히 개인적인 관심의 영역일 뿐으로 그것에 대해서는 아내에게조차 꺼내놓았던 적은 없었다.

—우리는 어디에서 와서 어디로 가는 걸까!

신대표는 물음일지, 혼잣말일지 모를 의문을 훅 던져놓고 음료를 마시듯 단숨에 와인을 넘겼다. 낯선 정적이 흘렀다. 난제 정도가 아니었다. 누구도 선뜻 답할 수 없는 그야말로 일순간에 블랙홀로 빠져들 것 같다 해도 과언이 아니었다. 신대표는 자신이 꺼낸 말을 반드시 누군가 받아주기를 원하는 기색도 아니었다.

—글쎄! 어디에서 와서 어디로 가는 걸까…….

유교수는 되묻듯 하며 신대표를 넌지시 응시했다.

—근원적인 문제임에도 어쩌면 인간들로서는 영영 접근조차 할 수 없을 거야!

깊은 의문과는 달리 그 의문을 풀 수는 없으리라는 신대표의 비관적 인식은 고착화된 듯했다.

—별에서 와서, 별에서 머물다, 별로 돌아가는 것이 아닐까!

정원장의 생각은 오랜 확신으로 형성된 것 같았다. 한 줄의 문장을 읽고 각자 되새겨보는 시간처럼 조용한 침묵이 흘렀다. 정원장의 관념이 명징한 울림으로 그의 귀속으로 파고들었다.

─수십억 년 전에 초신성의 폭발로 태양계와 지구가 생성되었고 그 과정에서 만들어진 원소 물질로 인해 지구의 생명체가 생겨났으며 존재하기 시작했다는 이론을 나는 믿고 있어!

유교수는 안경테를 매만지며 비교적 확고하게 자기 생각을 폈다. 모두의 시선이 유교수에게로 쏠렸다.

─음! 138억 년 전의 빅뱅에 의해 우주가 만들어진 것으로 추론하는데, 그래선지 46억 년 전쯤으로 추론하는 지구의 생성은 비교하여 시간이 근접한 느낌이 들기는 하는 군 그래!

황작가는 흥미로운 말투로 우주의 생성을 피력했다.

─천문학자인 칼 세이건이 그렇게 말했지. '모든 것은 별에서 왔으며 우리 인간도 별에서 왔다'라고 말이야!

함축적인 간결한 문장과도 같은 천문학자의 주장을 유교수는 직설로 끌어들였다. 마치 무슨 말이 더 필요하냐는 것을 역설하고 싶은 듯했다. 칼 세이건의 주장을 전적으로 신뢰하고 있음이 느껴졌다. 인문학부 교수인 유교수의 별에 관한 내재의 인식과 관념이 그는 설핏 낯설게 느껴질 정도였다. 모두가 그런 표정들이었는데 아마도 관심의 영역이 아닐 것으로 여겼기 때문 같았다.

그가 '자연발생론'을 믿지 않는 것은 우연이란 것을 믿지 않는 것과 같았다. 가톨릭 신자이지만 그렇다 하여 의무감으로 신을 결부시키고 싶은 생각이 들었던 적은 없었다. 다만 우주의 생성과 물질발생의 시작점이 분명 존재했으리라는 생각이었다. 그는 자극과 반응의 작용으로 인해 모든 물질의 생성과 존재와 소멸이 진행되는 것임을 확신했다. 우주와 별과 지구는 물론 인간들의 유형, 무형의 지극히 소소한 움직임들까지도 자극의 반응으로 인해 발생되는 것을 믿는 것은 마치 오래된 신조와도 같은 그의 관념이었다. 반면 부정하지는 않으나 그는 진화론에는 그리 관심이 없었다. 미생물이 수억 년의 시간을 지나면서 고등생물이 되고 더 오랜 시간이 지나면서 영장류로 진화하고 또 인간으로 진화했다는 이론에 좀처럼 생각이 쏠리지는 않았다. 미생물은 결코 우연히 생겨난 것이 아니며 원소들의 결합으로 인해 생명체인 미생물이 생성되었다는 그 사실에 관심이 기울고 있어서였다.

138억 년 전에 우주가 대폭발을 일으키고 팽창하면서 현재의 우주가 형성되었다는 빅뱅을 그는 절대 우연히 이루어진 것으로 받아들이지 않는다. 빅뱅 이전의 우주는 어떻게 존재하게 되었을까 하는 의문을 가라앉힐 수는 없었다. 인간의 추론적 한계를 받아들일 수밖에 없으며 결국은 신의 영역인 것을 인정할 수밖에 없다는 것은 그의 굳은 신념과도 같았다. 그는 빅뱅 이전의 우주를 인간이 추론하는 것은 거의 불가능으로 여기고 있었다. 초기 우주에 빅뱅으로 불리는 거대한 폭발로 인해 현재의 우주가 형성되었다는 이론을 의심하고 싶지는 않았다. 다만 초기 우주는 어떻게 생성되었는지의 의문은 조금도 해소되지 않았다. 어쨌든 빅뱅 이전의 우주를 인류가 실체적인 논리로서 밝혀낼 가능성을 그는 제로일 것으로 여기고 있었다. 어쩌면 인간이 영원히 풀 수 없는 영역인 것으로 인식하고 있을 정도였다. 누군가 우연한 자연발생의 주장을 펼친다면 그는 그렇게 즉각 되묻고 싶을 정도였다. 그런 것이라면 자연발생 이전에 관해서도 충분히 이해될 수 있도록 제대로 설명해달라고 말이다. 실제 초기 우주가 모래알이나 작은 콩알 크기 정도의, 하나의 점이었다면 과연 그것은 어떻게 만들어졌는지를 알 수 없다면, 그 이상의 추론은 멈추어야 한다는 것이 그의 생각이었다.

✦ ✦ ✦

근원에 관한 각자의 의문들은 대화 주제의 궤도이탈을 허용하지 않을 것 같았다. 나름의 인식은 가볍지 않았고 토로는 흥미롭게 이어졌다.

—별들의 축제가 한창이군!

황작가는 무수한 별들이 내뿜는 치명적인 별빛을 축제라 표현했다. 단지 경탄할 수 있을 뿐 어떠한 표현의 기법도 발휘할 수 없는 안타까움의 탄식 같기도 했다.

—지구도 우주의 별 중 하나여서 당연할 뿐이며 우리 인체의 구성 원소도 우주의 118개 구성 원소에 포함되어있어 우리가 우주에서 왔다는 사실은 의심의 여지가 없는 그야말로 인간 자체가 확증인 셈이지!

유교수의 인식에는 명백성이 고정되어있는 듯했다. 자의식이나 철학적 소신과 같은 주관적 개념을 토로할 때와도 느낌이 달라 보였다.

—인간이 우주에서 와서 우주로 돌아간다는 것은 지극히 당연한 것이 아닌가? 우주의 모든 것들은 우주를 벗어날 수 없음이 확실한 것이니 말이야. 우리는 어디에서 왔을까 하는 의문을 그와 같은 광의적인 이론에 대입하면 근원에 관한 의문과 고민은 한순간에 해소되어야 하지만 과연 모두가 그러한 관점으로 받아들이고 수긍할 수 있겠냐는 게 내 생각이야!

묵묵히 듣고 있던 신대표의 거리낌 없는 피력은 유교수의 논리를 전적으로 받아들이기는 어렵다는 말이었다. 마치 결론 이후에 나온 누군가의 반론 직후처럼 다소 불편한 정적이 흘렀다.

—광의적인 우주 이론을 수긍할 수 없다면 그렇다면 호모사피엔스를 추적해야 한다는 말인가?

통념적인 사고로 받아들이지 못하는 신대표가 좀 못마땅한 듯 정원장은 미간을 찌푸리며 되물었다.

—그건 아냐! 나는 지금껏 인류의 조상인 호모사피엔스에는 관심을 가진 적이 없어. 20만 년 전의 인류의 조상은 과연 어디에서 왔을까 하고 그 이전을 궁금해한 적은 있었어도 말이야.

생각이 깊고 정교함을 지향하는 성향의 신대표는 전자기기 부품제조 중소업체를 운영 중이었다.

—그렇다면 신대표는 우리 인간의 근원이 어디에서 시작된 것으로 생각하고 있는지 정말 궁금한데?

정원장의 물음에는 뜻밖의 대답을 들을 수 있을까 하는 일말의 기대감도 깃들어있는 듯했다.

　—별과 인간의 관계는 의문의 여지가 없기에 탐구대상도 아니라는 생각이야. 다만 우리가 온 곳의 흔적을 어딘가에서 찾을 수 있지 않을까 하는 포기되지 않는 기대감이 뇌리에 화석처럼 잔존하고 있다는 거지!

　신대표는 물음을 확실히 따라잡지 못했다. 잡힐 듯 말 듯한 거리를 좁히고 싶은 열의도 그리 강해 보이지 않았다. 묵묵히 관망 중인 그는 아이러니를 느낄 수밖에 없었다. 인문학을 전공한 유교수의 단정적인 인식과 꽤 비교되어서였다. 대체로 정확한 측정과 데이터를 기반한 사업을 이어온 신대표가 오히려 무형의 대상을 쫓고 있다는 생각이 들기도 해서였다. 어쨌든 정원장이 대신 나선 것일 뿐 유교수는 반론과 같은 신대표의 생각을 조금도 개의치 않는 듯했다. 타인의 생각을 배척한 적이 없는 유교수의 성향이라 할 수 있었다.

　—형성되지 않았던 태양계 근처에서 46억 년 전에 수명을 다한 별이 초신성 폭발을 일으키면서 그 충격으로 분자 구름이 중력의 붕괴를 일으켰고 그로 인해 태양계가 만들어진 것이며 그 초신성 폭발로 인해 우주 공간에 풀어져 있던 원소들이 지구별에도 합류하게 되었고 그 원소들로 인해 지구에서 생명체가 만들어졌다는 것에 의문의 여지가 있을 수 없다는 생각이야!

　확신에 확신을 거듭하고 있는 유교수의 눈빛은 마치 형형한 별빛 같았다.

　—지속적인 연구와 그로 인한 과학의 발달로 인해 우리 인간이 갖

는 의문이 하나씩 풀리고 있다고 봐야겠지. 별이 반짝이는 이유조차 알 수 없었던 인류는 물리학자였던 '한스 베테'에 의해 그 이유를 알게 되었지. 별의 내부에서 수소가 헬륨으로 변환되는 융합과정에서 거대한 에너지가 발생한다는 사실을 밝혀낸 것인데 의문에서 발로한 인간들의 탐구심 결과라 할 수 있겠지!

그는 말을 채 끝내기도 전에 별자리 페가수스를 손가락으로 가리켰다. 그가 천체망원경으로 별자리를 관측하는 것은 취미 차원을 넘어선 탐구적 행위에 가까웠다. 살아오며 마음을 기울인 그 어느 것보다도 별의 존재는 모든 것을 압도할 정도였다. 별을 관측하며 느낀 미증유의 감정은 표현이 불가할 정도였다.

─내가 물리나 천문우주학을 전공한 것이 아니어서 전문적 지식은 부족하지만 그래도 알고 있기로는 별 내부에 가장 많은 원소는 수소라는 거야. 그러니까 별은 수소원자로 만들어졌다 해도 과언이 아니겠지!

유교수는 자칫 넘쳐 보임을 우려하듯 했다.

─그래 맞아! 태양계를 구성하는 물질 중에 가장 많은 것이 수소인데 원자 간의 반복된 운동으로 수소가 만들어지고 원소 중에 가장 가벼운 기체인 수소는 헬륨을 만들어내고 수소와 헬륨의 핵융합으로 인해 또 별이 만들어지고 그 별은 중력으로 인해 수축이 되었다가 다시 폭발하게 되면서 주변에 다양한 원소들을 흩뿌리게 된다는 것이지. 그렇게 흩뿌려진 원소들이 중력에 의해 다시 뭉치게 되면서 별들이 만들어진다는 거야.

투명망토의 표적들

정원장은 나름 알고 있는 지식을 속사포처럼 쏟아 놓았다. 마치 답답한 갈증을 해소하고 싶었던 것처럼 보일 정도였다.

―아! 그렇게 별이 탄생하는 것이었군.

이해했다는 뜻으로 황작가는 손뼉을 한번 치기까지 했다.

―태양계를 구성하는 물질 중에 가장 많은 것은 수소이고 다음으로 많은 비중을 차지하는 것은 헬륨, 산소, 탄소, 질소, 황, 철 등인데 그중에 수소, 탄소, 산소, 인, 황 같은 6개 원소는 지구에서 발견되는 모든 생명체에 공통으로 존재한다는 거야. 정말 흥미롭지 않은가!

정원장은 더할 나위 없이 진지하기만 했다. 그런 정원장을 바라보며 만약 의학을 전공하지 않았다면 우주물리학을 전공했어야 좋았을 것이라고 그는 생각했다.

―과학장비 등으로 측정하고 이론으로 추론하는 것일 뿐 사실 인간이 우주의 생성과 운행, 별의 탄생과 소멸 등을 온전히 분석하고 입증할 수 있는 것은 도무지 불가능한 일이라고 생각해!

신대표는 고개를 길게 가로저었다. 우주에 관하여 어딘지 원초적인 외경심이 저간에 깔린 듯 여겨질 정도였다. 그는 신대표가 엄정한 관념을 지녔다고 받아들였다. 일단 시, 공간의 범위에 기가 질릴 수밖에 없는 인간의 실체와 한계가 실로 왜소할 뿐이란 것을 신대표가 깊이 느꼈을 것으로 그는 짐작했다.

암흑물질의 실체를 매우 궁금해하는 그는 관련한 우주물리학 서적을 탐독 중이었다. 은하를 연구하는 과학자들은 암흑물질과 암흑에너지가 별들과 성단들의 중력보다 훨씬 강한 중력을 행사하고 있음을 발견했으며 어떤 빛도 방출하지 않는 그 존재를 암흑물질이라 이름 붙였다는 것을 알게 되었다. 우주는 보통물질 4퍼센트, 암흑물질 23퍼센트, 암흑에너지 73퍼센트로 이루어졌다는 학설에서 그는 몹시 기묘한 기분에 빠져들기도 했다. 암흑물질은 중력작용 외에는 우주의 어떤 물질과도 전혀 상호작용을 하지 않는다는 실체 때문이었다.

우주를 가속 팽창시키는 암흑에너지의 역할을 저서에 기술한 과학 저술가 '티모시 페리스'의 심리를 그는 쫓아가 보기도 했다. 우주는 얼마만큼 빠르게 팽창을 하고 있을까! 또 그러한 팽창은 어느 때부터 시작되었을까! 하는 연구는 과학자들의 몫이라고 그는 생각했다. 암흑물질의 후보 입자가 가까운 미래에 발견되리라는 것과는 반대로 암흑에너지의 실체를 밝히는 탐구가 깊어갈수록 그것이 얼마나 기이하고 놀라운 성질을 가진 존재일 것일까 하며 기저에 두려움이 깔린 페리스의 고대를 그는 확연히 느끼게 되었다. 초고밀도의 진공상태인 우주 공간의 암흑에너지는 공간의 한 특성으로 우주가 팽창할수록 그에 따라 암흑에너지도 늘어나고 있으며 암흑에너지가 없다면 우주는 존재하지 않았으리라는 페리스의 설명은 아주 명료하게 그의 뇌리에 각인되었다.

그는 빅뱅이 자연발생적이거나 증거 없는 우연으로 일어난 것이 아님을 확신했다. 신의 영역일 수밖에 없다는 생각은 더욱 고착되었다. 빅뱅, 우주의 생성, 암흑물질, 암흑에너지, 우주 구성체의 작용, 우주의 가속 팽창 더구나 인간의 눈에 보이는 가시적인 우주 그리고 추론하는 우주의 범위를 넘어선 별개의 우주가 존재할 수 있음을 이어 생각할 때면 숨이 멎는 것처럼 기분이 아득해지기까지 했다. 어차피 엄청난 우주의 모든 비밀은 끝내 밝혀질 수 없음을 그는 생각했다. 태양계의 행성인 지구에 존재하는 지적생명체인 인간이 우주의 실체를 끊임없이 탐구하고 추정하고 있다 해도 빙산의 일각조차 접근하지 못할 것을 그는 확신해서였다.

　우주라는 존재가 인간의 정복대상이 될까 하는 의문 뒤에는 깊은 회의감이 밀려들었을 뿐이었다. 설혹 인류가 멸망하지 않고 수억 년의 시간이 또 흐른다 해도 인간은 우주의 비밀을 온전히 해독할 수 없다는 것이 그의 흔들림 없는 생각이었다. 그것은 막연한 비관론을 넘어 신의 영역에 접근할 수 없음을 인정하는 고백이나 다름없었다. 일례로 지구에서 태양계 밖의 어느 별들과 어느 은하계까지의 거리를 과학장비를 이용해 측정했다 하여 그 별들과 은하계를 인류가 정복했다 할 수는 없다는 생각이었다.

　수만, 수백만, 수억 광년의 거리조차 도무지 인간이 극복할 수 없다는 사실 쪽에 그는 손을 들었다. 탐사와 개척도 일단 그곳에 도착해야 시작할 수 있을 테니 말이다. 그가 인류의 우주정복을 불가항력으로 여기는 첫째 이유는 그래서였다. 우주에 관해 너무 많이 알려 하면 다칠 수 있다는 그의 생각은 인류의 한계를 인정할 수밖에 없다는 인식에서였다. 인간이 스스로 위대하다 자처해도 우주를 손에 넣을 수 없다는 것이 그의 관념이었다.

　우리는 어디에서 왔을까 하는 의문이 타인의 인식과 지식의 주입으로 일괄 해소될 수는 없었다. 열띤 대화를 나누었어도 인식의 정립은 각자의 몫이었다.

　―나이가 들어갈수록 공허함은 커지고 반면에 마음 둘 곳은 더 좁아지게 되겠지. 아마 그럴수록 사람은 자기 근원의 실체를 찾으려는 본능적인 욕구에 사로잡히게 될 거야. 저 별들에 마음이 기우는 것도 어쩌면 그런 이유가 아닐까 싶어!

　황작가는 와인 잔을 손에 든 채로 소회를 토로했다.

　―사람들 속에서도 존재의 외로움과 공허함의 부피는 차츰 더 커지게 되지. 그로 인해 새로운 그 무엇으로 허탈감을 자꾸 채우려 하지만 채울 수 없음을 곧 깨닫고 절망감에 사로잡히기도 하지. 마음 둘 곳 없는 뭇사람들이 불현듯 고향을 찾고 싶은 것도 어쩌면 근원으로의 회귀 욕구가 아닌가 싶어!

　정원장은 깊이 공감하며 누구나의 정신적 고뇌로 귀결시켰다.

　―호젓한 작업실에서 작품에 매진하며 며칠 지내다 보면 적막한 외로움이 물안개처럼 몽글몽글 피어오를 때가 있어. 외로움을 자처하고 즐기려 했으면서도 그때는 오히려 외로움에 시달리고 있다는 생각이 들기도 하지. 그러다가 문득 존재적 실체의 의구심에 사로잡히게 되면 과연 나는 누구일까 하는 생각에 깊이 사로잡히게 되지. 그럴 때면 존재를 파헤치고 싶은 욕구에 빠져 하염없는 정신적 유랑을 떠나기도

하는데 어쩌면 자신이란 존재의 탐구는 우리 인간들의 숙명일지도 몰라!

사유의 강 저편에 내내 도달 못 한 깊은 고뇌가 황작가의 어감에 진하게 서려 있었다.

—우리 인간은 누구나 각자의 분량만큼 슬픔을 갖고 있고 또 직면하게 되지. 아마도 삶으로 주어진 날 동안 기쁜 감정보다는 슬픈 감정을 더 많이 느끼며 살아가게 되지 않을까 싶어. 물론 사람마다 차이가 있겠지만, 대개의 사람들은 그럴 것이란 생각이야. 왜냐하면, 우리 인생에 본질로서 다량 깃들어있는 고통이란 요소를 미리 제거할 수 있는 능력이 우리 인간에게는 없기 때문이겠지!

신대표는 인간이 맞이할 수밖에 없는 각자의 슬픔을 인간의 태생적 숙명으로 받아들였다. 너무 슬퍼할 필요 없는 역설 같기도 했다. 대화의 주제가 어느 순간에 전환되었어도 대화의 주제가 아주 달라지지 않았음을 알고 있는 그는 형이상학의 내밀한 관념이 막힘없이 흘러나오기를 기대했다. 전혀 예감할 수 없었던 매우 특별한 시간으로, 다시 없을 기회로 여기기까지 했다.

—인생은 본질적으로 슬픈 것이란 생각인가?

강원장은 예리한 시선으로 신대표를 직시하며 물었다.

—그렇다고 대답해야겠지. 단언할 수는 없겠지만!

강원장의 강렬한 눈길과 다소 까칠한 말투에 아랑곳없이 신대표는 단언할 수 없다면서도 자신의 관념이 바뀔 수 없음을 분명히 했다.

—통계적일 수 없고 작위적으로 비율을 정할 수도 없겠지만 슬픈

비중이 그 반대의 현상을 압도하거나 지배한다는 것에 나는 전혀 동의할 수 없어!

비감적인 정서의 우위를 주장한 것이 자못 못마땅한 듯 정원장은 단호히 반론을 폈다.

―나는 그렇게 생각하지 않아. 사람이 세상에 태어나 주어진 시간 동안 살아가면서 맞이하게 되는 실체와 감정들의 비율은 단순히 가늠해도 확연히 구분될 정도 아닌가!

신대표는 물러설 생각이 없는 듯했다. 오히려 비율의 가늠을 언급하기까지 했다.

―그런 식의 분석으로는 아니 계산과 같은 수치적 접근으로 인생이란 시소의 기울기를 단정하는 것은 매우 단편적인 사고일 뿐이라는 생각이야!

논리적 반박을 내세웠으나 정원장의 공세적 언사에는 간극의 언짢은 감정이 다분히 깃들어있었다. 단언하는 것은 아니라면서도 단정하는 듯한 신대표의 말이 자못 불쾌한 듯했다. 묵묵히 지켜보고 있던 그는 오히려 정원장이 신중하지 못한 것으로 여겨졌다. 신대표의 토로를 자기주관으로 성급하게 판단하고 결론을 내린 것이란 생각이 들어서였다. 신대표가 말하고자 한 뜻은 양분의 분량이 아닌 인간의 한계적인 숙명과도 같은 고통의 직면을 토로했음이 본질이었음에도 생각의 성급함에 빠진 정원장이 제대로 이해하지 못했다는 생각이었다. 그러했음에도 자칫 불편해질 것을 우려한 그는 군이 내색하지는 않았다.

방향 전환의 예인에 나선 유교수는 오히려 존재론을 꺼내 들었다. 어쩌면 이번 모임은 단일 주제의 담론으로 끝날지도 모를 일이란 생각을 했다.

　—마르틴 하이데거는 존재와 시간이란 자신의 저서에서 죽음을 자각하는 자만이 실존을 회복할 수 있으며 그럼으로써 인간이란 결국 유한한 존재임을 깨닫고 주체적인 자신의 삶을 살아갈 수 있다고 했지. 실존주의 철학자로서 당연한 주장이겠지만 인간의 근원적인 문제는 실존하는 인간의 존재 의미를 밝히는 것에 있다는 거야. 하이데거가 분석한 인간존재의 근본적 구조는 관심과 불안과 죽음에의 존재인데 죽음에의 존재란 다름 아닌 죽음의 자각이라는 거야. 죽음을 자각할 수 있어야 존재의 본질을 망각하지 않는다는 것이지. 죽음의 예찬이 아닌 죽음이란 실체를 고찰하고 인정하여 죽음이란 두려운 존재를 떨쳐내고 본래 인간의 가치를 회복하여 의미 있게 삶을 영위해야 한다는 철학적 메시지였어. 그야말로 하이데거는 자신의 저서를 통해 존재에 관해 스스로 물음을 던지고 답을 한 것으로 볼 수 있지!

　유교수의 전략이 먹힌 듯했다. 신대표의 주장에 대한 정원장의 까칠한 반론으로 인해 다소 불편하게 달아올랐던 분위기도 언제 그랬냐는 듯 차분하게 가라앉고 있었다. 그러했음에도 유교수가 하이데거의 존재론을 꺼낸 것은 다소 즉흥적인 약간의 경로 이탈로 그는 받아들여졌다. 사실 그는 삶과 죽음이란 일상적인 관념 차원에서의 존재론에는 그리 흥미를 느끼지 못했다. 우주의 존재, 별의 존재, 인간의 존재에 관한 인간들의 사유와 탐구는 가히 자연발생적이라 할 수 있을 만큼 결코 선택적인 문제가 될 수 없다는 것이 그의 생각이었다. 예상치 못한 대화 주제의 단초가 된 '우리는 어디에서 왔을까'란 의문도 결국은 존재에 관한 것이며 실체의 본능적인 탐구라는 것을 그는 다시금 깨닫고 있었다.

―현존재의 존재를 유한한 시간에 결부하여 실존이라 했던 하이데거의 철학적 사유는 본질을 좇는 형이상학적인 존재론인 것으로 물리학자가 아닌 철학자로서 당연할 수 있으나 우리가 알고 싶은 생성의 존재 그 근원적인 물음과는 의미가 다른 것이지!

―그야 당연하지! 하이데거는 존재의 의미에 대한 물음을 가졌던 것이고 우리는 지금 존재의 시작을 좇고 있는 것이니까.

신대표와의 의견의 반박과 재반박으로 인해 다소 까칠해져 있던 강원장의 기색은 어느 순간 사라지고 없었다.

―존재는 완전한 무존재가 될 수는 없는 걸까! 그러니까 한번 존재했던 것은 애초에 존재하지 않았던 무의 상태로 돌아갈 수는 없는 것일까! 어쩌다가 문득 그런 생각에 골똘히 사로잡힐 때가 있지. 이건 뭐 어느 철학자들의 사유나 물음과는 전혀 무관한 단지 그런 생각에 깊이 빠져들 때 깃드는 의문부호 같은 것이지!

가벼운 토로처럼 말했으나 황작가의 의구심의 발로는 정녕 단편적인 것 같지 않았다.

―실체의 의미적 관점으로는 무존재로의 전환이 가능해도 물리학적 방식으로는 완전한 전환이 불가능하지 않을까 싶어. 소멸과정의 미세한 잉여는 어떠한 형태로든 또 다른 존재로서 남게 되는 것일 테

니까!

 신대표의 생각이 즉흥적이 아닌 것은 확실히 느껴질 정도였다. 각자의 내밀한 사유가 진지한 담론으로 전개되고 있는 시간이 그는 더없이 소중하게 받아들여졌다. 어쩌면 다시없을 주제의 토론장이 아닐까 싶은 생각이 들기도 했다. 누구도 대화의 전개에 거부감이나 궤도 이탈을 유도하지 않는 것을 그는 다행으로 여기기도 했다. 그는 정말 다른 주제로 전환되지 않았으면 했다. 그가 원하는 것은 격렬한 반론의 대립이 아니었다. 꺼낸 적 없이 깊숙이 내재 되어있는 존재에 관한 각자의 사유와 철학을 엿보고 싶어서였다.

 ─이건 단지 내 생각일 뿐이지만 어떤 생명체라도 생성을 스스로 좌우할 수는 없다는 거야. 그리고 모든 생명체의 존재에는 필연적으로 고통이 결합 된다는 거야. 말하자면 생성의 유, 무를 선택할 수도 존재로부터 고통을 분리해낼 수도 없다는 것이지!

 존재의 속성에 관한 관념의 사유를 조심스레 꺼내놓으며 유교수는 작은 헛기침을 하기까지 했다.

 ─맞는 말이야! 모든 생명체의 존재는 그 자체로 고통이고 생성의 유, 무는 생명체가 스스로 선택할 수 있는 영역이 아니니까.

 황작가는 큰소리로 적극 공감을 했다.

 ─당연해!

 답례하듯 유교수도 목소리를 다소 높여 황작가의 말을 받아주었다.

 ─인간이란 생명체로 존재한다는 것은 지적 능력의 분량만큼이나 고통스러울 따름이지…….

황작가는 씁쓸한 어조로 인간의 태생적인 본질을 읊조리듯 토로했다.

◈ ◈ ◈

그는 짧은 시간 동안 생각의 깊은 늪 속으로 빠져들었다. 존재와 소멸의 실체와 의미가 의식 속의 강풍에 마구 나부꼈다. 모든 존재는 시간의 흐름 속에서 반드시 소멸한다는 이치를 생각했다. 영원한 존재란 결코 존재할 수 없다는 생각을 했다. 다만 소멸의 완전성은 불가능한 것으로, 소멸단계에서 새로운 물질이 생성되는 것은 완전한 무존재로 전환될 수 없는 증명이라 생각했다. 존재는 소멸하여도 완전한 무존재가 될 수는 없다는 것이 그의 생각이었다. 그는 인간의 죽음을 완전한 무존재로의 전환으로 받아들이지 않았다. 영혼이나 사후세계, 환생과 같은 것은 완전히 다른 의미였다. 매장하여 육신이 땅속에 흔연되거나 화장 후에 몇 줌의 인골로 변환되었다 해도 지구라는 이 별에 존재의 흔적을 남길 수밖에 없다는 생각이었다. 극히 미세한 분량이어도 지구의 땅과 바다, 대기 중으로 흡수되는 것일 뿐 엄밀히 정의하면 완전한 소멸일 수 없다는 것이 그의 견고한 생각이었다.

—존재와 죽음은 별개의 실체일까…… 그야말로 죽음은 완전한 소멸일까…… 어떻게들 생각해?

죽음과 소멸에 관한 자신의 관념이 확고히 정립되어있음에도 그는 화두를 던지듯 모두에게 물었다.

─죽음은 그 자체로서 소멸이 아닐까. 생명체로서의 존재는 끝이 난 것이니까!

─음! 나는 그렇게 생각하지 않아. 삶과 죽음 그러니까 인간의 죽음은 소멸이 아니며 절대 분리될 수 없는 존재로서의 다른 형태일 뿐이라는 생각이야.

신대표의 통념적인 인식과 황작가의 생각은 자석의 극과 극만큼이나 달랐다. 반면 그는 내심 놀랄 수밖에 없었다. 죽음과 소멸에 관한 황작가의 관념이 자신과 조금도 다르지 않다고 생각되어서였다.

─글쎄! 소멸일지 존재의 지속일지 그 점은 깊이 생각해 본 적이 없어서 나는 뭐라 대답할 수가 없긴 하지만 죽으면 모든 게 끝이라는 말뜻의 본질은 존재의 소멸을 말하는 것은 아니란 생각이야…….

강원장은 예상 못 한 어려운 문제에 직면한 듯 난해한 기색이었다.

─존재의 흔적을 남기려는 본능이 필시 인간에게 있지 않을까 싶어…… 어쩌면 그것은 잊히는 것에 대한 두려움과 안타까움에서 기인된 것일 거야. 자손이 이어지길 바라는 것도 의미 있는 궤적을 남기려는 것도 바로 그런 이유 때문이 아닐까 싶어…… 그러니까 자신의 존재가 남아있는 사람들에게 기억되길 바라고 기억해달라는 엄중한 의식행위라는 것이지!

존재에서 소멸로의 전환을 다른 개념으로 언급한 유교수의 표정은 어딘지 조금은 씁쓸해 보였다. 인간이란 존재의 태생적 속성이 의식 속에 밀려든 때문 같았다.

─죽음은 존재의 다른 형태라는 생각이야. 별개가 아닌 일체적 존

재라는 것이지. 생명체로서는 끝이 났다 해도 존재의 본질은 미세한 흔적으로 남겨져 존재를 지속하게 된다는 거야. 그러니까 애초에 존재하지 않았던 무존재로 전환될 수는 없다는 것이지!

인간의 존재와 소멸에 관한 평소 생각을 그는 담담히 밝혔다. 불변의 인식을 한 번쯤은 외부로 선연하게 표현하고 싶은 의도에서였다.

—무존재로 변환되는 것은 아니라 해도 존재의 형태는 전환되는 것이겠지. 그러하다면 소멸로 인식해도 틀릴 것이 없을 테고 존재의 영속성을 확신한다 해도 틀릴 것은 없다고 나는 생각해!

그의 인식과 주장의 본질을 모를 리가 없는 유교수의 어감은 마치 최후 변론처럼 엄숙했다. 그런 유교수의 생각이 그는 소신 없는 양시론처럼 절대 들리지 않았다. 자기인식의 변화와는 상관없이 곱씹어 되새겨 볼 만한 의미 있는 생각으로 그는 받아들여졌다. 확고한 신념의 토로처럼 느껴졌을 정도였다. 어떤 공식에 의해 정답을 도출해내는 문제가 아니었다. 각자의 사유에 의한 표출일 따름이었다. 완전한 긍정도 부정도 그는 되도록 하고 싶지 않았다.

◈ ◈ ◈

각도를 벗어나 있던 토론의 화살표는 어느 순간 원래 지점을 가리켰다. 아무래도 이 밤의 주제는 전환되지 않을 것이라고 그는 생각했다.

—138억 년의 우주적 시간과 46억 년의 지구의 시간에 비해 그야말

로 인간의 삶은 얼마나 찰나의 순간에 불과한 것인지…… 각각의 은
하는 최소 1천 만개에서 최대 100조 개의 별들로 구성되는데 우주에
는 그런 은하가 1,700억 개 이상 존재한다는 거야. 하나의 별에 불과한
이 지구는 또 얼마나 미세한 것인지도 말이지!

강원장은 열변과 자조를 단숨에 넘나들었다.

─우주의 시간과 공간에 인간의 존재를 비교하는 순간 할 말을 잃
게 되지…… 그렇지만 허무보다는 오히려 겸손해져야 한다는 생각이
야!

황작가는 눈을 감고 팔짱을 낀 채로 존재의 실체를 다시금 곱씹었
다.

─정말 맞는 말이야!

공감을 표시하면서도 정원장은 어딘지 차분하지 못했다. 인간이란
존재의 미약함에 상당한 허탈감이 밀려든 때문 같았다.

─그게 우리 인간의 실체 아닌가!

신대표는 고민이 될 수도 없다는 뜻으로 간결하게 수긍했다.

─그런데 말이야. 몽골 유목민들에게 대대로 전해 내려오는 속설이
있는데 모든 생명체는 자신의 별을 하나씩 가지고 있다는 거야. 고대
사람들이 어떻게 그런 생각을 하게 되었을지 매우 궁금하기도 재미
있기도 하잖아. 지구 상의 생명체가 제아무리 많아서 각각의 별을 하
나씩 갖는다고 해도 우주의 별은 절대 부족 할 리 없다는 생각을 하면
상당히 신기할 따름이야. 그저 밤하늘의 별을 바라본 것만이 아닌 깊
은 마음과 정신으로 교감하지 않았다면 그런 얘기가 대대로 전해 내

려올 수는 없었겠지!

유교수는 짧은 옛날이야기를 들려주듯 말했다. 쓸쓸하게 흘러가는 분위기를 반전하기 위함인 듯했다.

―별에서 와서 별에서 머물다 별로 간다라는 논리를 확증할 수 있는 날이 아마도 미래에는 분명 도래할 거야. 이렇게 한번 생각해 보자고…… 수십 억 년 전에 초신성 폭발로 지구가 생겨나고 또 생명체가 생겨났지. 추정할 수 없는 아주 먼 훗날에는 이 지구별은 소멸이 되면서 다른 별로 생성이 되겠지. 별의 탄생과 소멸과 생성의 아득한 시간을 말하려는 것은 아냐. 인간이 생존할 수 있도록 화성을 개척하였다고 가정한다면 지구에서 태어난 인간이 화성으로 가 생활하다가 죽음을 맞이하면 지구로 옮겨와 장례를 치르거나, 어느 훗날 유골을 지구로 가져온다면 그때는 별에서 와서 별에서 머물다가 별로 간다라는 그 명백한 사실에 우리는 어디에서 왔을까 하는 의문이 들 수는 없다는 거야!

상상의 미래가 그는 매우 흥미로운 듯했다. 극복해야 할 과제들이 몹시 험난하다 해도 화성 개척을 완전히 불가능으로 여기지 않은 때문이었다. 화성에서 태어나서 지구로 와 머물다 화성으로 돌아가는 것도 같은 논리란 생각이었다. 유교수처럼 얼마쯤 분위기 전환의 의도가 깔린 말이기도 했다.

―정말 그렇겠는데! 인간은 별에서 와서 별로 간다라는 사실이 명백히 입증되는 것이니까…….

황작가는 달뜬 말투로 격한 공감을 드러냈다.

―결국은 우주잖아…… 나는 그렇게 생각해. 우리는 그냥 우주에 있을 뿐이라고 말이야!

　신대표는 광의적 개념으로 정의를 내렸다. 모두가 일제히 신대표를 바라보았다. 블랙홀처럼 일거에 모든 것을 빨아들인 순간처럼 그는 느껴졌다. 너무 깊게 생각하지 말라며 어차피 인간이 태어나고 존재하고 죽는 것도 인간의 의지로 전개되는 것이 절대 아니라고 부연하지 않은 것이 그는 다행으로 여겨지기까지 했다. 잠시 침묵이 흘렀다. 마치 누구나 알고 있는 금기어를 대가와 파장에 아랑곳없이 좌중의 누군가가 서슴없이 내뱉은 상황을 맞이한 것만 같았다.

　―그처럼 정의를 내리면 이제 커튼을 내려야지!

　강원장은 허탈한 웃음기를 입가에 띠우고 고개를 주억였다. 무슨 말이 더 필요할 수 있겠냐는 씁쓸한 수긍이었다. 그는 신대표의 주장이 토론의 주제에 그리 부합되지 않는다고 여겼다. 우리는 어디에서 왔을 까란 근원적인 의문의 물음과 존재의 탐구와 추적을 심히 존중하지 않는 것으로 받아들여졌다. 다시없을 소중하고 의미 있는 시간을 자칫 부질없이 나눈 대화쯤으로 단정하고 막을 내릴 수는 없다고 생각했다. 설령 신대표의 말뜻이 그런 것이 아니더라도 그런 흐름으로 담론을 마무리 짓고 싶지는 않았다. 그렇다고 신대표의 말을 단호히 반박하여 곤혹스럽게 하고 싶지는 않았다.

　―우주에 별이 생성되었고 인간이란 생명체가 생성되었고 별이 존재하고 인간도 존재하고 별이 소멸하고 별에 존재하던 인간도 소멸하고 새로운 별이 탄생하는 별의 역사를 수긍하지 않을 이유는 없다고

생각해. 유장하게 흘러가는 우주의 시간을 생각하면 단지 숙연해질 뿐이지!

그는 견고한 관념이 완고하게 여겨질 것을 경계했다. 다만 자신의 강조를 어떻게 받아들일지는 각자의 몫이란 생각을 했다. 어쨌든 의도적인 토로는 후련했고 전혀 후회스럽지 않았다.

—음!

유교수는 단 한마디로 수긍을 표현했다.

—인간의 고향이 별이란 사실을 확실히 깨닫게 되었어!

황작가는 밤하늘을 올려다보며 저 별은 나의 별 저 별은 너의 별이라며 오래전의 어느 노랫말을 흥얼거렸다.

—별은 인간의 집인 거야!

정원장의 인식은 다소 오래전에 형성된 듯싶었다.

—그냥 우주에 있을 뿐이라니까!

농담조의 어조였으나 신대표의 반복적인 주장은 다분히 의도적인 것 같기도 했다. 모두가 신대표를 보고 그냥 웃어주었다.

—별에서 와서 별에서 머물다가 별로 가는 것이라잖아!

신대표의 주장을 압도하려는 듯 정원장은 일부러 목청을 한껏 높였다. 모두 파안대소했다. 새벽 2시였다. 치명적인 별빛은 여전히 절정이었다. 어쩌면 처음이자 마지막일 수 있는 주제의 담론이 끝난 것이라고 그는 생각했다. 예기치 못했던 대화가 그는 자못 신기했고 후련하기도 했다. 언젠가 한 번쯤은 토설하듯 꺼내놓고 싶었기 때문이었다. 우리 인간은 별에서 와서 별에서 머물다가 별로 돌아간다는 것을.

K의 마지막 탱고

K에게 밀롱가는 또 하나의 다른 세상이었다. K는 선배 민진호가 운영하는 탱고 카페를 거의 매일 찾다시피 했다. 무엇엔가 단단히 홀려다른 것은 아예 눈에 들어오지 않는 사람처럼 K는 지금 탱고에 푹 빠져있는 상태였다. K는 강남역 부근의 탱고 카페 라쏜으로 갔다. K는카페 출입문 앞에 서서 탱고 스텝을 밟았다. 물론 머릿속에서였다. 슬픔이 깃든 정열의 탱고 음악에 맞추어 추는 관능적이며 강렬한 동작의 탱고는 상상만으로도 쩌릿하게 신경이 곤두서고 스릴을 느끼기에충분했다. 기억 저편으로 넘어가지 않은 어느 파트너의 향기가 코끝으로 스쳐 가기도 했다. 존재와 사랑과 체념과 연민의 정서를 때로는 부드럽게 때로는 비장하게 발산하는 몸의 언어라고 K는 감히 생각했다.

어느 파트너와 플로어에서 멋지게 탱고를 추는 자신의 모습을 상상하면서 K는 카페 안으로 들어섰다. 낯선 커플의 세련된 춤을 부러운시선으로 한순간의 이탈도 없이 관전하기 시작했다. 완벽주의에 빠져들지 않는 탱고를 즐기라는 선배 민진호의 조언도 까맣게 잊어버리기

일쑤였다. 한때는, 밀롱가의 대가나 수준급의 마니아들로부터 실력을 인정받고 싶었다. 어느 플로어나 파티장에서라도 격조 있는 탱고를 출 수 있는 상당한 수준에 도달하고 싶었다. 그런 마음을 얼마쯤은 비웠으나 K에게 탱고는 단순한 취미 차원은 아니었다. 일상의 비중 있는 한 부분임에는 틀림이 없었다.

선배 민진호로 인해 탱고에 입문하게 된 것은 맞지만, 탱고 음악과 춤에 정서적으로 이끌림이 없었다면 과연 이토록 빠져들 수 있었을까 하고 생각하기도 했었다. 솔직히 헤어날 수 없을 것 같은 집중이 언제까지 이어질지 지금으로선 속단할 수 없었다. 여러 운동을 즐기듯 해왔으나 자신이 어떤 춤에 이토록 빠지게 되리라고는 일말의 예감도 하지 못했다. 아마도 탱고였기에 가능했을 것을 부인할 수는 없을 것 같았다. 부드럽고도 강렬한 춤동작에 어느 누군가의 슬픈 이야기가 깃들어있음을 K는 느낀 적도 있었다.

파트너 제의가 몹시 어려운 것을 K도 초반에는 깨닫지 못했다. 실력이 부족한 자신이 거절할 수밖에 없었던 어느 여성의 수치심에 사로잡힌 표정과 또 자신이 거절당했던 때의 민망했던 순간은 기억 속의 화인과도 같았다. 춤을 끝내고 플로어에서 막 내려온 이성에게 건네는 파트너 제의는 예의가 아닌 것을 K는 모르지 않았다. 다소 이른 시간 때문인지 그동안 서로 파트너가 되어주곤 했던 여자 회원들의 모습은 보이지 않았다. 머릿속으로는 이미 탱고 춤을 추고 있었다. K의 심리를 꿰뚫은 신수현이 파트너를 자처했다. 신수현은 선배 민진호의 아내였다. 급이 다른 실력 차이의 부담 때문에 순간 망설였으나

K의 마지막 탱고 **161**

K는 목례로 감사를 표하고 플로어로 나갔다. 기본에 충실하며 동작을 즐기듯 춤을 추어야겠다고 K는 생각했다.

신수현은 상체를 홀딩하는 '아브라소' 동작에도 스스럼이 없었으나 K는 다소 조심스러웠다. K의 리드를 따라가 주는 신수현의 숙련되고 세련된 춤동작은 사람들의 시선을 끌기에도 충분했다. 파트너가 되어 준 신수현을 위해서라도 함께 추는 춤을 망치지 말아야겠다고 생각하며 K는 한껏 집중력을 발휘했다. 자신의 아내와 후배 K가 몸이 밀착되기도 하며 탱고를 추는데도 단지 사교춤의 동작일 뿐으로 여기는 민진호는 담담하다 못해 평온해 보였다. K가 자신의 다리를 신수현의 다리와 엮어 고리를 만드는 '간쵸' 동작과 서로 상체를 기울여 의지하는 동작인 '볼까다'에도 민진호의 표정에는 미세한 변화조차도 없었다.

은근한 기대심리는 스릴로 이어졌다. 민진호와 담소를 나누는 중에도 K의 신경은 온통 유선경에게로 쏠려있었다. 세련된 미모에 수준급의 실력을 갖춘 유선경에게 남자들의 관심이 쏠리는 것은 당연했다. 유선경은 여느 때처럼 구석진 테이블에 조용히 앉아 커피를 마시고 있었다. 몇몇 남자들은 함께 춤을 추지 않겠느냐며 파트너를 제의하거나 혹은 제의를 받게 되지 않을까, 내심 용기와 기대가 교차하는 심란한 갈등을 겪고 있으리라고 K는 짐작했다. 그게 바로 자신의 심리상태이기도 해서였다. 하지만 누구도 유선경에게 선뜻 접근하는 사람은 없었다. 유선경이 무례하게 거절하지 않을 것을 모르지 않아도 만약 유쾌하게 제의를 받아들이지 않는다면 거절당한 것에 못잖은 민망함에 사로잡힐 수 있어서였다. 그래선지 카페 대표 민진호는 남자들의 부질없는 갈등을 단숨에 접게 했다. 유선경과 파트너가 되어 탱고를 추는 민진호는 열정적이면서도 격조 있는 실력으로 춤을 리드했다. 유선경은 그에 맞춰 관능적이면서도 세련된 동작으로 수준 높은 탱고를 완성해갔다. 사람들의 시선은 일제히 플로어에 고정되었다. K는 훨씬 편안해진 기분으로 탱고를 관전했다.

카페는 탱고 열기로 뜨거웠다. 유선경이 옆 테이블의 K에게 가볍게 눈인사를 건넸다. 함께 춤을 추지 않겠느냐는 제의였다. 선택받은 기쁨은 내심 컸으나 K는 넘치지도 부족하지도 않을 만큼의 유쾌한 기색으로 호응했다. '라 비오베테라' 음악에 맞추어 두 사람의 춤이 시작되었다. 기본스텝인 바쎄 동작을 하며 K는 감정의 극명한 교차를 느꼈다. 기쁘면서도 일면 슬픔이 밀려들었고 원하는 파트너와 춤을 추고 있는 중임에도 외로움이 등 뒤에 달라붙었다. 탱고를 사랑하는 크기만큼 우울함도 커질 것만 같은 왠지 모를 우려가 뇌리를 스치기도 했다. 그와 같이 달갑잖은 사념들이 집요하게 정신을 흔들어댔으나 기쁜 시간의 기억으로 남기고 싶은 K의 집중력을 허물어뜨릴 수는 없었다.

신수현의 탱고가 강렬하고 세련되었다면 유선경의 탱고는 부드럽고 아름다우면서도 어딘지 슬픔이 깃들어있는 것을 K는 느꼈다. '까미나도' 동작을 할 때 유선경의 눈빛에서 읽은 착각일지 모를 슬픈 그림자 때문만은 아니었다. '아라스뜨레' 동작을 하며 유선경의 발을 자신의 발로 끌고 가는 발끝에서도 그 느낌은 다르지 않았다. 춤을 끝낸 후에도 K의 느낌은 조금도 달라지지 않았다. 코끝에 남아있던 유선경의

샴푸 향은 서서히 사라져 갔으나 아름다운 기품 속에 비애의 그림자
가 아른거린 느낌을 지울 수는 없었다.

◇ ◇ ◇

K는 2주 내내 모습을 보이지 않는 유선경을 내심 기다렸다. 밀롱가
에 오지 않는 이유가 자못 궁금했다. 지난번처럼 함께 춤을 추고 싶었
다. 훨씬 나아진 춤으로 리드할 수 있을 것 같기도 했다. 다른 여자 회
원과 파트너가 되어 춤을 추었으나 유선경에게로 쏠려있는 마음은 텅
빈 듯 허전하기만 했다. 예상치 못한 심리상태가 그리 유쾌하지 않음
에도 K는 머릿속에서 유선경을 떨쳐내지 못했다. 단지 궁금하고 함께
춤을 추고 싶은 것뿐이라며 다른 뜻이 없음을 점검하고 자신에게 강
변하듯 고개를 가로젓기도 했다.

이성 회원은 플로어에서 함께 춤을 추는 파트너로 여겨야 할 뿐 그
이상 다른 감정은 갖지 말라는 경험자들의 회자 되는 조언이 떠오르
기도 했다. 하지만 사람 마음은 경각심만으로 조절될 수 없는 법이었
다. 속절없이 무너져내릴지 모를 붕괴가 K는 설핏 두렵기도 했다. 실
제로는 이혼이나 다름없는 아내와의 별거 이후에 다른 이성에 관심을
기울인 적은 단정코 없었다. 그러했던 K였어도 빼어난 미모와 사람을
끌어당기는 미묘한 흡인력을 지닌 유선경을 무심한 듯 지나칠 수는
없었다. 더구나 다른 남자회원들과 비교하여도 유선경이 좀 더 가까이
K 자신을 느끼고 있음도 무심해질 수 없는 이유였다.

카페로 들어서는 유선경과 나서려는 K는 드라마의 한 장면처럼 출입문에서 마주쳤다. 유선경은 적잖이 반가움이 깃든 눈인사를 건넸다. 반가움을 대놓고 표출하지는 않았으나 K는 궁금해하며 내심 기다렸던 마음을 들키기라도 한 것처럼 순간 얼굴이 화끈 달아오르는 기분을 느껴야 했다. 그렇게 지나치듯 카페를 나선 K는 연애를 막 시작한 연인에게 밀당을 구사한 것 같은 기분마저 느꼈다. 물론 K 혼자만의 일방적인 심리작용에 불과한 것이기는 했다. 어쨌든 스치듯 유선경을 확인했으나 주차장을 향해 걸어가는 K의 마음은 한결 가벼웠다. 유선경이 이대로 끝내 나타나지 않을지 모를 우려를 떨칠 수 있었기 때문이었다.

유선경이 어느새 마음에 들어와 있음을 부인할 수 없음과 작위적으로 제어될 수 없는 사람의 마음 그리고 그로 인한 파생의 고통이 설핏 두렵기도 했다. 하지만 K가 당긴 화살은 이미 시위를 떠나 과녁으로 향하고 있었다. 누군가를 마음에 담는 오랜만의 달뜬 감정이 좀 낯설고 온전히 유쾌한 것만은 아니지만 부질없는 중첩의 감정들일 뿐이었다. 자동차의 시동을 거는 순간, 어느 회원과 탱고를 추고 있을 유선경의 모습이 스크린도어가 열리듯 K의 뇌리를 스쳐 갔다.

K는 어제 탱고 카페 라썬에 가지 않았다. 볼일로 지방에 갔다가 오후 6시경에 서울에 도착했으나 곧바로 귀가했다. 종일 의식의 한줄기는 유선경에게 쏠려있었기에 피곤을 무릅쓰고서라도 카페로 가는 게 맞으나 K는 참기로 했다. 완벽한 착각임을 확인할 수는 없는 노릇이지만 카페에 오지 않은 자신의 부재를 유선경이 어떻게 느낄지 몹시

궁금해진 것이 이유였다. K 자신이 그러했던 것처럼 혹 유선경도 모습을 보이지 않는 자신을 궁금해하며 기다리지 않을까 하는 상상의 바람을 갖게 된 때문이었다. 카페에 겨우 하루 모습을 보이지 않은 자신을 과연 유선경이 궁금해할까 하는 부질없음까지도 생각 못 한 것은 아니었다.

어쩌면 K의 착각과 상상의 크기는 유선경에게로 쏠려있는 마음의 크기와 비례하는 것일 수 있었다. 카페에서 만나면 인사를 나누고 몇 번 파트너로 함께 춤을 춘 것이 전부일 뿐임에도 K의 일방적인 생각은 굴절도 없이 앞으로 뻗어 나아갔다. 빠른 결론을 확인하고 싶은 조급증의 덫에 걸려있음까지도 자각하고 있었으나 K는 방향을 수정하고 싶은 생각이 전혀 들지 않았다. 오히려 그게 집착하지 않는 방식이라 믿고 있어서였다.

찻잔을 쥔 유선경의 모습이 K의 눈에 들어왔다. 다소 이른 시간임에도 유선경이 카페에 먼저와 있는 사실만으로도 K는 일단 달뜬 기분이 되었다. K의 바람대로 함께 춤출 것을 제의한 것은 유선경이었다. 마치 자신을 기다린 것 같은 K의 느낌은 완벽한 착각일수도 아니면 사실일 수도 있었다. 탱고 춤은 몸으로 표현하는 언어라 해도 과언이 아닐 것이라고 K는 생각했다. 더 할 수 없는 집중력과 밀접성과 부드러운 아름다움을 유선경이 온전히 춤동작으로 표현하고 있어서였다.

유선경이 '사까다' 동작으로 발 사이로 발을 밀어 넣어 발을 걷어내는 데도 발의 밀어냄을 당한 것이 아닌 마치 끌어당김을 받은 것 같은 착각에 빠질 정도로 파트너인 유선경의 춤동작은 K에게 미혹으로 느껴질 수밖에 없었다. 격조 있는 우아한 관능미를 제대로 발산하고 있는 유선경이 더없이 아름답게 보였다. 마치 유선경과 자신이 어느 연회장의 댄스 타임에서 주인공이 된 것처럼 우월한 기분마저 맛보고 있었다. 압도적으로 유선경을 리드할 만큼의 실력은 아니었으나 K는 완성도 높은 춤을 위해 혼신을 기울였다. '포르 우나 카베사' 음악에 맞춘 춤이 끝날 때쯤 K의 황홀한 기분은 최고조를 찍었다.

실상은 기대했던 시간이었으나 카페 라썬이 아닌 다른 공간에서 유선경과 마주하고 있는 사실이 K는 몽환처럼 느껴졌다. 근처 커피전문점에 함께 가지 않겠냐고 유선경이 물어왔을 때 K는 마음을 들킨 것만 같아서 즉시 대답하지 못했다. 소리 없는 웃음기를 머금고서 고개를 끄덕이는 것으로 대신 대답하였을 뿐이었다. 서로 호감을 느끼고 관계의 거리를 좁혀가는 시간이 얼마나 가슴 떨리도록 좋은 것인지 K는 기억 속에 내재 되어있는 감정이 변하지 않은 것을 확인할 수 있었다.

어느 누가 보아도 아니라 말할 수 없을 만큼 미인이며 어느 남자라도 이끌릴 수밖에 없을 여성성을 지닌 유선경의 존재에 자신도 무심할 수 없었음을 K는 또다시 자기 고백을 할 수밖에 없었다. 귓가로 몇 가닥 빠져나온 머리칼을 쓸어넘기는 소소한 모습까지도 K의 눈에는 아름답게만 보였다. 지금 K의 기분은 지상 백 미터 상공의 애드벌룬에 올라타 있는 것보다 더 부풀어있다 해도 과언이 아니었다. 분별력의 와해를 늘 경계하겠다고 생각하고는 있어도 이대로라면 자기 의지력의 정상적인 작동을 확신할 수 있을지는 미지수였다.

지난 2주 동안 미국에 다녀왔다는 유선경의 표정은 몹시 쓸쓸하고 우울해 보이기까지 했다. K는 아무런 것도 묻지 않았다. 다만 들을 준비가 되어있으니 계속하라는 눈빛으로 조용히 유선경을 응시했다. 대학 3학년이던 때 큰언니와 자신은 서울에 남고 가족들은 이민을 떠났다고 했다. 졸업 후에 자신도 가족들이 있는 시애틀로 갔고 서른한 살에 그곳에서 교포를 만나 결혼했다고 했다. 하지만 그 후 세 살이던 아들이 있음에도 불구하고 이혼을 선택했다고 했다. 그렇게 말해놓고 유선경은 비스듬히 고개를 떨구었다. 아마도 고개를 떨군 저 모습이 유선경의 마음 상태일 것으로 K는 짐작했다. 성격 차이로 이혼한다는 것이 참으로 무책임하고 사치스럽게 느껴지기까지 했던 타인들의 스토리가 정말 자기 얘기가 될 줄 몰랐다는 유선경은 비의 서린 한숨을 내쉬기도 했다. K는 유선경과 시선이 교차하는 것을 의도적으로 피했다. 그것은 상대에 대한 배려인 동시에 자기 숨 고르기를 위해서였다.

일 년에 두 번쯤은 시애틀로 가 아들을 보고 온다는 유선경의 가라앉은 음성은 갈라지듯 떨리기까지 했다. 일곱 살이 된 아들에게 그리움보다도 큰 것은 미안함이라며 자책하듯 몇 번씩이나 고개를 가로저었다. 아무에게나 쉽게 꺼내놓을 수 없는 얘기를 유선경이 자신에게 토로했나는 사실을 K는 가벼이 여기지 않았다. 이혼이나 다름없는 별거 중인 상태라며 K는 자신도 혼자인 것을 밝혔다. 유선경의 사유와 그리 다르지 않은 것과 아이가 없음은 굳이 말하지 않았다.

이미 알고 있다는 듯 유선경은 미세하게 고개를 주억였다. 카페 대표인 민진호 부부를 통해 알게 되었을 것으로 K는 짐작했다. 다만 비숫한 나이에 상황의 동질감만으로 유선경이 자신에게 다소 호의적이었다고 생각하고 싶지는 않았다. 적어도 이성으로서 얼마쯤의 호감을 품게 된 것은 아닐까 여기고 싶었다. 설혹 착각이라 해도 그리 허탈할 것 같지는 않았다. 뚝 끊어진 대화는 간헐적으로 이어지다가 거의 침묵 모드로 전환되었다. 그런데도 두 사람에게서는 몹시 어색한 기색을 찾아볼 수 없었다.

◈ ◈ ◈

에클레틱한 인테리어가 유선경의 분위기와 닮아있다고 K는 느꼈다. 평일 낮에 혼자서 가끔 찾아왔던 곳이라는 유선경의 말속에는 어느 이성과도 함께 왔던 적이 없었으며 K와의 동행도 전혀 예상할 수 없었다는 뜻이 내포되어있는 듯했다. 유선경이 약속장소로 정한 곳은 미사리의 퓨전 레스토랑이었다. 밀롱가가 아닌 곳에서의 세 번째 만남이었다. 이어지던 대화가 어느 순간 뚝 끊기기 일쑤여도 두 사람은 이미 익숙해진 듯 불편해하지 않았다. 올드 팝송이 흐르는 공간에서 크림새우파스타를 먹으며 이따금 고개 돌려 각자 강물을 바라보기도 했다. 존재하는 것은 예외 없이 전부 흘러갈 수밖에 없음을 눈앞의 강물이 보여주는 듯했다.

인연을 뒤따르는 고통도 세월의 바퀴에 실려 결국 멀어져 가리라는 것은 K의 경험적인 자기 위안이었다. 유선경의 비중이 의식 속에서 커질수록 K는 성급하게도 시간의 극복에 대한 자신감을 자기세뇌

하듯 곱씹었다. 사람들의 관계가 전부 이별을 전제하고 있는 것으로 단정할 수는 없으나 어떠한 형태로든 이별은 대개 멀리 떨어져 있지 않음을 관계의 밀도가 매우 견고했던 타인들을 통해서도 숱하게 목도 했던 K였다. 사실 굳게 다짐한 것은 아니었으나 아내와의 결별 이후에 이성에게 마음을 기울이거나 밀접하게 관계가 형성될 일은 없을 것으로 나름 자신했던 K였다. 그런 관점에서 보면 무너졌다고 해야 맞는 것이었으나 K는 무너진 것으로 여기고 싶지 않았다. 어쩌면 지금 K에게 그런 의미는 부질없는 것일 수 있었다. 목적지가 어디일지 알 수 없고 알고 싶지도 않은 것처럼 현재진행 중인 감정이 중단될 수는 없을 것 같았다.

자극적이지 않은 유선경의 편안한 격조가 K는 좋았다. 함께 마주하고 있는 달뜬 기분이 은연히 의식을 간지럽히기도 했으나 K는 일절 표출하지 않았다. 우려와 배려의 기술이었다. 그래선지 유선경도 대체로 불편이나 부담 없이 자신을 대하고 있음을 K는 확연히 느끼고 있었다. 유선경의 단정한 감성을 간파한 K는 지금과 같은 기조를 내내 유지해야겠다고 생각했다. 찻잔을 쥔 채로 고개 돌려 창밖을 응시하는 유선경의 옆모습이 매우 아름답게 보였다. K는 기억장치의 셔터를 눌렀다. 찻잔을 손에 쥔 유선경의 모습은 한 컷의 화보가 되기에 충분하다고 이미 느껴왔던 K였다.

대화 중에 이따금 조용한 미소로 자기 생각을 표현하는 것까지도 K의 눈에는 매력적으로 보였다. 선입견일 수 있다는 생각을 하면서도 어딘지 슬픈 빛이 서려 있는 듯한 유선경의 시선을 K는 놓치지 않고 쫓았다. 셀카를 찍자는 K의 제안에 유선경은 망설임 없이 K의 핸드폰 카메라를 응시했다. K는 처음으로 함께 찍은 사진을 유선경의 핸드폰으로 전송했다. 사진을 확인하며 소리 없이 웃어 보이는 유선경의 모습이 K는 설핏 낯설게 느껴졌다.

유선경의 문자를 받은 K는 일단 흐뭇했다. 관계의 형성을 유선경이 인정하고 있다는 생각이 들어서였다. 반면 새로운 일정으로 한동안 밀롱가에 갈 수 없겠다는 내용은 K를 급격히 공허하게 만들었다. K의 허전하고 심란한 마음은 좀처럼 전환되지 않았다. 지난주, 미사리 카페에서 강물을 응시하던 유선경의 옆모습이 불쑥 떠올랐다. K는 핸드폰 갤러리에 저장되어있는 사진을 클릭했다. 그런 후에 드로잉북에 사비 연필로 유선경의 그 모습을 그리기 시작했다. 소묘기법을 살려 섬세하게 유선경을 그려나갔다.

미술을 전공하지는 않았으나 K의 데생이나 스케치 실력은 타고난 듯 수준급이었다. 색감을 넣지 않은 검정 단색만으로도 유선경의 얼굴 특징과 분위기를 섬세하게 묘사했다. K의 집중력은 놀라울 정도였다. 드로잉에 빠진 K는 흡사 무아의 상태에 빠진 것처럼 보일 정도였다. 그림의 완성도를 최대한 끌어올리고 싶은 심리 때문일 수 있었다. 그림이 완성되었을 때 K의 공허함은 거의 사라지고 없었다. K는 그림으로 만난 유선경을 깊게 바라보았다. 유선경도 간혹 K 자신을 떠올리지 않을까 하는 생각이 들기도 했다.

갈등하며 망설였으나 이틀 후에 K는 결국 그림을 사진 찍어 유선경에게 전송했다. 유선경도 얼마쯤 흡족해하지 않을까 하는 바람은 상상이나 다름없었다. 예상과 달리 몇 분 만에 답장이 도착했다. 그림 솜씨가 이 정도 일줄 몰랐다며 과찬을 하기까지 했다. 짐작 이상의 호의적인 반응에 K는 일면 부끄럽기도 했고 뿌듯하기도 했다. 보냈던 그림과 받은 문자를 확인하듯 다시 눈에 넣었을 때 유선경으로부터 문자 한 통이 또 날아왔다. 함께 탱고 춤을 추는 모습을 그려줄 수 있느냐는 물음이었다. 유선경의 마음이 멀리 있지 않음을 느낀 K는 파트너가 되어 함께 춤을 추었던 장면들을 이내 떠올렸다. K는 알겠다는 답장을 보냈다.

드로잉북을 펼치기 전에 K는 눈을 감은 채 작은 움직임도 없이 잠시 요지부동했다. 유선경과 함께 춤을 추었던 순간순간의 감성들을 정수리까지 끌어올렸다. '까미나도' 동작을 할 때의 기억 속 장면을 그리기로 했다. 서로 마주 보며 자신은 앞으로 유선경은 뒤로 걷는 모습이었다. 자신과 유선경의 알 수 없는 관계 설정을 표현하는 것 같기도 해서 차라리 밀착되는 춤동작을 그려볼까 생각하며 K는 혼자서 멋쩍게 웃었다.

완성된 그림의 자기 만족도가 높아야 유선경에게 보여줄 수 있다는 생각에 K는 그리기에 온정신을 쏟았다. 함께 춤을 추었던 순간순간의 느낌들을 기어으로 끌어내는 것은 고도의 집중력이 필요했다. 자가최면을 걸듯 마치 그 시간 속으로 돌아간 것처럼 그런 의식상태에서 그림을 그리고 싶었다. 정말이지 사진으로 여겨질 수 있을 만큼 정교하고 생생한 느낌을 온전히 살려 표현하고 싶었다. 즐기듯 스케치하는 것이 아니었기에 기분이 그리 가벼운 것은 아니었으나 유선경이 원한 것 때문에 K는 힘든 줄도 모르고 작업을 전개해갔다. 급할 것이 전혀 없는데도 K는 완성의 성취를 빠르게 맛보고 싶었다.

바람에 불과한 꿈같은 상상이어도 서로에게 이끌리는 느낌을 제대로 살려내고 싶었고 그런 마음을 그림 속에 불어넣고 싶었다. 유선경의 입술과 볼은 옅은 붉은색으로 색조를 주기로 했다. 그림이 거의 완성되어갈 때쯤, 반나절 이상 오로지 그리는 작업에 몰두하여 일직선이 되어있던 K의 의식의 빗장은 풀리고 있었다. 현재는 남이 된 사람이지만 사랑에 빠져 결혼했던 아내 외의 어느 여자에게 이토록 마음을 쏟게 되리라고는 상상조차 할 수 없었던 K였다. 정말이지 사람의 내일 일은 어찌 될지 알 수 없다는 사실을 K는 새삼 깨닫고 있었다.

K는 심혈을 기울여 완성한 그림을 사진 찍어 유선경의 핸드폰으로 전송했다. 기대와 우려가 동시에 밀려들었다. 나름 괜찮게 그린 것으로 여겨지는 자기만족은 그뿐이었다. 평가와 결과를 기다리는 출품작가들의 기분이 이럴 것이라고 K는 생각했다. 답장을 기다린 이십 여 분이 K는 두 시간쯤으로 여겨졌다. 다소 길게 작성한 유선경의 문자는 그야말로 감동과 격찬으로 이어진 평가였다. 일순 기분이 황홀하기도 했으나 K는 이내 부끄러움을 느꼈다. 격려가 포함된 다소 과도한 칭찬일 뿐 그럴만한 수준은 아닌 것을 모르지 않아서였다.

어쨌든 유선경의 반응이 기대 이상인 것은 몹시 기뻤다. 더구나 그림을 자신에게 줄 수 없겠느냐는 유선경의 물음은 K가 원하던 바였다. 그림을 액자에 넣어 전해 주려는 생각을 이미 했던 터였다. 심혈을 기울여 그림으로 유선경을 표현한 것은 작금의 K의 의식의 화살표는 결국 유선경을 관통하고 있는 반증이 아닐 수 없었다. 한동안 밀롱가에 올 수 없다는 유선경의 그 이유가 자못 궁금했으나 K는 묻고 싶지 않았다. 집착을 배척하는 것은 K의 견고한 관념이었다.

⟡ ⟡ ⟡

기억의 감각은 전혀 낯설지 않았다. 유선경의 춤동작의 느낌을 K는 정확히 기억하고 있었다. 함께 탱고를 추는 것은 거의 두 달 만이었다. 약정한 것은 아니었으나 한층 가까이 지내기 시작한 후로 두 사람은 파트너가 되어 춤을 추었던 적이 거의 없었다. 오히려 밀롱가에서는 서로 한 걸음씩 비켜선 것 같은 포지션을 취했다. 타인들의 시선을 의식한 것보다는 일말의 구속심리를 경계한 상대에 대한 묵계 같은 배려였다. 좀 더 경쾌하고 강렬해졌으나 유선경의 춤동작에 깃들어있는 어딘지 모를 슬픈 느낌은 온전히 사라지지 않았다고 K는 느꼈다.

언제든 적정한 간격을 유지해야 한다는 생각이었다. 자신과 유선경과의 관계는 말할 것도 없거니와 그것은 어떠한 형태의 사람 관계에서도 필요하다는 것이 K의 생각이었다. 적절한 완급 조절과 기술은 성향과 경험을 불문하고 필요한 것임을 K는 다시금 깨닫고 있었다. 어쨌든 파트너로 유선경과 오랜만의 춤이 사뭇 유쾌하기는 했다. 춤이 끝나갈 때쯤 K는 탱고와는 어울리지 않는 한껏 밝은 표정을 의도적으로 유선경에게 보여주었다. 당신과 오랜만의 춤이 매우 좋았다는 무언의 표현이었다. 춤으로 교감하며 서로를 느낄 수 있어 좋았다는 자신의 의도적인 표현을 유선경도 읽었을 것으로 K는 생각했다.

이튿날, 두 사람은 44번 국도를 타고 양평을 지나 홍천으로 갔다. 강가 도로변의 소공원 벤치에 앉은 K는 지난 어느 날 혼자서 이곳에 앉아있었을 유선경의 모습을 상상했다. 유선경의 토로 혹은 고백을 K는 직감했다. 어떤 말일지 전혀 감을 잡을 수는 없었으나 필시 무언가 할말이 있음을 차를 타고 오는 동안 느꼈기 때문이었다. 유선경은 작은 바람에 흘러내린 머리카락을 귓가로 쓸어넘기며 넌지시 K를 바라보았다. K는 묵묵히 유선경의 시선을 받았다. 유선경은 자신과 K의 관계가 지금 상태에서 달라지지 않았으면 좋겠다고 했다. 예상 밖의 질문을 받은 것과 다를 바가 없었으나 K는 그 말뜻의 의미를 순간 간파했다. 다름 아닌 깊은 남녀 관계로 진행되는 것을 원하지 않는다는 뜻이었다. 자칫 애증에 빠질 수도 있는 관계를 미리 점검하고 차단하고 싶은 의미로 받아들여졌다. K는 아무런 반응도 보이지 않았다. 본인의 생각을 밝히고 싶은 것일 뿐 유선경도 K의 대답을 원한 것은 아니었다. 유선경은 K의 기분을 K는 유선경의 생각을 알고도 남았다.

서울로 돌아오는 차 안에서 K는 마음의 정돈을 끝냈다. 사실 K는 유선경이 우려하고 있는 상황을 골똘히 생각해 본 적은 없었다. 어쩌면 밀접한 관계로 발전해갈 수도 있겠다는 생각이 스쳐 가듯 든 적도 있었으나 지금 이상의 전개를 깊게 고민해 본 적은 없었다. 사실 누군가와 또다시 가정을 꾸린다거나 하는 것은 상상조차 하지 않았던 K였다. 그 대상은 유선경도 예외일 수 없었다. 아내와의 결혼생활이 실패로 끝난 K는 솔직히 그런 부분은 스스로에게조차 자신이 없었다. 유선경이 지금 마음속에 크게 존재하는 것은 사실이나 혹 그로 인해 관계가 복잡해지고 심란해질 수 있음을 K가 심히 우려하지 않은 것은 확고한 자기계약이 있었기 때문이었다.

섹스나 결혼이 목적이 되지 않는 관계가 오히려 오래 유지되고 지속할 수 있음을 K도 부인하고 싶지는 않았다. 그렇게 할 수만 있다면 적잖이 고민했을 유선경의 등을 토닥여주고 싶었다. 여하튼 작별을 원하지 않는 유선경의 마음을 헤아린 K의 생각은 한결 가볍고 간결해지고 있었다. 관계가 깊어질수록 숱한 요인들로 인해 깨질 수 있는 확률이 비례하는 것을 익히 알고 있어서였다. 예상 못 한 유선경의 토로가 순간 유쾌하게 받아들여지지 않았으나 종심을 알게 된 것과 적절한 때에 버튼을 누른 정돈의 타이밍에 K는 오히려 소리 없는 박수를 보내주고 싶었다.

K는 자정쯤에 장문의 문자를 작성해 유선경에게 발송했다. 지금과 같은 관계를 유지하며 지낼 것에 흔쾌히 동의한다는 내용이었다. 그 마음을 충분히 헤아리고 공감한다고도 했다. 어떤 경우에도 만남을 후회하지 않을 사람들로 기억되었으면 좋겠다고도 했다. 정돈과 비움의 필요성을 새삼 깨달은 K는 원하였던, 원하지 않았던 계륵이나 다름없던 욕망의 작은 덩어리가 미세하게 분쇄되어 한순간 불어온 강풍에 흔적도 없이 사라진 기분이 되었다.

쟁취와는 다소 먼 관계였다 해도 유선경의 존재로 인해 쏠려있는 의식의 파고가 상승곡선을 이어가고 있었음을 부인할 수는 없었다. 유선경의 과단성과 조정능력이야말로 상처받지 않고 상처 주고 싶지 않은 경험적이며 결벽 적인 방어심리와 배려심에서 기인 되었을 것으로 짐작했다. 어쨌든 어려운 시도를 마다하지 않은 유선경을 유능한 선장으로 인정해주고 싶었다. K는 불쑥 유선경과 탱고를 추고 싶다는 생각이 들었다. 그것도 낯선 밀롱가의 사람 없는 텅 빈 플로어에서 근사하게 춤을 추고 싶었다. 그야말로 어떤 말도 필요 없이 춤동작만으로 마음을 표현하는 무언의 대화를 나누고 싶었다.

깊은 잠에 빠져들지 못한 K는 새벽녘까지 뒤척였다. 예고 없이 불어오는 바람처럼 어느 순간 눈앞에 나타난 사람을 외면할 수 없다는 것은 변명일까 아니면 의지로서 조절할 수 없는 불가항력일까. 정말이지 어느 쪽이 맞다고 선뜻 깃발을 들어 올릴 수는 없었다. K는 자신에게 솔직해지고 싶었다. 유선경에게 마음을 기울인 것을 전혀 후회하지 않느냐고 자문자답을 했다. 단칼에 거부하듯 K는 단정의 대답을 하지 못했다. K의 생각은 다소 길게 이어졌다. 어떠한 형태의 남녀 관계여도 늘 달콤할 수 없음은 경험으로 익히 알고 있었다. 그보다는, 시작하지 말았어야 했을 절제의 의지력이 무너진 것을 후회할 수 있다는 생각이 들기는 했다. 다만 어떤 경우에도 상대를 미워하지는 않을 것 같았다. 그 점은 갈등의 대상이 될 수 없다는 것이 K의 생각이었다.

오히려 유선경의 선제적 컨트롤로 인해 후회할지 모를 감정의 가능성조차 사라졌을 뿐이라는 생각이 들었다. 치명적인 후회를 하고 싶지 않은 유선경의 생각과 K의 생각은 결론적으로 그리 다를 바가 없었다. 필연적으로 뒤따를 수밖에 없는 사람 관계의 고통을 모르지 않는 K는 유선경의 선제적 정돈이 오히려 고마울 따름이었다. 선택으로 인해 고통스러운 상황을 감당해야 할지 모를 일이 두렵지 않았다면 거짓이었다. 그래선지 한계선을 명확히 긋고자 하는 유선경의 뜻에 동의한 K의 심사는 일면 씁쓸했으나 비움의 후련함은 더 커지고 있었다.

삼전동의 퓨전 선술집에 들어선 K는 적잖이 놀랄 수밖에 없었다. 입구 쪽 테이블에 앉은 유선경이 혼자서 소주 두 병째를 마시고 있음을 확인한 때문이었다. 술이 약한 유선경은 맥주나 와인을 조금 마시기는 해도 소주를 거의 마시지 않는 것을 K는 이전에 들어 알고 있었다. 와줄 수 있겠냐는 유선경의 전화를 받고 오는 동안 무언가 심상치 않다고 느낀 K였다. 유선경의 취기 서린 얼굴에 씁쓸한 웃음기가 한순간 번졌다. 생각이 바뀐 것일 뿐 애초에는 연락할 생각 없이 혼자서 내내 마시려 했음을 K는 어렵지 않게 짐작할 수 있었다.

와주어 고맙다는 인사를 굳이 빼먹지 않은 유선경은 발음이 꼬일 것을 조심했다. 그러면서 반쯤 담긴 소주잔을 집어 들었다. 취기는 돌지언정 흐트러진 모습을 절대 보이지 않으려는 기색이 역력했다. K는 아무런 말도 하지 않았다. 잠시 흘렀던 침묵을 깬 것은 유선경이었다. 지난 주말에 전남편이 아들을 데리고 한국에 들어왔다고 했다. 오늘은 언니 집에 가 있으나 아들은 자신과 함께 있으며 전남편은 호텔에서 묵고 있다고 했다. 전남편이 이번에 한국에 나온 이유가 있다면서 유선경은 손빗으로 다소 거칠게 머리칼을 쓸어넘겼다. 유선경의 마뜩잖은 심사가 고스란히 느껴졌다. K는 유선경의 시선을 쫓지 않았다. 어렵게 말을 꺼내놓을 유선경이 되도록 편해졌으면 해서였다.

아들을 생각하면 마음이 너무 아프지만 그럴 수 없다면서 유선경은 고개를 가로저었다. 아들을 생각해서 다시 합치자는 남편의 설득이 전혀 와닿지 않았다고 했다. 자신과 아이 아빠의 관계는 변화될 수도 회복될 수도 없다고 했다. 눈앞의 아들을 보면 가슴이 미어지고 한없이 괴로워도 조금도 내키지 않는 재결합을 그 이유만으로 받아들일 수는 없다고 했다. 안될 것을 알기에 일말의 여지를 남기고 싶지 않다면서 유선경은 또다시 고개를 가로저었다. 작은 갈등조차도 부질없을 만큼 이미 확정된 방향을 바꾸려 한다는 게 얼마나 의미 없는 일인 것이냐며 반문하듯이 유선경은 말했다.

K는 끝내 침묵했다. 전남편과의 일이기도 하지만 딱히 해줄 수 있는 말도 없었기 때문이었다. 답답한 심정을 토로하고 싶을 때는 누군가 묵묵히 들어줄 사람이 필요한 것이기에 자신은 단지 그 역할을 하고 싶을 뿐이었다. 유선경의 마음이 바뀔 가능성이 제로인 것과 직면한 괴로움이 비례하지 않는 것은 순전히 자식 때문인 것을 이해하면 될 일이었다. 전남편과의 관계와는 무관한 것이라면서 유선경은 미국으로 돌아가지 않을 것이라 했다. 서울에서 계속 지낼 것이며 이렇게 서울에서 마시는 술이 좋아서라는 그리 어울리지 않는 농담을 하기도 했다. K는 유선경의 빈 잔에 술을 따라주었다. 유선경은 술잔을 들어 올리며 오늘 밤의 마지막 술임을 밝혔다. K는 유선경의 끊고 맺음이 유난히 낯설었다.

K는 유선경의 춤동작이 더 할 수 없이 강렬하게 느껴졌다. 유선경이 예약한 논현동의 탱고 카페는 온 적 없는 밀롱가였다. 유선경은 지

금껏 볼 수 없었던 적극적인 움직임을 유감없이 발휘하고 있었다. K 는 고도의 집중력으로 춤을 리드하며 유선경의 춤을 받쳐주었다. 얼마 전의 상상이 비슷하게 현실이 되었다는 사실에 K는 미묘한 기분을 맛볼 수밖에 없었다. 어느 낯선 밀롱가의 텅 빈 플로어에서 유선경과 탱고 춤을 추고 싶었던 상상이었다. 하지만 열정적인 춤동작으로도 온전히 가려지지 않는 유선경의 어딘지 모를 비의 서린 눈빛을 K 는 놓치지 않았다. K는 그것의 실체를 직감할 수도 제대로 추론할 수도 없었다. 도무지 알 수 없는 내면의 격랑을 가라앉히려는 혼신의 몸짓이 아닐까 하는 정도의 짐작만 할 뿐이었다.

탱고 음악이 거의 끝나가고 있음에도 유선경의 격정적인 춤동작은 조금도 누그러들지 않았다. 마치 절정의 불꽃이 순식간에 꺼져버릴 것을 우려하는 것처럼 여겨질 정도였다. '아브라소' 동작을 하며 K와 유선경의 상체는 밀접하게 홀딩상태가 되었다. 그때 찰나와도 같은 한순간에 유선경이 K의 입술에 입을 맞추었다. K로서는 일말의 예상도 할 수 없었던 일이었다. 당혹감을 느꼈으나 K는 겉으로 일절 내색하지 않았다. K는 달리 의식하지 않는 기색을 애써 보여주려 했다. 의도가 어떠하든 유선경의 순간의 행위에는 그러한 바람도 담겨있을 것으로 K는 순간 느꼈기 때문이었다. K는 일단 탱고 춤의 엔딩에 집중하고 싶었다.

⬦ ⬦ ⬦

유선경의 언니라고 밝힌 낯선 여자의 전화를 받은 순간 K는 불온한 시간을 짐작했다. 6개월 전에 논현동의 밀롱가에서 함께 춤을 추었던 그 날 이후로 K는 유선경을 볼 수 없었다. 그 후로 유선경의 핸드폰 전원은 내내 꺼져있었다. 몹시 궁금하기도 했으나 관여할 수 없는 사정이 있을 것이라 여기며 어느 날 혹 연락해올 것으로 생각하고 있었던 K였다. 의도적으로 애써 유선경을 잊겠다고 생각한 적은 없으나 공백의 시간이 흐를수록 존재감의 무게도 조금씩 줄어들었던 것은 사실이었다. 그리움이 쌓이기도 했으나 어떠한 상황에서도 집착으로 변질이 될 수 있음을 K는 경계했다. 허탈하고 부질없을 뿐인 집착에 관한 K의 관념은 유선경에게 국한된 것은 아니었다. 그리움과 그것은 별개였다. 만남을 예감할 수 없었던 것처럼 이별도 다르지 않아서 결국은 사람이 좌우할 수 없는 영역임을 K는 오래전부터 자각하고 있었다.

만날 수 없었던 시간이 한 달 두 달 흘러가면서 어쩌면 유선경을 다시 볼 수 없을지 모른다는 생각이 얼핏얼핏 들기도 했던 것은 그래서였다. 후회한다 해도 달라질 것도 없지만, K는 유선경을 만났던 것을 조금도 후회하지는 않았다. 관계로 인해 파생되는 고통은 오로지 자기 감내의 몫으로 극복해야 할 뿐이라는 생각이었다. 형태와 시기의 문제일 뿐 대개 언젠가는 도래할 수밖에 없다는 것도 그러했다. 다만 관념과 직면한 고통은 별개였다. 유선경의 현재 상황을 단정할 수는 없으나 스쳐 가는 수많은 생각들로 인해 외출을 준비하는 K의 마음과 몸은 무겁기만 했다.

석촌호수 부근의 커피전문점에 먼저 와있던 유선경의 언니는 눈을 약간 내리깐 채로 머뭇거리며 선뜻 입을 열지 못했다. 테이블 주위로 감도는 무거운 기운에 K의 초조한 기분은 눌릴 수밖에 없었다. 2주 전에 동생이 세상을 떠났다는 사실을 밝히며 이윽고 유선경의 언니가 입을 열었다. K는 자신도 모르게 단발의 비명 같은 작은 한숨을 내쉬었다. 추론했던 여러 경우의 수 중에 정말 듣고 싶지 않았던 말이었다. 충격으로 K는 머릿속이 하얘지고 아찔한 어지럼증이 느껴졌다. 6개월 전에 유방암 초기판정을 받았으나 수술이 잘 되어 완치될 것으로 기대했지만, 주변 조직으로 급속하게 전이되면서 손을 쓸 수 없을 만큼 상태가 빠르게 악화가 되었다고 했다. 유선경의 언니는 그렇게 말해 놓고 고개를 옆으로 떨구었다. 더 이상의 설명은 의미 없을 뿐이었다.

묵묵히 듣고 있던 K의 뇌리에 기억의 퍼즐이 완성됨과 동시에 부서지며 파편 조각이 되어 박혀 들었다. 미리 차단하듯 지금 이대로의 좋은 관계를 유지하고 싶다 했던 홍천 강변에서의 토로와 논현동의 밀롱가에서 탱고 춤이 끝나갈 때쯤 섬광처럼 빠르게 순간의 입맞춤을 해왔던 이유를 K는 지금 깨닫고 있었다. 그것은 필시 진단을 받은 직후였음을 K는 짐작했다. 유선경이 말하지 않는 한 도무지 알 수 없는 노릇이었으나 그 상황을 전혀 알 수 없었다는 것이 K의 가슴을 한없이 저리게 했다.

유선경의 언니가 건네준 것은 그림 액자였다. 자신이 떠나면 K에게 전해달라 당부한 것이라 했다. K는 집으로 돌아와 선물 포장지를 풀어 액자를 꺼냈다. 유선경의 언니로부터 그림 액자라는 말을 들었을 때 K는 자신이 그려 유선경에게 주었던 드로잉 그림을 직감했다. 빗나가지 않은 직감이기는 했으나 그림은 2점이 아닌 3점이었다. 낯선 액자는 환하게 웃고 있는 K 자신의 얼굴을 그린 드로잉 그림이었다. 그림 하단에는 흘림체로 유선경이라는 이름이 쓰여있었다. K는 자신을 떠올리며 그림 그리기에 집중했을 유선경의 모습을 상상했다. K는 정수리에서 등을 거쳐 발뒤꿈치까지 감전의 연결처럼 몹시 찌릿한 통증을 느꼈다. 어쩌면 힘에 부친 투병 시기 중에 그렸을 것이라는 생각이 들었던 때문인지도 모른다.

상당히 수준급으로 보이는 그림 실력에 K는 더 놀라지 않을 수 없었다. 미사리 카페에서 찻잔을 쥔 채 강물을 응시하던 그림, 함께 탱고 춤을 추는 그림 그리고 유선경이 K 자신을 그린 것까지 3점의 그림을 펼쳐놓고 K는 길지 않은 시간을 거슬러 회상에 잠겼다. 조용히 미소 짓던 유선경의 모습이 떠올랐고 잔잔한 목소리가 귓전에 들리는 듯했다. 해일처럼 그리움이 순식간에 밀려들었다. 유선경이 세상을 떠났다는 사실이 꿈이라면 얼마나 좋을까 생각했다. 설혹 다시 볼 수 없다 해도 유선경이 살아만 있다고 한다면 정말 뛸 듯이 기쁠 것 같았다. 부디 하늘나라에서는 아무런 슬픔도 고통도 없이 행복하기를 K는 간절히 기원했다. K는 자신이 그린 그림 속의 유선경을 뚫어지도록 바라보며 짧은 인연에 작별인사를 건넸다.

K가 밀롱가를 찾은 것은 거의 두 달 만이었다. 유선경의 언니로부터 유선경이 세상을 떠났다는 소식을 전해 들은 후로 탱고를 추고 싶

은 생각이 전혀 들지 않아서였다. K는 낮익은 여자 회원과 파트너가 되어 춤을 추었다. 짐작했던 대로 이전처럼 열정이 솟지도 감흥이 느껴지지도 않았다. 함께 춤을 추게 되는 파트너가 혹 유선경으로 여겨지는 혼돈을 느끼지는 않을까 했던 우려는 기우에 불과했다. 오히려 파트너로서의 역할이 표가 날 만큼 미진하여 상대에게 실례가 되지 않을까 우려해야 할 정도였다.

K는 가까스로 춤을 마치고 밀롱가를 나섰다. K는 근처의 커피전문점으로 들어갔다. 밀롱가가 아닌 곳에서 유선경과 처음으로 만났던 곳이었다. 겉으로 티를 내지는 않으나 몹시 달뜬 기분이 되었던 그날의 기억이 떠올랐다. 길지 않은 시간이었으나 아주 오래전처럼 느껴졌다. 아무래도 더는 탱고를 출 수 없을 것 같은 생각이 자꾸 들었다. 조금 전에 어느 여자 회원과 함께 추었던 춤이 어쩌면 마지막일 것 같은 예감이 들기도 했다. 아니 격정적인 춤동작을 보여주며 짧은 순간의 입맞춤을 해왔던 유선경과 함께 추었던 그 날의 탱고가 왠지 마지막이었으리라는 생각이 굳어질 것 같았다. 절대 작위적으로 단정하려는 것이 아니었다. 감흥 잃은 허상의 몸짓이 K는 내키지 않을 뿐이었다.

유장한 유폐

그는 유폐되었던 공주의 모습을 상상했다. 고귀한 신분으로 태어나 고난의 긴 세월을 견디었던 정명공주는 홍주원의 후손인 그의 문중 할머니가 되는 분이었다. 덕수궁 부근의 빌딩 고층에 자리한 사무실에서 그는 하루에도 몇 번씩 무심코 궐내를 내려다보았다. 비 내리는 오후에 그의 눈길은 궁궐의 기와지붕에 멈추었다. 인목왕후가 궁궐의 어느 방에서 공주를 낳았던 것을 생각했다.

그는 생각하며 혼잣말을 하듯 읊조렸다. 공주가 태어났다는 소식에 광해군과 일파들은 그제서야 안도하며 축하예물을 올렸다는 것을 공주님도 훗날에 들으셨겠지요. 혹여라도 적통의 왕자가 태어날까 조마조마 기슴을 졸였겠지요. 부왕인 선조임금이 자신을 마뜩잖게 여기고 있어 상황에 따라서는 자칫 세자의 자리에서 얼마든지 내쳐질 수 있는 불안감이 광해군으로서는 이루 말할 수 없이 컸겠지요. 반면 선조임금과 인목왕후는 공주님의 탄생이 얼마나 큰 기쁨이었을지 미루어 짐작되고도 남습니다. 그때 선조임금의 어수는 52세였다니 말입니다.

투명망토의 표적들

선조임금의 첫 번째 왕비였던 의인왕후가 세상을 떠나면서 맞이한 왕비가 바로 공주님의 모친인 인목왕후이며 그때 나이는 19세였다 했습니다. 임진왜란이 끝나고 겨우 몇 년 지나지 않은 때의 나라와 조정의 피폐한 실정은 이루 말할 수 없었겠지요. 피난길에 나섰던 선조임금이 한양으로 돌아왔으나 경복궁과 창덕궁 등의 궁궐들은 거의 불태워진 탓에 임시거처를 구할 수밖에 없었다 했습니다.

선대 성종임금의 형인 월산대군의 정릉동 가택이 그나마 온전하여 선조임금이 입주하게 되면서 정릉동 행궁으로 이름 붙여진 것이라 했습니다. 그곳이 바로 제가 지금 바라보고 있는 덕수궁이지요. 정릉동 행궁, 경운궁, 서궁, 덕수궁은 깃들어있는 처연한 사연만큼이나 하나의 이름으로 지탱할 수는 없었던 것 같습니다. 어쨌든 정릉동 행궁은 공주님이 태어나고 자란 본향이지만 행복보다는 두려움과 비애의 감정들이 오래도록 서글프게 감돌았던 곳이지요. 저곳에서 견디었던 오랜 유폐 세월 때문이겠지요.

공주님이 세 살이 되던 해 남동생인 영창대군이 태어났지요. 선조임금과 인목왕후와 공주님의 외가 쪽 사람들의 기쁨이야 이루 말할 수 없었겠으나 광해군 쪽 사람들은 사뭇 불안감에 사로잡힐 수밖에 없었겠지요. 후궁소생이었으나 이미 세자로 책봉을 받은 광해군으로서는 적통의 왕자가 세상에 나왔으니 그 두려움이야 당연했겠지요. 하지만 불행의 그림자는 광해군 쪽으로 드리워지지 않았습니다.

선조임금의 정비인 의인왕후는 자식을 두지 못한 채 임진왜란이 끝난 직후에 세상을 떠났지요. 그로 인해 선조임금은 서인이었으나 무당파적이며 몰락해가던 가문으로서 외척 세도를 부릴 수 없다고 여긴 김제남의 차녀와 가례를 올리고 왕비로 맞아들였지요. 그분은 다름 아닌 공주님의 모친인 인목왕후이시지요. 가례를 올린 다음 해 공주님이 태어나셨고 삼 년 후에는 영창대군이 태어난 것이었지요.

혈통으로는 적장자였으나 갓난아이에 불과한 영창대군이 이미 왕세자이면서 서른 살이 넘은 광해군의 지위를 실질적으로 넘볼 수는 없는 것이었지요. 그러했음에도 선조임금은 실추된 권위와 왕권 유지를 위해 광해군을 견제하는 수단으로 영창대군의 존재를 수시로 부각하기도 했지요. 광해군과 일파들은 어린 대군을 과소평가하면서도 이면의 불안감은 그 이상으로 컸을 테지요. 생각해 보면 선조임금은 어린 왕자의 안위를 염려했으면서도 결과를 예감할 수는 없었던 것 같습니다. 예고된 비극의 그림자를 벗어나기 어려웠으리라는 짐작이 그리 어렵지 않았을 텐데도 말입니다.

영창대군으로의 세자 교체를 수없이 고민했을 선조임금이었으나 너무 어린 영창대군의 나이는 현실적인 걸림돌일 수밖에 없는 탓에 왕실의 안정을 위해 광해군을 인정할 수밖에 없었겠지요. 나이 어린 문제를 비롯해 지지기반도 극히 미약한 영창대군의 한계를 극복하기는 도무지 어려웠겠지요. 더구나 광해군을 지지하는 조정 대신들을 압도할 만한 힘과 권위가 선조임금께서는 전혀 없었으니까요. 반면 임진왜란 당시 성공적으로 분조를 수행하고 전쟁터를 돌아다닌 광해군의 존재감과 지위는 더욱 탄탄해져 있었고 조정 대신들만이 아니 백성들의 지지까지도 자못 높았다 하니까요. 어쩌면 표면적으로는 정적의 관계였다 해도 세상 풍파와 조정 경험이 풍부한 광해군에게 어린 이복동생인 영창대군은 손톱 밑의 가시 정도로 거추장스레 여겨졌을 뿐 전혀 위협적인 대상도 될 수가 없었겠지요.

✧ ✧ ✧

선조임금은 왕위계승의 교지를 내리고 승하했지요. 눈을 감으면서도 영창대군의 걱정을 내려놓지는 못했지요. 영의정 유영경 등에게는 어린 대군 이의를 부탁한다는 유지를 내렸으며 광해군에게는 누가 어떤 말을 하더라도 너는 흔들리지 말고 이의를 지켜야 한다는 유언을 남겼다고 했습니다. 하지만 그것은 매우 허망한 선조임금의 바람에 불과한 것이었지요. 이미 날아갈 곳이 예고된 화살촉은 빗나갈 일이 없을 테니까요. 공주님의 모친인 인목대비의 당시 염려와 두려움이 마치 현시대의 상황처럼 생생하게 느껴질 정도입니다. 광해군이 어좌에 오른 순간부터 인목대비와 공주님 남매의 안위는 그야말로 풍전등화와도 같은 형편으로 전락하고 말았을 테니까요. 선조임금이 승하한 다음 날에 지체하지 않고 광해군의 즉위를 거행케 한 것도 인목대비의 뜻이었지요.

광해군의 우려와 염려를 불식시키기 위해 이 나라의 임금은 바로 광해군인 것을 명백히 인정한다는 표시였던 것이지요. 어린 영창대군을 지켜야 하는 모성과 책무가 무엇보다도 절실했을 테니까요. 영창대군을 왕위에 올리고 싶었던 한 가닥 갖고 있던 내심의 소망도 선조임금이 세상을 떠난 순간 바람처럼 사라져버렸겠지요. 이십 대 중반의 나이에 사리를 분간하기에 아직 어리기만 했던 공주님 남매를 데리고 당신보다도 아홉 살이 많은 광해군의 시대를 맞이해야 했던 인목대비의 암울한 심정을 어느 누가 온전히 헤아릴 수 있었겠습니까. 단지 거세게 밀려든 인목대비의 두려운 현실이었을 뿐이었겠지요.

◇ ◇ ◇

인목대비를 비롯해 영창대군의 안위를 염려하던 사람들의 우려는 끝내 현실이 되고 말았지요. 운명은 가혹했고 권력은 비정하기만 했습니다. 조정의 반대 세력과 영창대군을 제거하기 위해 대북파가 일으킨 칠서의 옥은 절대 빠져나갈 수 없었던 강한 덫이나 다름없었지요. 호시탐탐 기회를 노리고 있던 대북파의 이이첨과 정인홍 등은 영의정을 지낸 박순의 서자 응서 등 일곱 명의 서자들이 상인을 죽이고 은 수백 냥을 약탈한 강도 사건을 역모 사건으로 위조했던 것이었습니다. 은 약탈은 역모를 일으킬 무신들을 끌어들이는 데 필요한 자금 때문이었다며 박응서 등에게 허위자백을 강요하고 회유한 것이었지요.

역모에 성공하면 영창대군을 옹립하고 인목대비에게 수렴청정을 맡기려 했다는 거짓 자백까지 받아냈지요. 광해군이 친국을 하기까지 했는데 공주님의 외조부인 인목대비의 친정아버지 김제남을 끌어들여야 사건의 위조가 완성될 수 있는 것은 불을 보듯 뻔한 것이었지요.

광해군을 아들로 삼은 의인왕후의 능에 김제남과 인목대비가 무당을 보내 저주행위를 했다는 증언까지 더구나 보태졌는데 어떻게 빠져나갈 수가 있으며 무사할 수가 있었겠습니까.

김제남과 세 명의 아들 그러니까 공주님의 외숙들인 인목대비의 남자 형제들까지 사사를 당했으며 급기야 공주님의 남동생인 영창대군은 역모를 꾀한 역도들이 임금으로 옹립하려 했다는 거짓 혐의를 쓰고 폐서인이 되어 강화도 교동도에 위리안치되고 말았지요. 하지만 채 일 년도 되지 않은 다음 해 음력 2월에 영창대군은 의문의 죽임을 당했지요. 참으로 비애스러운 숙명이 아닐 수가 없는, 영창대군의 그때 나이는 겨우 여덟 살이었지요. 소식을 전해 들은 인목대비의 비통함을 어느 누가 온전히 헤아릴 수 있었겠습니까. 당시 열한 살이었던 공주님도 모든 정황을 판단할 수는 있었겠지요. 믿고 싶지 않은 사실에 인목대비와 공주님의 처절한 통곡 소리가 궁궐 밖 멀리까지 퍼져나갔겠지요. 아니 어쩌면 통곡조차 마음껏 하지 못했으리라는 생각마저 듭니다. 형언할 수 없는 분노와 슬픔조차도 제대로 표출할 수 없는 그야말로 가슴이 돌덩이에 짓눌려있는 상태나 마찬가지였겠지요.

방에 가둔 채 불을 땐 증살이든 아사든 병에 걸려서였든 영창대군은 광해군이 죽인 것이었습니다. 어린 아우를 섬에 보내 죽게 하였으니 비통하기 이를 데 없다며 자책한 것과 영창대군의 죽음은 자신의 탓이라며 대군의 예로 후하게 장사지내도록 전교를 내린 것이 무슨 의미가 있는 것인지요. 그저 역겨운 위선이었을 뿐이지요. 광해군의 속뜻을 받들어 하루라도 빨리 영창대군을 저세상으로 보내려 작심한 강화부사와 별장은 밥을 먹지 못하도록 흙을 섞고 음식에 잿물을 넣기도 하였다지요. 엄동설한에 불을 넣지 않은 냉골 방에 내내 앉아있을 수 없던 영창대군은 수시로 마당으로 나와 어머니를 한번 보고 싶다며 하늘을 향해 간절히 빌었다 했습니다. 어린 대군이 차마 견딜 수 없었던 나날의 장면들이 그 당시처럼 지금 저의 눈앞에 떠오릅니다. 가혹한 기억을 들추어내어 공주님에게는 너무도 죄송하나 광해군의 잔악함에 치솟는 분기가 좀처럼 가라앉지를 않습니다.

◈ ◈ ◈

예정된 비극이었다 해도 어찌 그처럼 비정할 수가 있는 것인지요. 적장자인 영창대군이 태어나 성장해가는 모습이 광해군으로서는 청천벽력이며 위협적인 존재로 여겨졌다 해도 그처럼 어린 이복동생의 목숨까지 거두었어야 했는지 그 패악한 심사를 실로 혐오하지 않을 수가 없습니다. 무엇이 그토록 두려워 더는 이 세상에 존재하는 것조차 용납할 수 없었는지 저는 실로 이해할 수가 없습니다. 후궁소생으로 왕세자가 되어 왕위를 승계받은 것에 대한 자격지심의 발로와 권좌를 빼앗길지 모를 두려움 때문이었다 해도 차마 어찌 그럴 수가 있다는 것인지요. 권력을 쟁취하고 지키기 위한 무참하고 비정한 속성으로는 못 할 짓이 없다 해도 말입니다. 그로 인해 인목대비는 당신의 목숨보다도 소중한 아들인 영창대군을 잃었습니다. 대비전에 감금된 채로 숨죽여 지내다가 영창대군이 죽었다는 소식을 전해 들었겠지요.

당시 인목대비의 절통은 감히 헤아릴 수도 없을 것 같습니다. 가슴이 무너져내릴 공간도 더는 남겨있지 않았을 테니까요.

침묵 속에서 응고된 인목대비의 애통을 딸인 공주님만이 느끼며 함께 세월을 견디었겠지요. 내색할 수 없는 처지였어도 광해군에 대한 인목대비의 증오심은 가늠할 수도 없을 만큼 커져만 갔겠지요. 그때 인목대비에게는 미력한 지지세력조차도 없었을 테지요. 어린 영창대군이 역모죄를 뒤집어쓴 직후 친정아버지 김제남과 남자 형제들이 사사 당하면서 집안은 이미 풍비박산이 나고 말았으니까요. 임금인 광해군을 떠받치고 있던 대북파가 왕실의 최고 어른인 왕대비 자리에 인목대비를 계속 앉혀둘 리는 만무했지요. 광해군은 대북파의 성화와 조정의 대세 여론에 떠밀린듯한 모양새를 취하며 결국 인목대비를 후궁 격인 서궁으로 강등시켜 완전히 가두는 것이나 다름없는 유폐를 시켰지요. 그곳은 다름 아닌 경운궁의 석어당으로 그때부터 서궁으로 불리기 시작한 지금의 이곳 덕수궁이었지요.

의지할 사람 하나 없는 인목대비와 공주님이 실로 얼마나 두렵고 서럽고 고통스러웠을지는 떠올려볼 필요조차 없을 것 같습니다. 하루하루 그 세월 들을 견디며 지내셨을 것을 생각하면 절로 가슴이 먹먹해질 정도입니다. 그저 단둘인 모녀가 서로를 의지하며 숨을 쉬었겠지요. 어머니인 인목대비의 무참한 심정을 위무해 주려 총명한 공주님이 나름으로 얼마나 애를 썼을지는 짐작이 되고도 남습니다. 참으로 그 세월을 잘 견디셨기에 훗날에 평안한 일상을 누릴 수 있었고 또 저의 집안의 선대 할머니가 되신 것이었지요.

사람의 마음이란 것이 그러한 것처럼 나이는 어렸다 해도 적장자인 영창대군을 세자로 올리고 싶은 인목대비의 바람은 간절했겠지요. 그러했음에도 영창대군을 대놓고 지지했던 영의정 유영경과는 달리 광해군의 왕위계승을 지지하며 결코 다른 뜻이 없음을 분명히 밝혔지요. 그래서였던지 광해군은 겉으로는 대북파의 폐모론에 반대하는 듯했지요. 하지만 위선적인 처세술이었을 뿐 실제로는 폐모론을 반대하는 이들을 온갖 다른 이유를 갖다 붙여 귀양을 보냈고 폐모론을 주장하는 대북파에게 계속 힘을 실어주었지요. 심지어 폐모론의 정당성을 확립하려 세론을 조작하여 민의인 것처럼 꾸미기까지 했으니 어떤 말을 더할 수 있겠습니까. 인목대비와 광해군의 형식적인 모자 관계가 참으로 무슨 의미가 있었겠습니까! 인목대비의 마음속에서는 백번, 천번을 이미 끊어낸 인연에 불과하였겠지요.

하늘은 광해군의 패륜을 지켜보고만 있지 않았지요. 어머니를 폐하고 동생을 죽인 폐모살제는 결국 광해군의 몰락을 가져오게 되었으니까요. 광해군과 대북파의 전횡에 크게 불만을 품은 반대 세력과 선조 임금의 다섯 번째 아들인 정원군의 아들 능양군이 힘을 규합하여 반정을 일으켰지요. 친형인 임해군을 유배 후에 독살하고 어린 이복동생인 영창대군 또한 유배를 보낸 후에 목숨을 빼앗았으며 비록 형식적인 관계였다 해도 엄연히 어머니인 인목대비를 서인으로 강등하여 경운궁에 유폐시키는 패륜을 저질렀지요. 그것만으로도 광해군을 축출하기에는 충분한 명분이 될 수 있었겠지요.

조카인 능양군이 앞장서 반정에 나선 것은 광해군에 의해 살던 집을 반강제적으로 빼앗긴 후 아버지 정원군이 화병으로 세상을 떠난 것과 아우 능창군이 역모죄를 뒤집어쓰고 죽임을 당한 원한 때문이었지요. 생각해 보면 반정은 필연적일 수밖에 없었을 것 같습니다. 서인이 주축이 된 반정 세력은 능양군을 앞세우고 도성 서북쪽의 창의문을 통해 창덕궁으로 향했지요. 훈련대장과 궁궐의 수비대장까지 이미 포섭되어 반정군에 합류하였기에 예상대로 정변은 수월하게 성공을 거두었지요.

후궁들과 연회를 벌이던 광해군은 후원 문을 통해 의관 안국선의 집으로 피신했으나 곧바로 붙잡히고 말았다 했습니다. 그 직후에 반정을 성공시킨 세력들이 사실을 알리려 서궁으로 왔을 때 인목대비는 반정을 선뜻 믿지 않았고 창덕궁으로 행차하기를 청했음에도 받아들이지 않았다고 했습니다. 오랜 유폐 생활로 인해 사람에 대한 믿음의 결여 때문이 아닌가 하는 생각이 들었습니다.

공주님은 누구보다도 그날의 상황을 생생히 기억하고 계시겠지요. 능양군이 인목대비를 친히 뵙기 위해 말을 타고 경운궁으로 갈 때는 군사들에게 사로잡은 광해군을 떼 매어 따르게 하였지요. 광해군의 수모와 고초가 결국 시작되었던 것이었지요. 그걸 보고 환호성을 울리며 반색하는 도성 민인들도 있었다 했습니다. 경운궁의 석어당 앞에 엎드린 능양군은 혼란 중에 일이 많고 겨를이 없어 지금에야 비로소 왔으니 황공하기 그지없을 뿐이라며 통곡하였다 했습니다. 만감이 교차했을 인목대비와 능양군은 왕실의 가계로 따지면 할머니와 손자 관계였지요. 그처럼 왕실의 최고 어른이면서 광해군에 의해 아들을 잃고 긴 세월 동안 핍박을 받았던 인목대비에게 손자인 능양군은 더할 수 없는 동질감을 느꼈겠지요. 더구나 왕권의 정통성을 인정받기 위해서라도 인목대비를 높이 받들어야 했을 테니까요.

굳게 입을 닫고 있던 인목대비가 꺼낸 말은 몹시 거칠었다 했으나 그 심정은 백번을 이해할 수 있을 것 같습니다. 광해군 부자의 머리를 가져오라 하며 그 머리와 살점을 씹고서야 광해군의 폐위 교지를 내리겠다 하였다지요. 아들까지 언급한 것은 영창대군처럼 광해군의 아들도 죽어야 공평하게 된다는 뜻이었겠지요. 광해군에 대한 인목대비의 적개심이 참으로 어떠했을지 짐작이 되고도 남을 정도입니다. 석어당의 마당에 무릎 꿇은 채 떨며 처분을 기다리고 있던 광해군의 심정은 굳이 가늠해 보고 싶지도 않습니다. 인목대비는 능양군에게 어보를 전달한 후에 폐인 광해군은 천지 사이에서 대역부도한 짓을 하여 하늘에 큰 죄를 진자이니 대신들과 조정은 폐주라 부르지도 말라고 엄명했지요. 그러면서 광해군에게 당한 원한을 갚아주기를 능양군에게 간절히 청하였다 했습니다.

'한 하늘 아래 같이 살 수 없는 원수이오. 참을 만큼 오래도록 참았으니 내가 친히 그들 부자의 목을 잘라 영령에게 제사를 지내고 싶소. 십여 년을 유폐되어 살면서 지금까지 내가 죽지 않은 것은 바로 오늘 같은 날을 기다려서였소. 통쾌히 원수를 갚고 싶소'라며 담아두었던 한 서린 심정을 능양군에게 토로했다 했습니다. 반정 세력들은 혹여 예상 못 한 뜻밖의 반란이 있을까 우려하여 바로 즉위식을 진행하고자 했고 그에 인목대비는 선왕인 선조임금이 이곳에 머물던 때 일을 보시던 곳이라며 별당에서 즉위식을 거행토록 하였지요. 직접 반정에 앞장선 능양군은 그렇게 임금의 자리에 오르게 되었고 인목대비는 즉위 교서를 내려 반정이 정당함을 알렸다 했습니다.

광해군에 대한 인목대비의 원한은 교서에도 깊게 서려 있었지요. 광해는 참소하는 간신의 말을 믿고 시기 의심하여 내 부모를 형살하고 내 종족을 어육으로 만들고 품 안의 어린 자식을 빼앗아 죽이고 나를 어미로 삼지 않았으며 긴 세월 동안 나를 유폐하여 곤욕을 주는 등 인륜의 도리라곤 다시 없었다면서 이는 선왕에게 품은 감정을 펴는 것이라고까지 적의를 가졌다 했습니다. 광해군에 의해 어린 아들과 친정아버지와 형제들을 잃은 인목대비의 사무친 감정은 광해군이 숨을 쉬며 살아있는 한 아니 당신의 살아생전에 어찌 가라앉을 수가 있겠습니까. 절대 그럴 수는 없었겠지요.

◈ ◈ ◈

인조반정 사흘 만에 부마간택이 시작되었지요. 살아있는 것조차 지극히 조심해야 했던 오랜 기간의 유폐 생활로 인해 혼기를 놓친 공주님의 혼례 때문이었습니다. 인목대비로서는 스물한 살이던 공주님의 혼사를 더는 미룰 수 없었겠지요. 재간택을 거쳐 중추부동지사 홍영의 아들인 풍산홍씨 홍주원을 부마로 간택하였지요. 바로 저의 문중의 선대 할아버지이시지요. 당시 부마의 나이는 공주님보다도 세 살이 적었다 했습니다. 빛도 들지 않는 동굴 속에서 숨죽여 갇혀 지낸 것과 다름없는 고통스러웠던 시절이 끝나고 인연을 맺은 한 남자와 혼례를 치르게 된 것이었지요. 공주님의 그때 심정이 몹시 궁금하기만 합니다. 모친인 인목대비의 곁을 떠나야 하는 것은 한편으로 마음 아픈 일이었어도 기쁜 마음이 더 크셨을 것으로 저는 미루어 짐작되고 있습니다.

존호가 복원된 인목대비는 유폐 생활을 했던 서궁을 떠나 창덕궁으로 들어가셨다 했습니다. 만감이 교차했을 인목대비의 심정이 고스란히 느껴지고도 남습니다. 임금이 된 능양군 인조는 명분상 반정의 정당성과 집권의 정통성을 세워준 인목대비를 높이 모시고 우대하고자 노력했지요. 왕실의 어른을 제대로 모시며 광해군과의 차별성을 드러내고 싶기도 했겠지요. 또 광해군으로부터 핍박을 받았던 동질감의 이유도 얼마쯤 있었겠지요.

어쨌든 긴 고통의 세월을 견딘 보람을 정말 실감했을 것 같습니다. 인조임금은 공주님에게 많은 재산을 하사하고 혼인하여 살집도 경복궁과 창덕궁 사이에 있는 안동 별궁에 친히 마련해주셨다 했습니다. 공주님의 궁궐 출입에 불편함이 없도록 하려는 배려였겠지요. 그렇게 10여 년의 행복한 나날들이 지속되었으나 인목대비의 건강은 날로 나빠져 갔다고 했습니다. 인조임금은 그러한 인목대비의 마음을 기쁘게 해주기 위하여 대비의 사위이며 공주님의 부군인 홍주원의 품계를 높여주었다 했습니다.

인조임금은 소현세자와 번갈아 가며 인목대비의 간병을 직접 했다 했습니다. 하지만 인명이 어찌 사람의 뜻으로 좌우될 수 있었겠습니까. 공주님과 영창대군의 모친인 인목대비는 마흔아홉의 나이로 인경궁에서 그렇게 세상을 떠나셨지요. 실로 저주했던 광해군보다 먼저 세상을 떠나는 것이 일면 억울했을 터여도 그때는 미련 없이 저세상으로 훨훨 날아가 어린 나이에 먼저 세상을 떠난, 그토록 보고 싶었던 영창대군을 만났겠지요. 그리고 따스한 어미 품에 안아 주었겠지요.

인목대비가 세상을 떠난 직후부터 인조임금은 원인을 알 수 없는 병으로 자주 몸이 아팠다고 했습니다. 의심이 심했던 인조임금은 인목대비가 살아있었을 적에도 혹 자신을 폐위하고 다른 누군가를 임금으로 옹립하려 하는 것은 아닐까 은근한 의심을 떨치지 않았다 했습니다. 인목대비가 세상을 떠난 뒤에는 공주님이 자신을 저주한다고 여기며 있지도 않은 저주 물건을 찾게 하는 등 대놓고 공주님을 핍박하기 시작하였지요. 반정의 정당성과 명분을 얻기 위해 인목대비를 높이 모시고 대우했으나 대상이었던 인목대비가 세상을 떠나자 곧 돌변한 것이지요. 공주님까지 극진히 떠받들 필요는 없다고 여겼을 테니까요. 최명길 등 집권세력인 서인들이 공주님을 적극 옹호를 하였다 해도 그때부터 공주님은 있어도 없는 듯 지난 시절처럼 도로 숨죽이고 살아가야 했겠지요.

인조임금이 세상을 떠나고 나서야 공주님은 비로소 온전히 평안한 날들을 맞이할 수 있었다 했습니다. 의심과 무고로 옥죄어졌던 인고의 숨 막혔던 17년간의 세월이 흘러간 것이지요. 유폐 생활을 했던 서궁 시절까지 합한다면 40여 년의 참으로 긴 세월이었던 것이지요. 공주님을 종친의 큰 어른으로 높여 받들었던 숙종임금의 뜻은 진심이었던 것 같습니다. 비운의 긴 세월을 꿋꿋이 견딘 하늘의 보살핌이 아니었을까 하는 생각이 들기도 합니다. 그 후로는 내내 순탄한 날들이 이어졌으니까요. 그렇게 사십여 년이 넘도록 순탄하고 행복한 세월을 사셨던 것을 생각하면 후손인 저의 마음도 실로 기쁘기가 그지없습니다. 7남 1녀를 두어 아들들은 조정에 출사하고 후손들도 크게 번창해 나갔으니 더 바랄 것이 없었겠지요. 공주님의 기원과 가문의 가르침을 후손들이 가슴 깊이 새겼을 테니까요.

공주님이 80세가 되던 해에 막내아들 홍만희에게 써준 글을 가문의 후손들이라면 읽어보지 않은 사람은 없을 것입니다. '내가 원하건대 너희가 다른 사람의 허물을 들었을 때는 마치 부모의 허물을 들었을 때처럼 귀로만 듣고 입으로는 말하지 않았으면 좋겠다. 다른 사람의 장점과 단점을 입에 올리고 법령을 망령되이 시비하는 것을 나는 가장 싫어한다. 내 자손들이 차라리 죽을지언정 경박하게 말하지 않았으면 좋겠다. 그런 말이 들리지 않기를 바란다' 하지만 후손으로서 저는 부끄러움과 죄책감에 몸 둘 바를 모르겠습니다. 다만 공주님께서 왜 이와 같은 글을 써주었을지 참뜻을 이해할 수는 있을 것 같습니다. 자손들과 후손들이 말의 시비와 허물없이 단정하고 평탄하게 살아가기를 바라는 마음에서라는 것을 말입니다.

인고의 세월만큼이나 그 후로 오래도록 행복한 날들을 사셨던 공주님은 천수를 누렸고 여든셋의 나이로 세상을 떠나셨지요. 숙종임금은 공주님의 영서에 최상의 예우를 다했으며 공주님과 동시대를 함께 살았던 서인의 영수 송시열은 '공주는 부인의 존귀함에 걸맞게 겸손하고 공손하며 어질고 후덕해 오복을 향유했다'라고 묘지 글을 썼다 했습니다. 고귀하고 겸손하며 온유한 공주님의 성정을 표현한 것으로 더할 수 없을 만큼 합당한 평가란 생각이 들기에 충분했습니다. 병자호란이 일어나 강화도로 피난 가 갑곶나루를 건너려 할 때 공주님의 짐을 실은 배에 피난 온 백성들이 몰려와 서로 올라타려 아우성을 치자 아랫사람들에게 짐을 다 내리게 하고 백성들을 먼저 태우라 하셨다지요. 백성들의 칭송이 아니라 해도 공주님의 품성이 어떠한 분이신지 선연히 느껴지고 있으니까요.

조선의 공주로서 선조임금과 인목왕후의 적녀로 영창대군의 누이로 그리고 저의 가문의 선대 할머니가 되시는 공주님의 유폐 세월과 생애 끝자락이 저의 뇌리를 유유히 스쳐 흘러갑니다……. 빗물에 젖은 궁궐의 기와지붕에 공주님이 견디었던 난세의 길고 긴 유폐 세월과 그 후로 행복했던 날들이 깊이 흡인되어있는 것만 같습니다……. 속수무책 빠져들었던 최면에서 벗어나듯 그는 궁궐을 향해두었던 시선을 천천히 거두었다.

파괴된 몽상

죄의식이 미미한 사람들은 위험이 따르더라도 큰돈을 만지고 싶은 욕망과 유혹을 대개 떨쳐내지 못한다고 그는 생각했다. 영역이 다른 이질감과 범법의 동질감과 무관함이 교차하고 뒤엉키듯 했다. 그의 사무실에 모인 여섯 명은 초등학교 동창들이었다. 전날 동창회 모임 때 내일 따로 만나자는 그의 제안으로 모인 것이다. 서로 내색하지는 않아도 탐색과 견제의 기류가 흐르고 있음은 누구도 부인할 수 없었다. 그중 김준수는 유독 말이 없었다. 유순하고 대체로 조용했던 어린 시절의 모습과 그리 다르지 않았다. 그렇기 때문에 김준수가 마약 제조와 유통 범죄 조직원으로 여러 번의 실형 전과가 있다는 사실이 그는 선뜻 믿기지 않았다. 반전이란 단어가 딱 어울리는 인물이란 생각이었다.

수년 전에 검찰에 검거되었을 당시에 텔레비전 9시 뉴스에 얼굴까지 뚜렷이 나와 동창들은 물론이며 지역 사람들 사이에서도 한동안 김준수에 관한 얘기들이 떠돌고 회자 되었던 것을 그는 생생히 기억하고 있었다. 일 년에 한 번 모임을 갖는 동창회에 김준수가 모습을 드러낸 것은 몇 해만으로 건네 듣기로는 6개월 전쯤에 출소한 것으로 그는 알고 있었다. K시는 서울과 붙어있는 지역이어서 동창들의 생활 주거지는 거의 서울이었다. 해를 거듭할수록 이러저러한 이유들로 인해 동참 모임에 빠지는 인원이 늘어나는 것이 그는 내심 서운했다. 유년의 추억이 빠르게 희미해질 것 같아서였다. 그래선지 몇 해 보지 못했던 김준수가 동창 모임에 참석한 것이 그는 반갑기만 했다.

어제 모임 자리에서 길게 나누었음에도 특정 주제 없는 대화는 마치 여자들의 어수선한 수다처럼 계속되었다. 흘러간 시절의 그리움과 다시 만난 반가움의 토로라고 그는 생각했다. 동창 모임은 동창 모임일 뿐이었다. 익히 알고있어도 그림자에 가려있는 서로의 영역에 관하여는 누구도 선뜻 화제로 꺼내려 하거나 접근하려 하지 않았다. 김준수는 주로 말을 들어주고 웃어줄 뿐 습관인 듯 여전히 말이 없었다. 그는 자신의 의도적인 시선을 김준수가 느끼지 못하도록 조심했다.

마약 범죄야말로 인간을 파괴하는 최악의 범죄로 그는 여겼다. 김준수가 어쩌다가 그런 길로 들어서게 되었는지 도무지 이해할 수가 없었다. 그야말로 일 점도 어울리지 않는 선택이란 생각이 들었다. 타인과 자신을 파멸로 이끄는 참담한 범죄행위를 다시 반복하지 않기를 그저 간절히 바랄 뿐이었다. 불혹에 접어든 나이도 그러하고 자주 얼굴을 맞대며 지내는 처지도 아니어서 섣부른 내색을 할 수는 없었다. 직접 대놓고 생각을 피력할 수 없는 상황이 그는 안타까울 따름이었다. 김준수가 순탄한 삶을 살기를 바라는 그의 마음은 온전한 진심이었다.

초등학교 6학년 어느 날 하굣길에 같은 반이었던 김준수를 몹시 때린 적이 있었다. 방과 후에 축구를 하던 중에 몸싸움이 있었고 완력이 달리는 김준수가 까칠한 언사로 공격하며 덤볐기 때문이었다. 코피가 터지고 그야말로 눈탱이가 밤탱이가 되었건만 부모님과 선생님의 추궁에도 끝내 사실을 말하지 않고 덮었던 김준수는 그의 기억에서 희미해질 수 없는 동창이었다. 김준수의 생각이 어떠할지는 알 수 없으나 어쨌든 그는 오랜 세월이 흘렀어도 미안한 마음을 완전히 떨치지는 못했다. 그가 김준수에게 갖는 마음은 그때의 미안함과 안타까움과 염려였다. 지속해서 연락을 주고받으며 소통하는 사이는 아니었으나 김준수를 무심히 여길 수 없는 이유였다.

⊕ ⊕ ⊕

묵계로 약속이나 한 듯이 낮술이 시작되었다. 어제 오후 내내 술을 마셨음에도 누구도 마다하지 않았다. 복지리와 초밥을 먹자 해 놓고 해물 안주로 술을 마셨다. 파티션으로 가려진 테이블에 앉아 동창들과 마시는 낮술은 흡사 마취 주사처럼 모든 것을 잊게 하기에 충분하다고 그는 생각했다.

—제대로 큰 것 한방 작업하고 미련 없이 접어야겠어!

느닷없이 불쑥 쏟아낸 강창민의 토로는 누가 들어도 자기 다짐이었다. 일순 강창민에게 눈길이 쏠렸다. 이 친구 왜 이러는 거야 하는 표정들이 정지화면처럼 멈추었다. 위험천만한 일에 몸을 사리지 않고 달려들었건만 지금껏 이 모양인 자신이 참으로 한심하고 못났다며 강창민은 따갑게 자학하기까지 했다.

─작업을 크게 한 번 하겠다는 거야?

주위를 경계하듯 은밀하게 물은 것은 한상규였다. 눈빛에는 호기심이 짙게 서려 있었다.

─…….

강창민은 대답하지 않았다.

─작업 방법이 관건이겠지!

한상규의 호기심은 작업의 위험성까지 앞서나갔다. 강창민의 고백 같은 토로는 술기운에 의한 자율신경의 이완 상태 때문으로 그는 여겼다.

─어쨌든 조심해야지!

얼굴을 잔뜩 찌푸린 이경태의 미간에 주름이 잡혔다. 일이 커지면 그에 따라 위험성도 당연히 커지는 만큼 일이 잘못되었을 경우의 결과를 동창으로서 걱정하는 것은 당연했다.

─경태 사업과도 연결될 수 있는 것 아닌가!

한상규의 안면에 옅은 웃음기가 번졌다. 이경태와 강창민은 동시에 한상규를 째려보았고 모두 한상규를 곱지 않은 시선으로 바라보았다. 이경태는 중앙로의 중심상가에서 골프용품점을 운영하고 있었다. 바른생활 사나이라고 할 만큼 생각 자체부터 그릇된 일과는 거리가 먼 이경태이기에 의도적인 말장난 혹은 말실수였다 해도 한상규는 따가운 눈총과 질타를 받아 마땅했다. 한상규는 슬그머니 일어나 화장실로 향했다. 어느 그룹이건 한상규와 같은 성향의 인물이 대개 끼어있는 법이라고 그는 생각했다. 반면 오기가 발동한 듯 강창민은 한발 더 나아가 거침없이 경험담을 쏟아내기 시작했다.

―내가 보따리 장사로 시작했었잖아. 인천에서 배 타고 중국으로 건너가 세관 통과할 수 있는 양만큼 주로 농산물을 가져왔는데 몇 년 그 일을 하다 보니 감질이 나더라고. 그리고 그런 일을 하다 보니 이런저런 사람들을 만나게 되고 또 여러 얘기들을 듣게 되면서 서서히 밀무역에 눈을 뜨게 된 거지. 돈이 되는 물건들을 관세 없이 들여오고 내보내면 당연히 큰돈이 들어오게 되니까 자연스레 짜릿한 스릴과 돈에 중독이 되더라니까!

자신의 이야기에 집중하는지를 확인하듯 강창민은 동창들의 표정을 살펴보기까지 했다.

―대단해!

화장실에 다녀와 자리에 앉은 한상규는 과하게 감탄을 했다.

―그래도 나는 사람들을 해치는 물건들은 절대 취급하지 않지. 그건 최소한의 내 양심이니까!

강창민은 양심을 언급하기까지 했다. 그는 반사적으로 김준수를 흘깃 쳐다보았다. 달리 표정의 변화는 없었으나 필시 심란하고 언짢은 기분일 것이라고 그는 짐작했다. 다만 강창민이 본인 이야기를 하는 것에 도취 되어 그런 것일 뿐 딱히 김준수를 의식하고 그런 말을 꺼낸 것은 아닌 것 같다는 생각도 했다.

―돈을 만지는 것과는 별개로 그 행위 자체로 스릴을 느끼게 된다는 거잖아?

건축자재 상사를 운영하는 유정호는 이해할 수 없다는 듯 뜨악한 표정을 지어 보였다. 일이 잘못되면 물건에 따라서 엄청난 금전적 손해는 물론이고 대개는 징역형에 처해 지는 그런 일을 하며 스릴을 느낀다는 것이 자못 못마땅한 듯했다.

―믿기지 않겠지만, 나중에는 그렇게 되더라니까!

유정호의 언짢아하는 심사를 얼핏 느낀 것 같기는 했으나 강창민은 전혀 아랑곳하지 않는 기색이었다.

―지금 말한 대로 마지막 작업이 성공한다면 정말 그 일은 접는 게 맞겠지!

이경태의 진중한 당부는 자리를 함께하고 있는 동창들을 대표해서 건넨 것만 같았다.

―상상을 초월하는 별의별 기발한 방법들을 동원하잖아. 개인 사물에 또 몸에 숨긴 채 공항이나 항만을 통과하려는 아마추어들부터 국제택배에 또 양이 많거나 물건이 크면 다른 물건으로 위장하여 컨테이너를 활용하기도 하지만 이제는 세관 단속방법이 한 수 위라니까. 사람이 직접 갖고 들어오는 것은 성공률이 낮고 설사 성공한다 해도 소량일 수밖에 없어서 조직화되지 않은 초보들이 주로 쓰는 방법일 뿐이지!

―그런 물건들을 직접 갖고서 들어오다가 적발되는 사례들도 많던데 아마도 그 사람들은 복불복이라 생각하는 것일 거야!

한상규는 필로폰 등을 지칭하는 마약을 그런 물건이라 지칭했다. 김준수의 입장을 헤아린 것인지 알 수는 없으나 어쨌든 은유적으로 표현한 것은 다행이라 그는 생각했다.

—적발되지 않으리라는 무모한 바람일 뿐이야. 그야말로 눈앞에서 돈은 아른대는데 달리 방법은 없기 때문이지. 조직이 형성되어 움직이는 게 아니니까!

강창민은 주체할 수 없이 밀려들었었던 욕구와 갈등으로 힘들었던 자신의 경험을 떠올린 것 같았다.

—조직화된 방법들에 대해 한번 얘길 해줘 봐!

돌려 말하지 않은 한상규의 표정에 흥미로운 궁금증이 그대로 드러나 있었다. 그러자 강창민의 입으로 모두의 눈길이 쏠렸다. 그리 당황하는 기색은 아니었으나 강창민은 순간 갈등을 겪는 듯했다. 그러면서 다소 과하다 싶을 만큼 좌우로 고개를 비틀어대며 목운동을 하듯 했다. 무언가를 결심했을 때의 습관적인 몸짓이었다.

—세관 직원들을 매수할 수만 있다면 그보다 확실한 방법은 없겠지. 하지만 이제는 그게 불가능해. 예전에는 밀수조직과 결탁했다가 적발되면 옷 벗고 나가는 것으로 사건이 대개 종결되었어도 지금은 어림도 없는 일이야. 파면은 당연하고 기소되어 재판받고 거의 징역형을 살게 되니까 달콤한 돈의 유혹에도 넘어가지를 않는 거야. 이제는 한물간 방법도 아닌 옛날이야기에나 나올법한 것이지!

—세상이 많이 변했다는 것이 맞네. 지금도 은밀히 그런 방법이 이뤄지는 줄 알았는데 말이야!

강창민의 이야기에 끼어든 한상규는 몹시 흥미를 느끼는 듯했다.

─공해 상에서 서로 배를 붙여대고 물건을 옮기는 것은 해경 레이더에 백 퍼센트 포착되기 때문에 아주 위험한 방법이야. 그리고 바다에 물건을 내려놓는 일명 던져주기 방법도 있는데 시간 타이밍을 빠르고 정확히 서로 맞추지 않으면 물건에 따라 바다에 가라앉거나 떠내려가 버릴 수가 있지. 부표를 띄우면 좋겠지만, 해경 단속에 노출되어 위험하기가 그지없지. 지금도 여전히 그 방법으로 거래하는 조직들이 있긴 한데 우리는 선호하지 않는 방법이야!

─드론을 띄워 물건을 주고받는 것도 괜찮은 방법이 아닐까!

한상규는 본론을 재촉하는 대신에 미끼를 던져놓듯 하고 슬쩍 강창민의 눈치를 살폈다.

─중국 쪽 밀수조직과 거래를 할 때는 어선을 타고 나가 실제로 조업을 한다니까. 중국 쪽에서도 조업을 나오는 거지. 좌표를 찍는 작업이 우선 중요하기 때문에 서로 간에 계속 긴밀히 연락을 주고받으며 서로 배의 위치를 정확히 확인하는 거지. 그런 다음에는 물건을 실은 초소형 반잠수정을 중국 배에서 바다에 내려 우리 쪽 배까지 침투하듯 은밀히 다가와 우리 그물에 물건을 넣어주는 방법인 거야…….

─그거 정말 대단한데!

한상규는 달뜬 기색으로 경탄을 금치 못했다. 흡사 돈다발을 거머쥔 사람을 눈앞에서 보고 부러움의 탄성을 내지른 것 같았다. 조만간 강철민이 속한 밀수조직에 가담이라도 하고 싶은 기분을 느낀 것처럼 보였을 정도였다.

─그렇지만 그 방법은 양이 많거나 부피가 큰 물건들은 적합하지 않고 골드바나 보석 같은 것을 밀거래할 때는 아주 최상의 방법이지!

강창민은 목소리를 낮추지도 않은 채로 할 말을 다 해 놓고서는 누가 들었을까 싶다는 듯 주위를 흘깃거렸다. 그는 강창민이 분명 술에 취했다고 여겼다. 강창민이 밀수 일을 하고 있음은 모두가 알고 있으나 본인 입으로 그 일에 관해 세세히 꺼내놓은 것은 처음이었기 때문이었다.

─신기술이나 다름없는 거네!

일말의 흥미인지 조롱인지 알 수 없을 만큼 유정호의 어감은 애매하기만 했다.

─그런 것이라고 할 수 있지. 이제 활용하기 시작한 방법이니까!

유정호의 말뜻이 어떤 의도이든 강창민은 전혀 개의치 않는 기색이었다. 기민한 감각은 작업 과정에서 필요할 뿐이라고 생각하는 듯했다.

─그 방법을 이용해 성공한 적이 있는 거야?

우려와 호기심이 중첩된 이경태의 물음은 모두가 궁금해하는 사항이기도 했다.

─3개월 전에 그 방법으로 처음 작업을 했어. 골동품 업자로부터 의뢰받은 건이었는데 정상적인 통관으로도 중국에서 반출이 안 되는 물건이었지. 그게 뭐였냐 하면 청나라 때 만들어진 희소 금속 장신구와 백자들이었으니까. 그 건은 운반비만 받은 것이기 때문에 큰돈을 벌지는 못했었지. 정말이지 해경이나 세관 쪽으로 정보만 새어나가지

않는다면 지금까지 해왔던 방법 중에서는 최고야!

몸에 밴 습관인 듯 강창민은 주위를 슬쩍 살폈다. 그러면서 작업이 만족스러웠다는 뜻으로 머리를 몇 번 주억였다. 그런 강창민이 술이 깨고 나면 필시 후회할 것으로 그는 여겼다. 초등학교 동창들을 만나 낮술을 마시고 있는 탓에 평소의 긴장감이 급격히 풀어졌을 것으로 이해하고는 있으나 다소 세밀한 설명은 어떠한 경우에라도 불필요하다는 생각이 들어서였다.

⟡ ⟡ ⟡

자기과시가 지나친 것은 심각한 고질병과도 같았다. 노포로 유명한 돼지갈비 식당으로 옮겨진 술자리는 계속 이어질 태세였다. 밀무역의 마지막 승부수를 던져 크게 한탕 하겠다는 강창민의 각오가 한상규에게는 은근한 자극이 된 듯했다. 레벨의 우월감을 의도적으로 드러내어 적어도 김준수나 강창민이 하는 일과는 차원이 다른 것을 확인시켜주려 했다.

―저비용이나 무료로 시민들을 치료해 주는 게 도대체 뭐가 잘못이라는 거야. 상을 주지는 못할망정 범죄자 취급을 하는 게 말이 되는 거냐고. 나는 시민 건강에 이바지하고자 했던 의료 사업자였다니까!

한상규는 사뭇 억울한 표정을 지으며 목청을 높였다. 하지만 동창들의 눈에는 그저 황당한 오버액션으로 보일 뿐이었다.

―그때 2년 살았었나?

직설적이었으나 강창민의 물음은 의도적인 공세로 여겨지지는 않았다.

—그랬었지!

수년간 사무장병원을 운영하다가 적발되어 구속되었던 한상규는 시간이 지났음에도 잘못을 전혀 인정하지 않은 채 억울해했다. 돈을 좇아 험난한 길을 마다하지 않는 것은 다르지 않아도 자신의 사업수준이 다름을 내비치며 은근히 부각하려 했다.

—어쨌든 의사 아닌 사람이 병원을 운영하는 것은 불법이고 그게 문제가 되는 것이겠지!

한상규의 양심이 몹시 불량하다는 생각에 그의 억양은 매끄럽지 못했다. 그의 말이 틀리지 않았음에도 한상규는 기분 상한 눈빛으로 그를 흘깃 쏘아보듯 했다. 버스회사를 운영했던 예전만은 못하다 해도 한상규는 상당히 재력 있는 집안의 막내였다. 외모와 체구가 지극히 평범한 한상규와는 달리 한상규의 큰형은 거구에 젊은 시절부터 지역에서 이름깨나 날리는 건달로서 한상규의 공식적인 뒷배인 것은 모두가 아는 사실이었다.

—의사만이 병원을 운영해야 한다는 의료법이 잘못된 것이라니까. 진료는 의사가 하고 운영은 사업가가 할 수 있는 거잖아. 그게 왜 문제가 되는 거냐고!

여전히 이해할 수 없다는 듯 한상규는 의료법을 들먹이기까지 했다. 본질의 호도가 따로 없다고 그는 생각했다. 의료법 위반을 따진다는 것 자체가 그야말로 적반하장이며 어불성설이었다. 불필요한 과도

한 치료와 나이롱환자 유치를 넘어 허위환자까지 만들어 수익을 극대화하려는 사무장병원의 행태가 크나큰 문제였다. 일반외과 전문의를 고용하여 한상규가 운영했던 병원은 실상 법인 병원이 아닌 의원이었다. 그런데도 환자 내원 수는 웬만한 작은 병원급을 능가할 정도였다. 가벼운 내, 외과적인 치료도 하였으나 주로 고가의 영양제 주사 등 건강 관리 차원의 비보험적인 운영 방식은 지역에서 소문이 자자했었다.

—국회의원들을 잘 설득하여 의료법을 바꾸면 되겠네!

어조는 담담했으나 이경태의 말은 조롱으로 들리기에 충분했다.

—그런 식으로 꼭 말을 해야 속이 편해지는 거야?

빈정 상한 기색을 노골적으로 드러낸 한상규는 사납게 이경태를 노려보았다. 예전부터 왠지 두 사람의 관계가 그리 매끄럽지 못한 것은 동창들 모두가 익히 알고 있는 사실이었다. 만약 이경태가 아닌 다른 누군가였더라면 한상규가 그리 거슬리게 받아들이지는 않았을 것이라고 그는 생각했다.

—틀린 말도 아닌데 뭘 그래!

—그것도 지나치면 질병이야!

—너 지금 뭐라 했어!

이경태는 발끈하며 상체를 앞으로 내밀었다.

—그만들 해! 오랜만에 이렇게 만났는데 뭐 하자는 거야.

그는 자칫 몸싸움으로 이어질 수 있음을 우려하며 단호히 저지했다.

—그래도 상규가 돈은 좀 벌었을 거야!

강창민은 이대로 자리가 깨질 것을 염려하는 것 같았다.

—뭐, 그렇기는 했었지!

의도적으로 띄워주는 것을 모르지 않을 텐데도 한상규는 싫지 않은 기색이었다. 부질없는 개폼이나 다름없는 한상규의 과시욕은 치료가 어려운 중증상태라고 그는 속으로 생각했다.

—그렇게 벌어 뭐한 거야. 친구들에게 근사하게 술이라도 한잔 샀어야 했던 것 아냐?

—일부는 환수당했고 그러고는 들어갔다가 나와서 회사 하나 인수했었잖아!

한상규는 구속수감되었던 일을 대수롭지 않게 여기는 듯했다. 공사 실적도 미미했던 작은 건설회사를 인수했던 한상규가 건설회사 대표이사 직함을 의기양양해 했던 것은 모두가 아는 사실이었다.

—하여튼 재주는 좋다니까!

강창민은 엄지척을 해주며 한상규를 치켜세워주었다.

—지금까지는 잔재주였지…… 이제 큰 재주를 한번 부려보고 싶은데…….

입가에 야릇한 웃음기를 머금은 한상규는 말끝을 흐렸다.

—재주가 좋은 게 아니라 멘탈이 강한 것 아냐!

대놓고 빈정거리는 이경태의 눈빛이 몹시 싸늘했다.

—그만해라!

한상규의 낯빛도 이내 차갑게 변했다.

—주식 그걸로도 큰 재미 봤잖아!

이경태는 그만둘 생각이 전혀 없는 듯했다.

—그랬지. 크게 재미를 봤지. 아주 크게 말이야!

집적거림에 말려들지 않기로 대응전략을 바꾼 듯 한상규는 넉살을 떨듯이 여유를 보이며 받아쳤다. 그러자 한상규가 발끈하며 화를 내리라고 예상했던 이경태는 뜨악한 표정을 지었다. 낮은 주가로 상장된 신기술 의료기기 제조회사의 주가조작에 가담했던 한상규로 인해 피해를 본 동창들과 지인들이 한, 두 명이 아니었다. 이경태도 그중 한 명이었다. 대학 동기 형이 운영하는 신기술을 가진 전도유망한 회사로 공모주 청약을 하면 그야말로 대박이며 상장초에 매수하더라도 최소 3배의 수익을 낼 수 있는 환상적인 종목임을 달콤하게 선전하며 동창들에게도 매수를 강력히 권유했던 한상규였다.

그래선지 주당 5천 원에 상장된 주가는 상승세를 타고 두 달 만에 주당 9천 원까지 올랐다. 하지만 더는 상승 흐름을 이어가지 못한 주가는 두 달 만에 상장가 아래로 떨어졌다. 현재도 주가는 상장가를 밑도는 수준으로 매매될 뿐이었다. 매수 가액이 크지 않아 큰 손해를 입지는 않았으나 한상규에 대한 이경태의 감정과 인식은 거의 최악 수준이었다. 오로지 자신의 유익을 위해 동창들에게까지 사기를 쳤다는 이유에서였다. 주가조작 가담혐의로 검찰 조사까지 받았던 한상규는 핵심적인 작전 주도 멤버는 아니라는 이유로 기소되지는 않았다. 다만 시인하지 않아도 한상규가 상당한 이익을 거두었을 것으로 이경태와 동창들은 확신했다.

—어휴!

이경태의 싸늘한 시선과 한탄에는 인생 그렇게 살지 말라는 날 선조소가 담겨 있었다. 한상규는 짐짓 못 들은 척했다. 사람의 습성은 쉽사리 바뀌지 않는다는 사실을 한상규가 보여주고 있다고 그는 생각했다.

─회사 인수 후에 공사도 여러 건 따내고 잘 돌아가고 있다고 들었는데 왜 부도가 났던 거야?

이해할 수 없다는 듯 강창민은 고개를 길게 가로저었다. 한상규의 대답이 더없이 궁금한 표정이었다.

─음! 그렇게 됐는데…… 건설업이란 것이 뭐 그런 거잖아…….

한상규는 얼버무리며 이유를 자세히 설명하지 않았다. 의도적인 회피로 보이기에 충분했다.

─일말의 양심이라도 있다면 할 말이 없겠지!

금세 달아오른 얼굴처럼 유정호의 이죽거림에서는 뜨거운 열기가 느껴졌다.

─좆 까는 소리 하고 있네…….

급기야 한상규의 입에서 저질스러운 욕설이 튀어나왔다.

─아주 본색이 나오는구나!

한상규를 노려보는 유정호의 눈매가 몹시 사나워 보였다.

─나는 왜 이렇게 사방이 적뿐이지!

작위적인 자조일 뿐이었다. 한상규의 기색에는 일말의 부끄러움도 미안함도 서려 있지 않았다.

─너는 그냥 사기꾼일 뿐이야!

유정호는 작심한 듯 거친 언사를 또박또박 큰소리로 발음했다.

─너 지금 뭐라 말했어?

한상규는 의자를 거칠게 뒤로 밀치며 벌떡 일어섰다.

─왜! 내 말이 틀려…….

동시에 자리를 박차고 일어선 유정호는 불끈 쥔 주먹으로 한상규의
면상을 금방이라도 가격할 태세였다. 가까스로 참고 있음이 부들부들
떨리는 몸에서 그대로 느껴졌다.

─너 말조심해, 임마!

밀리는 모습을 보여줄 수 없다는 듯이 삿대질을 해대며 한상규는
한껏 목청을 높였다.

─나는, 너 같은 놈은 사람으로 여기지도 않을 뿐이야!

유정호는 끝내 화를 주체못하고 의자를 집어 들어 한상규의 머리를
내리치려 했다. 옆에 앉아있던 그와 김준수가 벌떡 일어나 유정호를
붙잡고 말렸다.

─씨발 지랄하고 있네!

유정호의 예상 밖 강공에 당황한 듯 한마디 욕설을 내뱉기는 했으
나 한상규에게서는 맞붙어 몸싸움을 벌일 기세가 엿보이지는 않았다.
한상규에게 품고 있는 유정호의 분기 서린 감정에는 그럴만한 이유가
있었다. 한상규는 건설회사를 인수하면서도 바지사장을 내세웠기 때
문에 서류상으로 회사대표는 아니었다. 큰 공사를 따내지 못하는 등
예상처럼 크게 재미를 보지 못한 한상규는 고의부도를 내고 회사 문
을 닫았다. 물론 자신은 챙길 것을 미리 챙기고 나서였다. 문제는 하청
업자들의 손해였다. 감당하기 힘든 영세업체들 일부는 사업을 접기까

지 했다. 그로 인해 하청업자들에 건축자재를 선 납품했던 유정호도 도미노 현상처럼 제법 큰 손해를 입게 되었다. 그러했음에도 일말의 죄책감이나 미안한 생각조차 갖고 있지 않은 한상규의 뻔뻔함에 유정호는 지금껏 날 선 감정을 풀지 못하고 있었다. 타인들에게는 숱한 피해를 주었음에도 다방면으로 경험 많은 사업가 행세를 하는 한상규가 그저 역겨울 뿐이라는 인식이 유정호의 표정에 그대로 드러나 있다.

◈ ◈ ◈

그의 사무실로 이경태가 찾아왔다. 동창회 모임 다음날 모여 낮술을 마신 때로부터 한 달쯤 지나서였다. 그런 적은 없었기에 연락도 없이 불쑥 찾아온 이경태를 보고서 그는 예사롭지 않은 일이 있음을 직감했다. 이경태는 커피를 몇 모금 넘기고 나서도 본론을 꺼내지 못했다.

─무슨 일이 있는 거야?

─…….

그의 물음에도 이경태는 선뜻 입을 열지 않았다.

─요즘 골프 관련 사업이 제일 핫하지!

궁금했으나 그는 대답을 채근하지 않겠다는 뜻으로 말을 돌렸다.

─……상규가 위험천만한 일을 꾸미고 있는 것 같은데 그건 아주 중대범죄야. 뇌가 없는 것인지 뒷감당을 어쩌려고 그러는 것인지 정

말 이해가 안 된다니까!

술을 마시듯 남은 커피를 단숨에 넘긴 이경태는 도무지 답이 없다는 듯이 강하게 고개를 가로저었다. 내막을 알 일 없는 그는 속 시원하게 털어놓으라는 말을 눈빛으로 대신했다. 흠흠 거리며 목을 가다듬은 이경태가 설명을 시작했다.

—상규가 채권위조에 손을 댔다는데 그것도 액면가 1억짜리 무기명 산업금융채권으로 5천억을 위조한다는 거야. 그리고 위폐 유통조직 업자들에게 넘기려는 계획까지 세웠다 하더라고. 위폐 유통시장 구조상 신분이 탄로 날 일은 없을 것이라고 큰소리까지 쳤다는 거야…… 이건 정말 극비인데 너무 심란해서 찾아온 거야!

—그런 사실은 어떻게 알게 된 거야?

그는 적잖이 충격을 받은 듯했다.

—나중에 알게 됐는데 대학 때부터 친했던 후배가 상규와도 형님 동생 하는 사이로 친분이 생겼더라고. 그 후배의 이종사촌 형이 위조지폐 전과가 몇 개 있는 기술자인데 마지막이라 생각하고 제대로 한 방 작업해서 큰돈 한번 만져보자고 상규가 끈질기게 설득했다는 거야. 그렇게 결국 넘어가게 되었고 상규의 부추김과 돈의 유혹에 결국 후배까지 가담했다는 거야. 후회했지만 이미 늦었다고 자책을 하더라니까. 후배가 금속공예 공방을 운영하는데 그 공방에 위조에 필요한 고성능 3D 컴퓨터와 인쇄기, 코팅기, 스캐너 등을 갖춰놓고 매일 작업을 했다 하더라고. 위조 목표액을 거의 완료했다던데 이건 정말 간이 부은 게 아니라 제정신이 아닌 거라니까!

단숨에 설명을 끝낸 이경태는 길게 혀를 찼다. 차라리 이번 일로 한상규가 자멸하길 바라는 심사도 얼마쯤 깔려 있다고 그는 느꼈다. 차라리 자멸하길 바라는 심사는 적어도 동창으로서의 일면의 염려와 배려심이란 생각이었다. 비정상의 무모함이 그저 황당할 뿐 그는 할 말을 찾지 못했다. 다만 지난달 동창회 모임 다음날에 여섯이 모여 술을 마시던 자리에서 큰 재주를 한번 부려보려 한다던 한상규의 말이 섬광처럼 뇌리를 스쳤다. 심란한 마음에 불쑥 찾아왔다는 이경태는 잠깐 더 머물다가 돌아갔다.

엄청난 극비를 전해 들은 그는 일이 손에 잡히지 않았다. 당장 한상규를 만나 채권위조를 그만두라 할 수도, 그렇다고 경찰에 신고할 수도 없는 노릇이었다. 절친은 아니었으나 동창으로서 한상규의 막가는 인생이 자못 걱정되었으나 이런 상황에서 할 수 있는 게 아무것도 없다는 것이 답답할 따름이었다. 차라리 이경태가 찾아오지 않았더라면 좋았으리라는 생각마저 들었다. 사람의 생각이란 것이 제각각이라 해도 도무지 한상규를 이해할 수는 없었다. 타인들에게 끼치는 크나큰 피해는 너무도 당연했고 따져보면 다분히 자기학대이기도 해서였다. 좀처럼 가라앉지 않는 착잡한 여운이 그는 몹시 불쾌했다.

⊕ ⊕ ⊕

여러 대의 소방차 사이렌 소리가 들려왔다. 자정이 가까워진 11시 40분이었다. 왠지 모를 불안한 기분에 사로잡힌 그는 베란다로 나가

좌우로 먼 곳까지 살펴보았다. 그로부터 2분쯤 지났을 즈음에 핸드폰 벨 소리가 울렸다. 발신자는 이경태였다. 심상찮은 연락을 직감한 그는 순간 긴장할 수밖에 없었다. 이경태는 거두절미한 채로 그 후배의 공방에 불이 났다며 알려왔다. 공방이 세 들어있는 4층짜리 구 상가 건물 전체가 불길에 휩싸인 것 같다고 했다. 이경태와 그는 화재 현장을 확인하기로 했다. 근처에서 이경태를 만나기로 한 그는 서둘러 집을 나섰다. 아무런 연관이 없음에도 마음이 제법 심란했다. 제아무리 생각을 곱씹어보아도 제동이 걸려야 옳았다. 하늘의 뜻일지 모른다는 생각이 들기도 했다. 고대가 빗나가지 않기를 바라며 그는 자동차의 속도를 높였다.

화재 현장은 불에 의한 파괴를 생생히 보여주고 있었다. 고압 호스로 물을 뿌린 때문인지 치솟은 큰 불길은 잡힌 듯했다. 불구경을 나온 사람들로 북적이는 건너편 인도에 이경태가 먼저 도착해있었다. 상가에 친한 후배 공방이 입점해있음을 알고 있는 부근 지인이 연락을 해왔다고 했다. 소방관의 저지에도 한상규는 불타는 상가에 최대한 접근해있었다. 한상규의 뒤에 서 있는 사람은 공방을 운영하는 이경태의 후배였다. 몸부림을 치듯 타오르는 건물 안의 남은 불길이 한상규의 망연자실을 비웃는 것처럼 그는 느껴졌다.

―전부 재가 되고 말았겠지!

―그렇겠지!

이경태의 귀엣말에 얼마나 잘된 일이냐는 말을 그는 차마 꺼내지는 않았다. 한상규에 대한 이경태의 심리 저간에 깔린 얼마쯤의 조롱이 자신의 심리와도 그리 다르지 않았기 때문이었다.

―변해야 할 텐데…….

끝내 포기하지 않을지 모를 한상규의 성향을 이경태는 성급하게 우려했다.

―그러게 말이야!

그는 어느 쪽으로도 속단하고 싶지는 않았다. 사람 일이란 어찌 될지 알 수 없다는 생각에서였다.

―그런데 불이 왜 난 걸까?

이경태는 화재 원인을 자못 의아해하는 기색을 드러내기도 했다.

―글쎄! 그야 조사를 해봐야 알 수 있겠지!

그는 완전히 꺼지지 않은 불길처럼 한상규의 속도 계속 타들어가고 있을 것으로 생각했다. 차라리 얼마나 다행한 일인지를 조금도 깨닫지 못하고 있을 것 같은 한상규가 더없이 초라해 보일 뿐이었다. 강창민과 김준수의 모습이 한상규의 등에 설핏 중첩되어 보이기도 했다. 일면의 후련한 기분을 씁쓸함이 덮고 있었다. 그와 이경태가 돌아서 갈 때까지도 잔불은 계속 타고 있었다.

수의사와 불량배

수의사 정민호의 꿈은 이루어졌다. 오래도록 고대해왔던 꿈이 현실이 되었다. 서울에서 동물병원을 운영했던 정민호는 50세가 되기 전에 반드시 탈서울을 하겠다는 자신과의 약속을 지킨 것을 기뻐했다. 정착조건을 따져가며 몇몇 지역을 선정한 후에는 시간을 내어 수시로 답사를 다녔다. 그런 준비 기간을 거친 후에 축산업이 활발한 경기 남부권의 E시에 속한 지역을 정착지로 결론지었다. 면 소재지의 오래된 2층 상가건물을 매입하고 리모델링을 하여 1층은 동물병원으로 2층은 생활공간으로 사용하고 있었다. 건물 뒷공간에는 말과 마차를 둘 수 있는 마구간을 만들었다. 정민호는 왕진을 와달라는 연락을 특히 반겼다. 그도 그럴 것이 눈비가 오거나 시급한 상황이 아닐 때는 주로 말을 타고 다닐 수 있어서였다.

아무런 연고도 없는 지역이었으나 원만한 성격에 붙임성이 좋은 정민호는 나름 성공적인 정착을 했다. 하지만 한가지 거슬리는 점이 있었다. 그것은 다름 아닌 지역의 불량스러운 무리 때문이었다. 그들과 직접적인 연관은 없으나 그들로 인해 피해당하고 불편을 겪는 주민들이 적잖다는 사실에 정민호는 은근히 신경이 쓰였고 언짢게 여겨졌다.

우두머리인 삼십 대 후반의 주성식을 포함해 함께 어울리는 여섯 명의 이, 삼십 대들이었다. 원래는 일곱 명이었으나 그들 중 한 명은 폭력사건으로 현재 교도소에 수감 중이었다. 면사무소를 중심으로 제법 길게 이어진 네거리의 상가들은 과연 면 단위 지역인가 싶을 정도였다. 카페와 호프집, 가요주점, 노래방, 당구장, PC방 등이 있어 그들이 몰려다니며 놀기에 충분했다. 다만 문제는 상당히 불량스러운 그들의 행태였다.

토요일 오후가 되면 정민호는 중학교 교사인 아내와 대학생들인 두 딸이 있는 서울 집에 올라갔다가 월요일 이른 아침에 내려와 동물병원 문을 열었다. 도로 건너편 쪽의 가축약국 주인은 주중 오전에 가끔 그의 동물병원에 들르기도 했다. 그는 가축약국 주인으로부터 소식 하나를 전해 듣게 되었다. 토요일 밤에 일등정육점 일행들과 주성식 무리들이 럭키호프집에서 어찌하다가 말시비가 붙었다고 했다.

정육점 주인 일행들이 그만하자며 먼저 수그러든 상태로 잠잠히 술을 마시려 했음에도 주성식 무리들은 끝내 탁자 등을 뒤엎으며 재차 시비를 걸고 몸싸움을 유발했다고 했다. 주인이 신고하여 곧바로 지구대 경찰이 출동해 큰 싸움으로 번지지는 않았으나 양쪽 일행 몇몇은 지구대로 연행되어 갔다 했다. 현장을 직접 목도 하지 않았으나 상황이 어떠했을지 짐작만으로도 그림이 그려진다며 가축약국 주인은 길게 혀를 찼다. 같은 생각이라는 뜻으로 정민호는 말없이 고개를 주억였고 자신도 모르게 주먹에 힘을 주었다.

시간을 잊은 채 스리쿠션 당구게임에 빠져들었던 정민호는 밤 10시가 된 것을 확인했다. 실력이 비슷한 황실당구장 주인과는 가끔 스리쿠션을 치곤 했다. 마지막 게임을 하고 있을 때 출입문이 열리며 우르르 주성식 무리가 들어왔다. 정민호의 눈에는 악당들이 불쑥 들이닥친 것으로 보일 정도였다. 주성식 무리는 포켓볼을 치기 시작했다. 매너라고는 눈곱만큼도 찾아볼 수 없을 만큼 큰 소리로 주고받는 대화에는 거의 욕설이 섞여 있을 만큼 몹시 거칠고 경박했다.

당구장 주인에게 형님이란 호칭을 붙이기는 했으나 예의와는 한참 거리가 먼 주성식의 말투가 정민호는 몹시 거슬렸다. 그러려니 하는 식의 당구장 주인의 대응도 정민호는 상당히 못마땅했다. 정민호는 이따금씩 의도적으로 주성식 무리를 훑어보듯 했다. 그런 기미를 눈치챈 그들 중의 한 명이 알리듯 주성식에게 무어라 말하는 모습도 볼수 있었다. 수군거림은 들렸으나 알아들을 수는 없었다. 그때부터 주성식의 시선이 자신을 계속 주시하고 있음이 느껴졌다.

카운터 앞의 당구대와 주성식 무리가 당구를 치고 있는 창가의 당구대와는 거리감이 있었으나 한 번씩 부딪히는 주성식의 눈빛과 품새에는 상당한 불량스러움이 서려 있음을 정민호는 감지했다. 그렇게 얼마 지나지 않아 그들의 당구대 쪽에서 히히이잉 히히잉 하는 소리가 들렸다. 여럿이서 합창하듯 하는 소리였는데 그것은 다름 아닌 자신을 놀리려 의도적으로 말 울음소리를 흉내 낸 것임을 정민호는 이내 알아차렸다.

　연고 없는 지역에 어느 수의사가 들어와 동물병원을 개업하고 더구나 특이하게도 말을 타고 다니는 것을 곱지 않은 시선으로 주성식 무리가 바라보았던 것을 정민호는 이미 느꼈었다. 다만 평범하지 않은 생활을 즐기는 사람이 감수해야 할 부분으로 여겼을 뿐이었다. 주성식 무리는 계속하여 말 울음소리를 흉내 내며 낄낄거리고 웃어댔다. 조롱하며 약 올리는 것임을 알고 있으나 정민호가 할 수 있는 것은 한 번씩 싸늘하게 그들을 쳐다보는 것뿐이었다.

　뇌리에 달라붙어있는 주성식 일당들의 모습은 좀처럼 희미해지지 않았다. 잠자리에 누운 정민호는 계속 뒤척였다. 불쾌감 정도가 아닌 마치 당구장에서 직접적인 수모를 당한 것만 같은 기분이 들어서였다. 지역의 숱한 사람들이 그들로부터 온갖 형태로 당하고 있다는 생각이 이어지면서는 정수리가 따가워지고 분노가 치솟아 올랐다. 피해 정도 여하를 불문하고 여러 형태로 당한 사람들의 고통이 결코 남의 일처럼 느껴지지 않았다.

　정민호는 어금니를 꽉 깨어 문 채로 주성식과 그 일당들의 얼굴을 한 명씩 떠올렸다. 그들의 악행이 지속되면 지역 사람들의 평화는 물론 자신의 평화로운 정신도 유지되기 어렵다는 결론에 도달했다. 그대로 방관할 수 없다는 생각이었다. 너무 예민하게 그들을 의식하는 것은 아닐까 하고 생각을 달리해 보기도 했으나 달라질 것은 없었다. 그러나 아직은 생각에 불과한 것일 뿐 주성식 일당을 처리할 어떠한 방법도 정민호는 갖고 있지 않았다.

⟡ ⟡ ⟡

　말을 타고 다니는 수의사로 지역에서 나름 명물로 인식된 정민호는 기왕 이렇게 된 바에야 아예 콘셉트로 고착되게 하겠다는 구상을 했다. 마음속으로는 서부영화의 보안관이 이미 된 듯싶었다. 말을 타고 오가는 중에 정민호 일당의 불량스러운 모습이 눈에 띌 때면 연발로 비비탄총이라도 쏘고 싶은 상상에 빠질 때도 있었다. 택배 상자를 받은 정민호는 마치 원하던 선물을 받은 소년처럼 이내 달뜬 기분이 되었다. 보안관의 상징인 별 모양의 배지와 브라운 계통색의 웨스턴 중절모와 조끼 그리고 권총집이 달린 두꺼운 가죽 벨트와 부츠가 주문대로 상자 안에 들어있었다.

　보안관 복장을 갖추고 전날 도착한 장식용 장총을 든 채 거울 앞에 선 정민호는 만족감으로 인해 흥분을 감출 수 없었다. 한동안 거울을 바라보던 정민호의 표정은 차츰 근엄하게 변해갔다. 관할구역의 악당들을 반드시 처치하는 서부개척시대의 보안관처럼 실제 되고 싶다는 생각이 들어서였다. 지역의 평화를 유린하는 악당무리들을 자신도 절대 방관하고 싶지 않았다. 이미 마음먹은 대로 보안관 지위를 스스로 자신에게 엄숙히 부여하고 싶었다.

　한우를 사육하는 축산업자로부터 다급한 연락을 받은 정민호는 보안관 복장을 갖추고 건물 뒤편의 마구간으로 갔다. 장식용 장총까지 어깨에 멘 정민호의 기분은 으쓱해질 수밖에 없었다. 서울에서와 달리 지역 특성상 소나 돼지 등의 가축이 동물병원 진료의 주류였다. 정민호가 시골로 내려와 동물병원을 개업한 이유 중의 하나이며 적성에 맞기도 했다. 어젯밤부터 암소 한 마리가 산통으로 매우 힘들어하고 있다는 축산업자의 설명이 떠올랐다. 암소의 자궁으로 팔을 깊이 집어넣어 송아지의 머리와 앞발에 밧줄을 메어 꺼내는 고난도의 직접분만이 필요할 것을 예상했다.

말을 타고 축산농가로 향해 가던 정민호와 중화요리 식당으로 막 들어가려던 주성식 일당의 시선이 교차했다. 그들 중 일부는 신기해하는 기색을 보이기도 했으나 저 수의사, 저 사람 정말 제대로 미쳤네 하는 비웃음이 그들의 표정에 고스란히 쓰여있었다. 정민호는 오히려 한껏 의기양양한 모습을 보여주며 그들을 지나쳤다.

◈ ◈ ◈

저녁달이 창밖의 하늘로 떠오르기 시작했다. 선술집의 원통 탁자에 둘러앉은 정민호와 가축약국 주인과 농기구판매점 주인은 석쇠고기 구이를 안주로 술을 마셨다. 연배가 엇비슷한 세 사람은 가끔 술자리를 갖곤 했다. 화제는 돌고 돌아 수의사 정민호의 애마와 서부개척시대의 보안관 복장에 머물렀다. 농기구판매점 주인은 서부영화 마니아였느냐며 정민호에게 물었다가 서부영화에 빠져들었을 나이는 아닌데 하며 이내 고개를 갸웃거렸다. 정민호는 어린 시절 한집에서 함께 살았던 막내 삼촌의 영향을 받았다.

서부영화 광이었던 막내 삼촌이 비디오대여점에서 빌려오는 테이프는 거의 서부영화였다. 정민호는 그 후로도 주말의명화나 명화극장 등 텔레비전을 통해서도 서부영화를 빼놓지 않고 시청했다. 농기구판매점 주인은 지난 시절에 서부영화를 더러 본 것 같기도 했으나 가축약국 주인은 별 관심이 없었던 듯했다. 정민호는 서부영화의 걸작으로 평가받는 '셰인'과 '역마차', '서부의 사나이', '황야의 무법자' 등의 줄거리 전개와 주인공들인 앨런 레드, 존 웨인, 게리 쿠퍼, 클린트 이스트우드 등의 연기에 관해 줄줄이 설명을 이어갔다. 하지만 반응이 그리 신통치 않음을 느낀 정민호는 화제를 바꿀 수밖에 없었다.

백수건달들이나 다름없는 주성식 일당의 활동자금이 궁금했던 정민호는 그에 관해 의문을 표시했다. 악질적인 방식으로 돈을 챙기는 주성식 일당의 행태가 기가 찰 정도라고 말하며 농기구판매점 주인은 미간을 잔뜩 찌푸렸다. 그들의 주 수입원은 노름방 운영이라 했다. 모텔이나 비닐하우스 등으로 수시로 자리를 옮겨가며 자릿세를 받는 것은 당연하고 노름돈을 빌려주고서 고리의 이자를 받아 챙긴다고 했다. 그야말로 갈취가 따로 없다며 농기구판매점 주인은 혀를 차기까지 했다. 더구나 약속한 제날짜에 빌린 돈을 갚지 못하면 각서를 받아놓은 대로 농기구나 가축까지 압수해 가져가는 경우도 허다하고 며칠 말미를 주어 결국 갚지 못할 때는 그것들을 처분하여 빌려준 돈을 챙긴다고 했다.

논두렁 깡패가 더 무섭다는 말이 떠올랐으나 정민호는 입 밖으로 내뱉지는 않았다. 혹 당신도 그들의 노름방에 갔던 적이 있었느냐고 묻고 싶은 것도 애써 참고 있었다. 농기구판매점 주인은 주성식 일당의 나쁜 행태는 그뿐만이 아니라며 고개를 절레절레 흔들었다. 주성식은 교도소에서 알게 된 시내 조폭들과도 친밀하게 연결되어있음을 대놓고 과시한다고 했다. 정민호는 매우 열 받은 표정을 지은 채로 농기구판매점 주인을 뚫어지게 쳐다보았다.

누가 듣기라도 하듯 농기구판매점 주인은 출입문을 흘깃거렸다. 그리고 현저히 목소리를 낮추어 주성식의 궤적을 열거하기 시작했다. 지금은 그런 짓까지는 하지 않아도 주성식은 이십 대 시절에 절도범으로 두 번이나 교도소에 들어갔는데 폭력 등의 사건까지 합치면 기소된 것만 대 여섯 번에 이른다고 했다. 값나가는 농기계는 말할 것도 없고 돈이 되는 수확 직전의 농작물을 야밤에 통째로 털어버린 적도 많았다고 했다. 정민호는 놀라움에 벌어진 입을 다물지 못했다. 그뿐만이 아니라고 했다. 삼십 대 들어서도 폭력과 보험사기로 두 번씩이나 교도소에 다녀왔다고 했다. 경찰서와 검찰청을 숱하게 들락거린 그야말로 지역의 최고 전과자라 해도 과언이 아니라고 했다. 소문에 의하면 자동차보험 사기도 전문가급이라 했다. 데리고 다니는 똘마니들뿐만이 아닌 알고 지내는 인근의 다른 지역 애들까지 끌어들여 위장 교통사고 사기를 여러 번 쳤다고 했다.

몇 년 전에는 직접 노래방을 운영하면서 어디에선가 도우미들을 연결받아 성매매를 알선하여 큰 수입을 올렸다고 했다. 지역의 많은 남성이 성매매를 하게 되면서 더러운 소문들이 난무했고 경찰에서 수사 기미를 보이자 주성식은 재빠르게 노래방 영업을 그만두고 한동안 잠적을 했다고 했다. 정민호는 자신도 모르게 한숨을 내쉬었다. 더 듣지

않아도 주성식이 과연 어떤 인물이며 어떻게 살아왔으며 어떻게 살아
가고 있는지 직접 지켜본 것처럼 확연히 알 수 있을 것 같아서였다.

◈ ◈ ◈

통유리창이 산산조각 깨진 것을 본 정민호는 주성식 일당의 소행
임을 직감했다. 일요일 밤을 노린 것을 보면 주말에 서울 집에 올라
가 월요일 아침에 내려오는 것까지 주성식 일당이 알고 있음이 확인
된 셈이었다. 정민호는 그리 당황하거나 흥분하지 않았다. 언젠가 어
떠한 식으로든 해코지를 해올지 모른다고 생각했었기 때문이었다. 막
출근하여 유리창이 깨져있고 조각난 유리 조각이 인도에까지 퍼져있
는 것을 보게 된 직원은 마치 자신의 잘못으로 벌어진 일인 양 어쩔
줄 몰라 했다. 반면에 정민호는 직원에게 괜스레 미안했다. 정민호는
경찰에 신고하지 않았고 시내 유리 가게에 출장 요청을 했다. 그리고
CCTV를 확인했다. 하지만 아무런 것도 볼 수 없었다. 새벽 2시 15분
에 통유리창이 깨지는 순간만 화면에 잡혔을 뿐이었다.

지난주 수요일에 열린 초등학교 가을 체육대회가 주성식 일당을 움
직인 기폭제였다고 정민호는 추론했다. 학교 측의 부탁으로 체육대회
를 축하하는 깃발과 풍선을 마차에 매달고 운동장을 돌며 분위기를
띄웠던 일이 생각났다. 시골 초등학교 체육대회는 여전히 지역 사람
들의 작은 축제였다. 마차를 타고 운동장을 돌 때 한쪽에 모여서 있던
주성식 일당을 보았던 기억이 떠올랐다. 본토 사람도 아닌 외지인이

서부개척시대의 보안관 복장에 마차를 타고 주목받으며 학생들과 지역 사람들로부터 열렬히 박수갈채를 받는 광경이 주성식 일당에게 어떻게 비추어졌을지 짐작이 되고도 남았다. 몹시 비위가 상하고 배알이 뒤틀렸을 것은 불을 보듯 뻔하다는 생각이 들었다.

정민호는 그들의 삐뚤어진 심리와 소행을 결연하게 받아들이고 싶었다. 아마도 이제 시작일 것이기 때문에 흥분하거나 위축보다는 냉철한 대응이 필요하다는 생각이었다. 오전에 들렀던 가축약국 주인의 추론이 머릿속에서 계속 맴돌았다. 의심대로 주성식 일당의 소행이라면 다소 먼 거리의 어딘가에서 고무줄 총을 쏘았을 것이며 총알은 문구점에서 판매하는 구슬이 아닌 길에서 주운 둥근 잔돌일 것이라 했다. 그리해야 어떠한 증거도 남지 않기 때문이라 했다. CCTV에 아무런 것도 잡히지 않은 것을 보면 그게 맞을 거란 생각이 들었다. 그리 단순무식한 놈들이 아니라는 생각을 하며 정민호는 지그시 어금니를 깨물었다.

강렬한 화살이 심장을 향해 날아오는 것만 같은 기분이 들었다. 말을 타고 왕진 가던 정민호는 아찔한 살의마저 느껴야 했다. 반대 차선의 SUV 자동차가 갑자기 급가속의 굉음을 내며 중앙선을 반쯤 넘은 상태로 돌진해왔기 때문이었다. 그대로라면 말이 들이 받칠 수밖에 없는 극히 위험한 상황이었다. 그야말로 피할 수도 없는 공포의 순간이었다. 극도의 두려움으로 인해 정민호의 의식과 몸은 그대로 굳어버리는 듯했다. 정민호는 무의식적으로 고삐를 우측으로 당겼고 놀란 말은 본능적으로 고개를 옆으로 돌렸다. SUV 자동차는 핸들을 약간 돌려 아슬아슬한 간격으로 말을 스쳐 지나갔다. 정민호의 본능적인 직감은 틀리지 않았다. 혹 졸음운전일까 싶기도 했으나 섬광처럼 번쩍이며 주성식 일당이 떠올랐기 때문이었다. 뜨거운 바람을 일으키며 스쳐 지나친 자동차의 보조석에 앉아있던 주성식을 지극히 짧은 순간에도 정민호는 놓치지 않았다. 중앙선을 밟은 채로 돌진해오던 주성식 일당의 자동차가 한참 멀어져갔음에도 등골이 써늘해진 정민호의 무참한 기분은 조금도 가시지 않은 채로 그대로였다.

그만 잊어버리고 더는 관심 두지 말고 그들에게 신경을 끄는 게 좋겠다는 가축약국 주인의 조언이 정민호는 전혀 와닿지 않았다. 이러다가는 실제로 불미스러운 일이 벌어지지 않을까 하는 가축약국 주인의 우려를 모르지 않으나 잘못한 것도 없이 주성식 일당에게 꼬리를 내리고 내내 당하며 눌려 지내고 싶은 생각이 정민호에게는 추호도 없었다. 솔직히 별안간 어떤 위해를 가해올지 얼마쯤의 두려움과 염려는 당연했고 확실한 대비책도 정민호에게는 하나 없었다. 그런데도 위축된 저자세의 모습은 절대 보이고 싶지 않았다. 자존심을 버리느니 차라리 당장 지역을 떠나는 게 낫다는 생각이었다. 시골 불량배들의 노는 수준과 못된 짓이 눈에 딱 보이니까요! 정민호의 싸늘한 토로에 가축약국 주인은 자못 걱정되는 눈빛으로 물끄러미 정민호를 바라보았다.

가축약국 주인을 배웅하고 2층으로 올라온 정민호는 골똘히 생각에 잠겼다. 주성식 일당들의 눈에 거슬리는 행동을 아예 삼가며 아무런 존재감도 없이 지내는 것은 어떨지 상상을 해 보았다. 하지만 그것은 진정한 평화가 아니라는 생각에 도달하는 데는 오랜 시간이 걸리지 않았다. 포기로 인한 마음 편함이 일면 없지 않겠지만, 실상은 외면이나 도피일 뿐이라는 생각이었다. 지배하는 것도 지배를 당하는 것도 정민호는 극도로 싫어했다. 못 본 척 무심한 척 외면하는 것도 결국은 군림에 굴복하는 것일 뿐이라는 데 정민호의 생각은 멈추었다.

열흘쯤 지났으나 자동차를 돌진하여 위협을 가해왔던 주성식 일당의 무도한 행위가 떠오를 때마다 정민호는 여전히 분기가 치솟아 올랐다. 다만 보복심리는 강렬했으나 딱히 묘수를 찾을 수도 없을뿐더러 설사 방법이 있다 해도 당장 과감하게 실행할 수 있을지는 솔직히 단정할 수 없었다. 간절하다 해도 마음과 행동의 화살표가 매번 일치하는 것은 아니기 때문이었다. 그러나 어떤 경우에도 등을 보이는 포지션은 절대 취하고 싶지 않았다. 가정하여 누군가 그런 심리를 알고 비웃어도 본능에 충실할 뿐임을 돌려 말하지 않겠다고 정민호는 생각했다. 언젠가 절묘한 방법과 기회를 찾을 수 있지 않을까 하는 기대심리도 포함해서였다. 예고 없을 공격을 방어해야 하는 위험부담은 컸으나 어떠한 형태로든 주성식 일당의 공세는 지속이 될 것을 알고 있는 정민호로서는 자존심만이 유일한 무기일 수밖에 없었다. 한낱 시골 불량배들에게 잘못도 없이 그대로 무릎을 꿇는다는 것은 죽는 것만큼이나 싫었다. 정민호는 자신의 선택을 후회하지 않을 것을 믿고 싶을 뿐이었다.

$\diamondsuit \diamondsuit \diamondsuit$

수의사임에도 지금껏 본적 없는 비대한 고양이를 동물병원에 데려온 세 사람은 다름 아닌 주성식 일당이었다. 차츰 더 난폭해져 가는 고양이에게 혹 무슨 질병이 있는 것인지 궁금하여 내원한 것이라 했다. 수의사 정민호의 눈에는 몹시 비대한 것 말고는 지극히 정상으로 보였다. 하지만 고양이 주인인 양길태는 정상이 아니라며 정색했다. 그런 것이라면 이렇게 동물병원에 데려왔겠느냐며 다소 짜증 섞인 말투로 반박하기까지 했다. 지난주에는 자신의 어머니 손등을 살이 파일 만큼 깊이 할퀴어 시내 외과로 가 꿰매기까지 했다며 목소리를 높여 설명하기도 했다. 반면 정민호는 설사 CT를 찍어본다 해도 머리끝에서 발끝까지 아무런 이상이 없을 것을 확신한다는 소견을 냈다. 양길태는 사뭇 못마땅한 표정을 짓고서 정민호를 꼬나보듯 했다. 불쾌감이 훅 밀려들었으나 정민호는 일단 아무런 내색도 하지 않았다.

'얘를 어떡하지…… 개라면 훈련소에라도 보내면 되겠지만 고양이 훈련소는 들어본 적도 없고…… 이런 애를 누굴 줄 수도 없고, 그렇다고 버릴 수도 없고, 참 미치겠네…… 이럴 때는 어떻게 해야만 되는 거요?'라고 묻는 양길태의 말본새는 몹시 무례할 정도였다. 마치 제대로 진단한 게 맞느냐며 탓하는 것으로 들릴 정도였다. 양길태의 언사가 지극히 싸가지 없다고 느낀 정민호는 아예 한술을 더 뜨고 나섰다. 하소연한 대로 길들여지지 않는 이런 애는 누굴 줄 수도 없고 버릴 수도 없을 테니 좀 뭣한 말이기는 하지만 차라리 이런 애는 그냥 죽이는 게 나을 수도 있겠지요. 아예 죽여버리는 것을요! 정민호의 눈빛과 어감은 싸늘하기만 했다.

무방비 상태로 직격탄을 맞은 듯 양길태와 일행들은 어안이 벙벙한 기색으로 서로 쳐다볼 뿐 아무런 대꾸가 없었다. 차마 수의사의 입에서 동물을 죽이는 게 낫겠다는 말이 튀어나오리라고는 상상조차 하지 못했을 테니 말이다. 어쨌든 정민호의 의도적인 사나운 언사는 유효하게 먹힌 것이 되었고 제아무리 그렇다 해도 죽이는 게 말이 되는 거냐며 언짢은 심사를 찔끔 표출하고는 양길태 일행들은 돌아갔다. 고양이 상태가 궁금하여 내원한 것일 테지만 아마도 어떠한 성향의 사람인지 염탐의 목적도 일면 있었을 것이라고 정민호는 생각했다. 보안관 복장으로 말을 타고 다니는 이색적인 인물이듯이 다소 똘끼가 있음이 분명해 보이는 것으로 주성식에게 보고할 것이라고 짐작하기도 했다.

연일 왕진이 이어졌고 어느 날은 하루에 몇 번씩이나 동물병원을 나서기도 했으나 정민호는 대체로 일을 즐겼다. 늦은 오후에 멀지 않은 농가로부터 왕진 요청이 들어왔다. 말을 타고 가는 방향의 길가에 주성식 일당이 모여 서 있는 것을 볼 수 있었다. 그들과 거리가 좁혀지고 있을 때 그들을 놀라게 하고 싶은 생각이 정민호의 머릿속에 불쑥 떠올랐다. 그들을 스쳐 지나가기 일보 직전이었다. 갑자기 말이 히히히이잉…… 하는 울음소리를 내며 그들 쪽으로 머리와 몸을 돌리고 앞발을 높이 들어 올렸다. 깜짝 놀란 주성식 일당들은 재빠르게 뒷걸음질을 쳤다. 정민호는 말을 안정시키려 워워…… 소리를 내며 고삐를 잡아당겼다. 뜨거운 콧김을 내뿜으며 말은 가던 길로 발굽을 내디뎠다.

예상할 수 없었던 갑작스러운 말의 동작으로 위장한 것이었으나 실상은 그들이 전혀 눈치채지 못할 정도로 교묘히 고삐를 조작한 때문에 벌어진 상황이었다. 놀란 주성식 일당의 저급한 구시렁거림이 유유히 앞으로 가고 있는 정민호의 등 뒤에 달라붙었다. '빚지고는 못 사는 성격이니까!'라고 정민호는 큰 소리로 혼잣말을 내뱉었다. 지난번 왕진 길에 주성식 일당이 자동차로 돌진해오며 자신을 위협했던 일을 떠올리면서였다. 들어 올려진 말발굽에 머리통이라도 깨질까 놀라 허둥대며 피하던 주성식 일당의 꼴들이 참으로 허약하고 한심하게 여겨질 따름이었다.

✦ ✦ ✦

유리창 깨지는 소리가 날카롭게 들려왔다. 자정이 가까워진 시간이었다. 설마 하면서도 정민호는 밀려드는 불온한 느낌을 떨쳐 낼 수 없었다. 1층 동물병원으로 내려가 불을 켠 정민호의 입에서 역시 그 양아치 새끼들 짓이군! 하는 탄식이 흘러나왔다. 지난번처럼 전면 통유리창이 박살이 난 상태였다. 정민호는 깨진 유리 조각에 자존감이 마구 베이는 기분이 들었다. 이번에는 절대 그대로 넘어갈 수 없다는 생각이 들었다. 정민호는 구석진 곳에서 유리 왕구슬을 발견하고 집어 들었다. 무기나 다름없는 고무줄 총의 총알이었다. 심증의 범인은 의

심할 여지도 없이 백 퍼센트였다.

정민호는 핸드폰 카메라에 범행현장을 담았다. 밖으로 나가 깨진 통유리창 외부도 찍었다. 반복적인 테러를 당한 것이었으나 흥분하기보다는 냉철한 정신으로 상황을 가늠하고 싶었다. 직접적인 연관은 없기에 대놓고 폭력을 행사할 수 없는 주성식 일당의 고민스러운 잔머리가 손에 들린 왕구슬에 깃들어있는 것만 같았다. 완벽한 복수와 압도적인 제압이 중요할 뿐이라는 생각이 들었다. 경찰에 신고하는 것과는 별개로 과연 어떤 압도적인 방식으로 되갚아 줘야 할지 깊은 밤처럼 정민호의 고민도 깊어만 갔다.

눈앞의 광경에 정민호는 머릿속이 하얘지고 말았다. 눈동자가 풀린 말이 입에 거품을 잔뜩 문 채로 마구간 앞에 쓰러져있었기 때문이었다. 마구간 내부와 쓰러져있는 말 주위를 살펴본 정민호는 말의 배 밑에 당근 조각이 깔려있음을 확인했다. 어제, 오늘은 말에게 당근을 준 적이 없었다. 불온한 기분을 추스르며 정민호는 말의 상태를 세밀히 다시 살폈다. 그리고 당근 조각에서 농약 냄새를 확인했다. 독성물질을 삼킨 것으로 판단되었다. 정민호는 급히 해독제를 주사하고 입안으로 생수를 부어 넣었다. 수의사의 의학적 판단으로 말이 이대로 죽을 것 같지는 않았다. 정민호는 건물 뒤편에 달린 CCTV 카메라의 녹화 테이프를 확인했다. 하지만 누군가 담을 넘어 침입했거나 담장 밖에서 무언가를 던져넣었거나 하는 수상한 흔적은 찾아볼 수 없었다. 그렇다면 농약 냄새가 나는 당근 조각은 어찌 된 것이며 갑작스러운 말의 상태는 어찌 된 것인지 정말 무엇에 홀린 듯 정민호는 몹시 혼란스럽기만 했다.

멘탈 붕괴 상태가 되었던 정민호는 CCTV 녹화 테이프를 다시 확인해 보기로 했다. 집중하여 테이프를 확인하던 정민호는 무언가를 발견하고 화면을 정지했다. 화면에 무언가 찍힌 시간은 오후 2시 35분이었다. 매우 작은 물체 하나가 허공에서 마당으로 떨어지는 것을 볼 수 있었다. 정확히 당근임을 확인할 수는 없어도 그 정도의 크기인 것은 확실해 보였다. 정민호는 추측이 틀리지 않았음을 알게 되었다. 그로부터 얼마 지나지 않아 말이 몸을 비틀거리며 쓰러지는 것을 볼 수 있었기 때문이었다. 하지만 한 가지 의문은 여전히 남았다. 담장 밖으로부터 사선으로 넘어온 것이 아닌 어떻게 허공에서 수직으로 떨어질 수 있는 것인지는 도무지 이해되지 않았다.

눈을 감은 채로 골똘히 상황을 가늠하던 정민호의 뇌리에 기억 속 하나의 장면이 강렬한 광선처럼 떠올랐다. 일주일쯤 전에 PC방 앞 인도에서 2대의 드론을 띄워 비행을 조작하고 있던 주성식 일당을 본 적이 있었다. 당근에 농약을 묻히고 드론에 실어 마구간이 있는 뒷마당 상공에서 낙하시키는 고도의 방법을 썼을 것이란 가능성을 추론하게 했다. 그렇기에 작은 물체가 허공에서 떨어진 것 말고는 사람이나 그 어떠한 증거도 CCTV에 찍히지 않은 것을 이해할 수 있었다. 정민호의 추론은 확신에 가까워지고 있었다. 확신을 검증해 보고 싶었다. 말이 건재하다는 것을 주성식 일당에게 보여주겠다고 생각했다. 정민호는 철제공업사 사장을 불렀다. 건물 뒤편의 벽면과 담장을 연결하여 마당과 마구간을 지붕이 있는 사각 형태의 공간으로 만들기 위해서였다. 지붕을 촘촘한 철망으로 씌우는 작업을 즉시 시행해줄 것을 주문했다. 쥐새끼 한 마리 들어올 수 없게 하기 위해서였다.

예상은 빗나가지 않았다. 이틀에 걸친 철망 설치작업을 끝낸 다음 날 해 질 녘 즈음에 정민호는 철망 지붕에 당근 한 개가 얹혀있는 것을 보게 되었다. 오전에 왕진가는 길에 네거리의 도로 건너편에 서 있던 주성식 일당과 시선이 마주쳤다. 말의 건재한 상태를 눈으로 확인한 주성식 일당의 당혹감이 확연히 느껴졌었다. 관심 없는 척하면서도 흘깃흘깃 곁눈질하던 그들의 모습이 떠올랐다. 농약을 묻힌 당근으로 재차 해코지를 시도한 것을 분명 알게 된 정민호는 아마도 이번에는 독성이 더 강한 농약을 묻혔을 것이라 짐작했다.

동물인 말을 통해서였으나 자신에게 농약을 먹이려 한 것과 다를 바 없는 것으로 여긴 정민호는 주성식 일당을 용서할 수 없다고 생각했다. 이제 전쟁뿐이라는 생각도 했다. 겉으로 드러나지는 않았으나 이면의 껄끄러운 날 선 관계를 밖으로 끌어내어 어찌 되든지 끝장을 내야 한다는 생각이었다. 그러기 위해서는 주성식 일당을 완벽하게 제압할 수 있는 비장의 카드가 필요했다. 주성식 일당을 통쾌하게 응징하는 생각만으로도 정민호의 가슴은 뛰기 시작했다. 하지만 기발한 방법도 비장의 카드도 정민호에게 당장 있을 리는 없었다. 전의는 불타오르고있어도 확실한 승리를 거두는 방법을 찾기란 드넓은 모래밭에서 비슷한 색깔의 작은 단추를 찾는 것만큼이나 어려운 일이었다. 분노의 크기처럼 정민호의 고민도 커져만 갔다.

꿈속에서조차 간절히 염원했던 묘안이 정민호의 머릿속에 불쑥 떠올랐다. 물론 성공을 해야 비책이 될 수 있었다. 어설프고 허술하게 공세를 시도했다가는 도리어 험한 역공을 당할 수 있으며 더 무참히 짓밟고 싶어 하는 그들에게 빌미를 제공할 뿐이라는 생각이었다. 큰 틀의 전개 방식은 그려지고 있으나 치밀한 준비작업이 필요했다. 만약 작전이 실패로 돌아간다면 논두렁에 자존심을 처박고서 당장 지역을 떠나야만 했다. 그게 아니라면 주성식 일당에게 당하며 눌려 지내는 것밖에는 달리 도리가 없음을 정민호는 모르지 않았다.

열망과는 달리 이면에 깃드는 일렁이는 불안감이 아예 없지는 않으나 어차피 주사위는 던져졌고 아무런 일도 없었던 듯 침묵하며 참고 지낼 수 없는 자신의 성향을 정민호는 너무도 잘 알고 있었다. 어쨌든 문제에 따라서는 자칫 위험한 상황에 직면할 수 있다 해도 이대로 등을 보이며 피하고 싶지는 않았다. 언젠가 맞이할 수밖에 없을 것을 생각하면 차라리 후련하기도 했다. 정민호의 머릿속에서는 어느새 세밀한 계획이 직조되고 있었다. 2주의 시간이면 충분하다 싶으면서도 한편으론 촉박하게 느껴지기도 했다. 마치 맡은 구역의 악당들을 처치해야 하는 서부개척시대의 고독한 보안관처럼 선택의 여지를 두지 않은 정민호의 각오는 결연하기만 했다.

지체할 시간 여유가 없었다. 동물병원 진료를 끝낸 정민호는 2층에 술과 안주를 준비해놓고 가축약국 주인과 농기구판매점 주인을 불렀다. 작전 준비의 첫째 항목은 두 사람을 포섭하는 일이었다. 그들의 공감과 지지를 먼저 끌어내는 것이 중요했다. 정민호는 본론을 빙빙 돌리지 않고 주성식 일당을 공격하겠다고 밝혔다. 두 사람은 정민호의 말을 잘못 들은 것이 아닌가 싶어 어리둥절한 표정을 짓고서 서로를 바라보았다. 두 사람의 적잖은 충격과 황당한 기분을 예상했던 정민호는 결기 서린 말투로 브리핑하듯 세부 계획을 밝혔다. 한우와 가을 꽃을 테마로 2주 후에 시작되는 지역 축제 개막일 날에 주성식 일당을 완전히 보내버리겠다고 했다. '설마 진짜 죽이겠다는 것은 아니지요?' 라며 농기구판매점 주인은 더없이 걱정스러운 표정을 지어 보였다. 정민호는 대답 대신에 소리 없는 옅은 웃음을 띠었다.

정민호의 부탁을 받은 두 사람은 적잖이 심각한 기색이었다. 정민호의 입장을 전혀 이해 못 할 바는 아니어도 혹여 일이 잘못되어 자신들에게까지 작은 불똥이라도 튈까 하는 우려가 깃들고 있어서였다. 되도록 큰 부담이 느껴지지 않도록 표정과 어감을 부드럽게 하려 애를 쓰면서도 두 사람의 역할이 중요한 것을 정민호는 은연히 강조했다. 정민호가 두 사람에게 부탁한 역할은 고의로 소문을 내는 일이었다. 동물병원 원장의 매제가 서울에서 활동하는 조폭인 것과 인근 P시의 경찰서 형사과장이 사촌 동생인 것을 지역에 두루 풍문으로 퍼지게 하여 주성식 일당의 귀에 들어가게 만드는 일이었다.

그리고 소문의 완성은 주성식 일당이 한적한 도로에서 고의로 차량을 돌진하여 동물병원 원장을 죽이려 했던 일로 동물병원 원장은 주성식 일당을 절대 용서하지 않을 생각이며 주성식 일당 중의 누군가

한 명은 반드시 죽이고 나서 그 길로 자수하여 교도소에 들어가겠다는 결심을 곱씹고 있다는 소문이었다. 주성식 일당이 말을 타고 가던 동물병원 원장을 향해 자동차를 돌진한 사실은 자동차 블랙박스를 확인하면 되고 블랙박스 영상을 삭제한다면 변명의 여지 없이 범죄를 더욱 자인하는 것이 되는 점을 덧붙이도록 했다. 주성식 일당을 처리하려는 정민호의 명분은 확실한 증거로 충분한 셈이었다. 양아치들이 조폭과 경찰을 가장 두려워하는 점을 이용하려는 의도였다. 실제 여동생이 없는 정민호로서는 매제가 있을 리가 없었다. P시의 형사과장도 실제는 사촌이 아닌 육촌으로 소식으로 들어 근황을 알고 있을 뿐 왕래도 없는 친척일 뿐이었다.

주성식 일당이 매일 들르다시피 하는 당구장과 PC방과 호프집 주인을 통해 소문이 주성식 일당의 귀에 흘러들어간 것은 며칠 전에 확인이 되었다. 내일부터 열흘 동안 지역의 연중행사인 한우와 가을꽃 축제가 열리게 되고 정민호는 축제 첫날인 내일 주성식 일당을 처치하는 D데이로 정했다. 참새가 방앗간을 그냥 지나치지 못하듯 첫째 날은 필시 그곳에서 거의 하루 시간을 그들이 보낼 것이라는 게 정민호의 판단이었다. 만발한 국화와 코스모스가 가을 정취를 한껏 느끼게 하고 간이식당들은 한우구이와 국밥을 판매하는 축제였다. 그뿐만이 아니었다. 커피차와 솜사탕, 달고나, 인형 뽑기 등의 장사꾼들도 몰려들어 축제 분위기가 한껏 달아오르는 것을 정민호는 작년에 경험했었다.

밤이 늦도록 정민호는 잠들지 못했다. 자신감의 결여는 아니었으나 여러 변수 때문에 성공을 완전히 확신할 수는 없었다. 만약 작전이 실패로 돌아간다면 지역을 떠나겠다는 생각도 굳혀지고 있었다. 깨져버린 평화를 군이 견디며 지내고 싶은 생각은 추호도 없었다. 다만 불량배들을 피해 등을 보이며 떠나는 장면은 상상조차도 괴로울 정도였다. 그와 같은 상황을 겪지 않기 위해서는 작전을 성공으로 이끄는 수밖에 없다는 생각이었다. 어차피 주사위는 던져진 상태였다.

정민호는 머릿속으로 예행연습을 시작했다. 작전 개시 상황부터 상상으로 장면을 이어나갔다. 단지 시뮬레이션이어도 날 선 긴장감은 실제 상황과 다를 바가 없을 정도였다. 경우의 수도 대비해야만 했다. 혼자서 다수인 무리를 상대해야 하는 것이 일단 심리적으로 가볍지 않은 것은 사실이었다. 하지만 고독한 승부사처럼 영혼까지도 바치는 심정으로 기질과 능력을 극대화하여 발휘하고 싶었다. 누가 알아주지 않아도 지역의 평화를 위해 결연히 총대를 메는 것으로 생각하면 적잖이 위안이 되기는 했다. 주성식 일당은 전혀 눈치채지 못하고 있으나 평화를 쟁취하기 위한 정민호의 각오와 치밀한 준비는 끝날 줄을 모르고 진행 중이었다.

동물병원 출입문에 임시휴일을 알리는 안내판이 걸렸다. 보안관 보장을 갖춘 정민호는 장총을 집어 들어 상태를 살폈다. 악당과의 최후의 혈투를 앞둔 서부개척시대의 보안관 기분이 어떠했을지 알 것 같기도 했다. 시나리오대로 전개될지 단정할 수는 없어도 머릿속으로는 최종 연습을 마치기까지 했다. 오전 11시 30분에 출입문이 열리며 건장한 네 명의 남자들이 들어섰다. 정민호의 눈에 그들은 격투기 선수 또는 얼핏 조폭처럼 보이기도 했다. 고등학교 동창이 운영하는 서울의 경호업체에서 내려온 직원들이었다. 다부진 몸에 검정 계열의 점퍼를 입은 그들에게서는 파이터 기세가 그대로 흘러나왔다. 작전내용을 숙지했다면서도 그들 중의 선임으로 보이는 직원은 세밀한 부분까지 실수하지 않으려는 듯 정민호에게 몇몇 질문을 담담히 이어갔다. 프로기질과 그에 부합하는 언행이 정민호에게는 차라리 자극으로 와닿을 정도였다. 정민호는 지그시 어금니를 깨물었다.

정오에 정민호와 경호업체 직원들은 동물병원을 나섰다. 말을 타지는 않았으나 정민호는 보안관 복장에 장총을 엑스자로 어깨에 메고 있었다. 축제가 열린 5일 장터 뒤편의 너른 공지는 사람들로 북적였다. 주성식 일당에게 지역 축제는 그야말로 잔칫날이나 다름없을 터였다. 짐작대로 그들의 모습이 정민호의 눈에 들어왔다. 정민호와 경호업체 직원들은 축제현장 중앙의 간이식당 앞에 모여서 있는 그들 쪽으로 천천히 거리를 좁혀갔다. 그들은 정민호와 함께 나타난 낯선 경호업체 직원들을 바짝 경계하는 기색을 보였다. 예상했던 대로 주성식 일당이 걸려들고 있는 것으로 정민호는 생각했다.

형님! 시골에도 양아치들이 있긴 있는 것 같습니다…… 경호업체 선임 직원은 시나리오대로 주성식 일당을 지나치며 큰소리로 대놓고 비아냥댔다. 형님으로 불린 정민호는 그렇다는 듯이 대답을 호탕

한 웃음으로 대신했다. 뭘 그렇게 봐! 우리한테 볼일이라도 있는 거야…… 주성식 일당이 일제히 벌레 씹은 표정을 짓고서 노려보자 경호업체 직원 중에 가장 건장한 몸을 가진 직원이 나서며 깔보는 듯한 말투로 시비를 걸었다. 몹시 쪽팔린 기분이 얼굴에 그대로 드러나 있음에도 주성식 일당 중에서는 누구도 대차게 받아치며 나서지 못했다. 동물병원 원장인 정민호의 매제가 서울에서 활동하는 큰 조직의 잘나가는 조폭이란 소문을 단단히 믿고 있는 것 같았다. 파이터 기질이 느껴지는 건장한 경호업체 직원들을 서울에서 내려온 정민호의 매제와 그 일행들로 여기는 듯했다. 그렇게 위세에 눌린 주성식 일당은 몇 걸음 비켜서 아예 딴 곳을 보듯 했다.

그대로 끝난 것은 아니었다. 간이식당에서 나오는 정민호와 경호업체 직원들을 향해 주성식 일당 중의 한 명이 달려들었다. 펼친 잭나이프가 손에 들려있었다. 그런데도 경호업체 직원들은 몸을 피하기는커녕 그의 손과 허리춤을 잡아 업어치기라도 할 듯이 제압하려는 자세를 취했다. 거칠게 달려드는 듯 보였으나 막상 그는 잭나이프를 휘두르지도 못했다. 아마도 칼을 들고 달려들면 조폭들이라도 일단 몸을 피할 것으로 여긴 듯했다. 양아치 촌놈들이 장난감 연장을 갖고서 놀고 있네! 시비를 걸었던 경호업체 직원은 왼쪽 바짓단을 들어 올려 가죽 칼집에 칼이 꽂혀있음을 그에게 보여주었다. 그러했으면서도 그럴 필요조차 느끼지 않는다는 듯 칼집에서 칼을 빼지는 않았다. 어차피 조폭으로 보이기 위한 쇼맨십이었다. 잭나이프를 펼쳐 들고 달려들었던 그는 이러지도 저러지도 못하는 어정쩡한 모습으로 잘못된 판단을 후회하는 듯 몹시 당혹해 하는 기색이 역력했다.

지금 같은 상황을 기다렸다는 듯 정민호가 어깨에 메고 있던 장총을 빼내 들었다. 그리고는 '이 새끼 머리통에 구멍을 내줄까!'라는 욕설과 동시에 그의 머리 쪽으로 총구를 겨누고 그대로 방아쇠를 당겼다. 서너 발의 연발 총탄 굉음이 허공으로 높이 울려 퍼졌다. 메케한 화약 냄새가 스멀스멀 주위로 퍼져나갔다. 혼비백산 놀란 그는 뒤로 자빠졌다가 일어나 걸음아 날 살려라 하며 정신없이 달아났다. 축제 첫날의 들뜬 분위기는 갑작스럽게 울린 총성으로 인해 이내 무겁게 가라앉으며 정적이 감돌았다. 주성식 일당과 주변에 있던 사람들은 경직되어버린 듯 작은 움직임조차 없었다. 공포탄을 발사할 수 있게 장총을 미리 개조했던 정민호도 방아쇠를 당기고 나서야 발사소음이 실제 총탄 발사와 다르지 않은 것을 알게 되었다.

'내 말을 죽이려 했으니 나도 네놈들을 죽여버리겠어…… 이게 장난감 총으로 보이냐? 개새끼들아……'라는 욕설과 동시에 정민호는 겁에 질려있는 주성식 일당을 향해 연발로 십여 발을 난사했다. 물론 당연히 공포탄이었다. 주성식 일당은 누가 먼저랄 것도 없이 미친 듯이 달아나기 시작했다. 너희들 중에 한 놈은 내가 반드시 죽여버릴 거야! 정민호는 빛의 속도로 달아나는 그들의 등 뒤에 대고 악에 받친 고함으로 험악한 경고를 날렸다. 주성식 일당의 모습은 순식간에 사라지고 보이지 않았다. 정민호가 설계했던 상황은 끝이 났고 공포감이 번져났던 축제현장은 잠시 전의 들뜬 분위기로 빠르게 전환되어 갔다. 벅찬 감격을 일체 겉으로 내색하지 않았으나 나름 치밀하게 준비했던 작전이 성공을 거두었음을 확신하며 정민호는 손에 들고 있던 장총을 도로 어깨에 엑스자로 멨다.

공포탄이었다고는 하나 정민호는 총기사용 혐의로 경찰서에 출두하여 경위서를 써내야 했다. 언젠가 나타나기야 하겠지만, 주성식 일당의 모습은 수일째 어디에서도 보이지 않았다. 재반격은커녕 그들의 위축된 움직임과 행동반경을 정민호는 확신했다. 서울에서 활동하는 조폭인 동물병원 원장의 매제가 자신들을 손봐주러 내려온 것으로 믿고 있을 테며 공포탄이란 것을 모르는 그들로서는 설사 위협사격이었다 해도 설마 자신들을 향해 연발로 총격을 가하리라고는 상상조차 하지 못했을 것이란 생각이었다. 조폭과 경찰을 가장 두려워하는 양아치들로서는 매제가 조폭이며 친척이 인근 도시 경찰 간부라는 점을 절대 가벼이 여길 수 없을 테고 또한 동물병원 원장이 평범한 사람이 아닌 것을 알고는 있어도 그 정도로 똘끼가 강한 줄을 미처 몰랐던 것도 위축을 확신하는 이유에 포함되었으리라는 판단이었다. 그가 누구이든지 무도하게 전체의 평화를 깨는 것은 결단코 용납되어서는 안된다는 것이 정민호의 견고한 관념이었다. 정민호는 마구간으로 가 말의 목덜미를 한참 쓰다듬었다. 그리고 가축약국 주인과 농기구판매점 주인에게 전화를 걸어 저녁에 선술집에서 만날 약속을 잡았다. 평화를 자축하는 한잔 술을 그들과 나누고 싶어서였다.

투명망토의 표적들

초판 1쇄 인쇄 2022년 04월 05일
초판 1쇄 발행 2022년 04월 12일

지은이 박해완
펴낸이 류태연

편집 배태두 | **디자인** 조언수

펴낸곳 렛츠북
주소 서울시 마포구 양화로11길 42, 3층(서교동)
등록 2015년 05월 15일 제2018-000065호
전화 070-4786-4823 | **팩스** 070-7610-2823
이메일 letsbook2@naver.com | **홈페이지** http://www.letsbook21.co.kr
블로그 https://blog.naver.com/letsbook2 | **인스타그램** @letsbook2

ISBN 979-11-6054-543-2 03810